모파상 단편선

Maupassant Selected Stories

아로파 세계문학 14

모파상 단편선

Maupassant Selected Stories

기 드 모파상

Guy de Maupassant

진인혜 옮김

아로파

차례 ▍

보석
7

승마
17

목걸이
27

전원에서
40

노끈
49

쥘 삼촌
59

고아
71

귀향
81

불구자
91

첫눈
99

어느 여인의 고백
111

달빛

119

고해 성사

125

의자 고치는 여인

133

두 친구

143

비곗덩어리

153

미친 여자

206

산장

211

유령

228

마드무아젤 코코트

239

———

모파상 단편선 깊이읽기

_해설편

247

_토론·논술 문제편

261

원서로는 갈리마르(Galliamrd) 출판사에서 펴낸 《Contes et Nouvelles》 (Collection Quarto, 2014)을 사용하였다.

 보석

Dix-huit mille francs !
Dix-huit mille francs ! c'était une somme, cela !
1만 8천 프랑이라! 1만 8천 프랑! 그것은 엄청난 액수였다!

랑탱 씨는 계장의 집 저녁 모임에서 그 아가씨를 만난 순간 그물에 걸리듯 사랑에 사로잡혔다.

그녀는 몇 년 전에 사망한 지방 세무 관리의 딸이었다. 아버지가 죽은 후 어머니와 함께 파리에 왔는데, 어머니는 딸을 결혼시킬 마음에 지역의 중산층 가족 몇몇을 자주 만나고 있었다. 모녀는 가난했지만 품위 있고 온화했다. 딸은 현명한 젊은이라면 누구나 인생을 맡기고 싶다는 생각을 할 정도로 정숙한 여자의 완벽한 표본이었다. 수수한 미모는 천사 같은 청순한 매력을 지니고 있었고 입술에 머금은 미소는 그녀의 마음을 나타내는 것 같았다.

모두들 그녀를 칭찬했고 누구나 입을 모아 이렇게 말했다. "그녀를 데려가는 남자는 복도 많지. 그녀보다 훌륭한 여자는 없을 거야."

당시 연봉 3천 5백 프랑을 받는 내무부의 선임 서기였던 랑탱 씨는 그녀에게 청혼하여 곧 결혼했다.

결혼 생활은 이루 말할 수 없이 행복했다. 아내가 어찌나 능숙하고 알뜰하게 살림을 잘하는지 마치 사치스러운 생활을 하는 것처럼 보였다. 남편에게 온갖 친절과 배려를 아끼지 않았고 애교도 많았다. 만난 지 6년이 지났지만 랑탱 씨는 신혼 때보다 더 아내를 사랑하고 있었다.

그가 아내를 못마땅하게 여긴 점은 극장과 모조 보석을 좋아하는 단 두 가지 취향뿐이었다. 아내의 친구들(그녀는 하급 관리의 부인 몇 명과 알고 지냈다)은 언제나 인기 있는 연극, 그것도 초연의 특등석 표를 얻어 주었다. 그러면 그녀는 좋아하든 말든 남편을 극장에 끌고 갔는데, 하루 종일 일한 랑탱 씨에게는 몹시 피곤한 일이었다. 결국 그는 나중에 그녀를 집에 데려다줄 수 있는 다른 부인과 극장에 다녀와 달라고 애원했다. 그녀는 그런 행동이 별로 바람직하지 않다고 여겨 오랫동안 거절하다가 마침내 호의를 베풀어 남편의 뜻을 따르기로 결심했다. 랑탱 씨는 아내에게 무척 고마웠다.

극장에 가는 취미 때문에 곧 그녀는 몸치장을 하고 싶다는 욕구를 느꼈다. 사실 치장은 아주 간단했다. 항상 세련되었으면서도 수수했다. 소박한 옷차림은 온화함과, 공손하게 미소 짓는 거부할 수 없는 매력에 새로운 아름다움을 더해 주는 듯했다. 하지만 그녀에게 다이아몬드처럼 보이는 커다란 라인산(産) 수정 귀걸이를 하는 습관이 생겼다. 여기에 가짜 진주 목걸이와 모조 금팔찌를 하고 천연 보석을 본뜬 유리 세공품이 잔뜩 달린 장식 빗도 머리에 꽂았다.

조잡한 모조 보석에 대한 아내의 애착에 다소 기분이 상한 남편은 종종 이렇게 말했다. "여보, 진짜 보석을 살 수 없다면 자기가 가진 아름다움과 매력만으로 치장하는 거야. 사실 그게 바로 가장 귀중한 보석이지."

그러나 그녀는 부드럽게 미소 지으며 말했다. "어때서요? 난 이게 좋은걸요. 물론 나쁜 취미죠. 당신 말이 옳다는 거 나도 알아요. 하지만 고쳐지지 않아요. 난 보석이 정말 좋거든요!"

그리고 구슬 단면이 반짝거리도록 진주 목걸이를 손가락 사이로 굴리면서 계속 말했다. "자, 얼마나 잘 만들어졌는지 봐요. 다들 진짜인 줄 알 거예요."

남편은 웃으며 말했다. "당신은 집시 같은 취미를 가졌군."

가끔씩 저녁에 단둘이 난롯가에 앉아 있을 때면 그녀는 랑탱 씨가 '싸구려 상품'이라고 부르는 물건들이 담긴 모로코 가죽 상자를 가져와 차마시는 탁자 위에 놓았다. 그런 다음 마치 뭔가 은밀하고 강렬한 쾌락을 맛보는 듯이 열정적이고 주의 깊게 인조 보석들을 관찰하기 시작했다. 막무가내로 남편 목에 목걸이 하나를 걸어 준 후 한껏 웃음을 터뜨리며 소리쳤다. "당신 너무 우스워요!" 그리고는 남편 품에 뛰어들어 미친 듯이 입을 맞추었다.

어느 겨울밤, 그녀는 오페라 극장에 갔다가 추위로 온몸을 떨며 돌아왔다. 다음 날에는 기침을 했다. 일주일 후 폐렴으로 죽었다.

랑탱 씨는 아내를 따라 무덤까지 가려고 했다. 어찌나 깊은 절망에 빠졌던지 한 달 만에 머리카락이 하얗게 세었다. 견딜 수 없는 고통에 마음이 찢어졌고 죽은 아내에 대한 추억, 아내의 매력적인 목소리와 미소가 떠올라 하루 종일 울었다.

시간이 지나도 괴로움은 가시지 않았다. 종종 근무 시간에 동료들과 그날 있었던 일들을 이야기하다가도 갑자기 뺨이 부풀어 오르며 코에 주름이 잡히다 눈물이 가득 고이곤 했다. 그러다 얼굴을 일그러뜨리며 흐느껴 울기 시작했다.

그는 아내의 방을 손 하나 대지 않은 채 그대로 보존하고 날마다 틀어박혀 그녀를 생각했다. 가구들 전부는 물론 옷까지도 마지막 날 있던 자리에 그대로 있었다.

그러나 생활은 어려워졌다. 아내가 관리할 때는 그의 월급으로 부부의 생활비가 충분했는데 이제는 혼자 사는 데도 부족했다. 그는 아내가 어떻게 항상 고급 포도주와 맛있는 음식을 먹게 해주었는지 의아해하며 망연자실했다. 보잘것없는 수입으로는 이제 더 이상 그런 것을 마련할 수 없었다.

그는 빚을 지며 그날그날 궁여지책으로 먹고사는 사람들처럼 돈을 구하러 다녔다. 그러던 어느 날 아침, 월말이 되려면 꼬박 일주일이나 남았는데 수중에 돈이 한 푼도 없게 되자 랑탱 씨는 뭔가 팔 것이 없을까 생각해 보았다. 그러자 곧 아내의 '싸구려 상품'을 처분해야겠다는 생각이 떠올랐다. 예전에 그를 화나게 했던 '모조품'에 원한 같은 것이 마음속에 남아 있었기 때문이다. 그것들을 보는 것만으로도 사랑하는 아내에 대한 추억이 조금씩 훼손되고 있었다.

그는 오랫동안 아내가 남긴 모조품 더미 속을 뒤졌다. 아내가 죽는 날까지 거의 매일 저녁 끈질기게 새로운 물건을 사왔던 탓이다. 그리고 아내가 특히 좋아하던 커다란 목걸이로 마음을 정했다. 가짜이긴 해도 아주 공들여 만든 물건이니 6프랑이나 7프랑은 될 거라고 생각했다.

그는 목걸이를 주머니에 넣고 믿을 만한 보석 상점을 찾으며 대로를 따라 직장이 있는 쪽으로 걸어갔다.

마침내 상점이 하나 보였다. 랑탱 씨는 궁핍함을 드러내며 몇 푼 되지도 않는 물건을 팔려고 하는 데에 수치심을 느끼며 안으로 들어갔다.

그가 보석상 주인에게 말했다. "주인장, 이 목걸이 값이 얼마나 될지 알고 싶은데요."

보석상 주인은 물건을 받아 살펴보았다. 뒤집어 보고, 손으로 무게를 가늠해 보고, 돋보기로 들여다보고, 점원을 불러 아주 나지막한 소리로 이야기를 하기도 했다. 그리고 목걸이를 계산대 위에 올려놓더니 미적 가치를 더 잘 감정하려는 듯 멀찍이 떨어져서 바라보았다.

이 모든 번거로운 절차에 거북해진 랑탱 씨가 입을 열었다. "아! 얼마 안 된다는 거 잘 압니다." 그때 보석상 주인이 말했다.

"손님, 값이 1만 2천 프랑에서 1만 5천 프랑까지 나가겠는데요. 하지만 출처를 확실히 밝혀 주셔야만 제가 살 수 있습니다."

홀아비 랑탱 씨는 영문을 모른 채 눈을 크게 뜨고 멍하니 있었다. 드디어 그가 더듬거리며 말했다. "뭐라고요? 그게 확실합니까?" 보석상은 그가 놀라는 모습을 오해하여 무뚝뚝한 말투로 말했다. "더 준다는 곳이 있는지 다른 데 가서 물어보세요. 저는 1만 5천 프랑 이상은 드릴 수 없습니다. 더 나은 곳을 못 찾으면 다시 오세요."

랑탱 씨는 완전히 넋이 나가서 목걸이를 집어 들고 밖으로 나왔다. 혼자서 생각을 좀 해볼 필요가 있겠다는 막연한 느낌 때문이었다.

그러나 거리로 나오자마자 터져 나오는 웃음을 참지 못하고 이렇게 생각했다.

'바보! 아! 바보 같으니! 그런 바보의 말을 믿다니! 가짜와 진짜도 구별할 줄 모르는 보석상이 다 있군!'

그는 라페 거리 입구에 있는 다른 상점으로 들어갔다. 보석상이 목걸이를 보자마자 소리쳤다.

"아! 네, 이 목걸이 잘 알아요. 우리 상점 물건이거든요." 랑탱 씨는 몹시 당황하며 물었다.

"얼마나 받을 수 있습니까?"

"손님, 저는 2만 5천 프랑에 팔았습니다. 규정을 따라야 하니까 어떻게 이 물건을 소지하게 되었는지 말씀해 주시면 1만 8천 프랑에 다시 사겠습니다."

이번에 랑탱 씨는 너무 놀라서 꼼짝도 하지 못하다 그대로 주저앉았다. 그가 다시 말했다.

"아니 이럴 수가, 주의 깊게 잘 좀 살펴보세요. 저는 지금까지 그게 가짜라고 알고 있었는데요."

보석상이 다시 말했다. "성함을 말씀해 주시겠습니까, 손님?"

"네. 제 이름은 랑탱입니다. 내무부 직원이고 마르티르 거리 16번지에 살고 있습니다."

상인은 장부를 열어 찾아보더니 이렇게 말했다.

"정말이군요. 이 목걸이는 1876년 7월 20일 마르티르 거리 16번지 랑탱 부인 앞으로 발송된 것이군요."

두 사람의 눈이 마주쳤다. 랑탱 씨는 놀라서 어안이 벙벙했고 보석상은 그가 도둑이 아닌지 의심했다.

보석상이 다시 말했다.

"이 물건을 하루 동안만 제게 맡겨 놓으시겠습니까? 인수증은 써드리겠습니다."

랑탱 씨는 우물우물 말했다.

"네, 그러세요."

그리고 인수증을 접어 주머니에 넣으며 밖으로 나왔다.

　그는 길 건너편으로 거슬러 올라갔다. 그러다 길을 잘못 든 것을 깨닫고 튈르리 궁전으로 다시 내려가서 센강(江)을 건너갔다. 그러다 또 길이 틀린 것을 깨닫고 딱히 생각한 것도 없이 무작정 샹젤리제로 다시 돌아왔다. 이치를 따져 보고 이해해 보려고 애썼다. 아내는 이렇게 값비싼 물건을 살 돈이 없었다. 절대로. 그렇다면 이건 선물이다! 선물! 누구의 선물이지? 왜?

　그는 걸음을 멈추고 길 한복판에 서 있었다. 끔찍한 의심이 스쳐 지나갔다. 아내가? 그렇다면 다른 보석들도 모두 다른 이의 선물이었단 말인가! 땅이 뒤흔들리고 눈앞의 나무가 쓰러지는 것 같았다. 랑탱 씨는 팔을 벌린 채 의식을 잃고 쓰러졌다.

　그가 다시 정신을 차린 곳은 약국이었다. 행인들이 약국으로 데려다 놓은 모양이었다. 그는 집으로 돌아가 그대로 틀어박혔다.

　랑탱 씨는 소리를 내지 않으려고 손수건을 깨물면서 밤늦게까지 미친 사람처럼 울었다. 그러고는 피곤과 슬픔에 짓눌린 채 잠자리에 들어 깊은 잠에 빠졌다.

　햇살에 잠이 깬 그는 출근을 하려고 천천히 일어났다. 그런 충격을 겪은 후라 일을 하기 힘들었다. 결국 핑곗거리를 생각하고 과장에게 편지를 썼다. 그리고 보석상에 다시 가야 한다는 생각이 들자 수치심에 얼굴이 붉어졌다. 그는 오랫동안 생각에 잠겨 있었다. 그렇지만 목걸이를 보석상에 그대로 둘 수는 없었다. 옷을 입고 밖으로 나갔다.

　날씨는 화창했고 도시 위로 푸른 하늘이 펼쳐졌다. 한가로이 산책하는 사람들이 주머니에 손을 넣은 채 걷고 있었다.

　지나가는 사람들을 바라보면서 랑탱 씨는 생각했다. '재산이 있으면 얼마나 행복할까! 돈이 있으면 슬픔도 털어 버릴 수 있고, 원하는 곳은 어디든 갈 수 있고, 여행도 하고 기분 전환도 할 수 있다. 아! 내게도 돈이 있다면!'

그는 허기를 느꼈다. 이틀 전부터 식사를 하지 못한 것이다. 하지만 주머니는 텅 비어 있었다. 목걸이가 다시 생각났다. 1만 8천 프랑이라! 1만 8천 프랑! 그것은 엄청난 액수였다!

라페 거리에 이르자 보석상 맞은편의 인도를 이리저리 서성거리기 시작했다. 1만 8천 프랑! 수도 없이 안으로 들어가려 했지만 매번 수치심이 발목을 잡았다.

그렇지만 배가 고팠다. 배가 너무 고팠고 돈은 한 푼도 없었다. 랑탱 씨는 돌연 결심을 굳히고, 생각할 여지를 남기지 않으려고 뛰어서 길을 건넜다. 그런 다음 보석상 안으로 급히 들어갔다.

상인은 그를 보자마자 친절히 맞이했고 공손하게 미소 지으며 의자를 내놓았다. 점원들도 나와서 곁눈질로 바라보았다. 그들의 눈과 입술에 즐거워하는 기색이 역력했다.

보석상이 말했다.

"조회를 해보았습니다, 손님. 손님께서 여전히 같은 생각이시라면 제가 제안한 금액을 지불해 드리겠습니다."

랑탱 씨가 우물쭈물 말했다.

"물론이죠."

보석상은 서랍에서 커다란 지폐 열여덟 장을 꺼내 세어 본 다음 건네주었다. 랑탱 씨는 간단한 영수증에 서명하고 떨리는 손으로 돈을 주머니에 집어넣었다.

그는 밖으로 나오려다가 여전히 미소 짓고 있는 상인을 향해 돌아서

서 눈을 떨구며 말했다.

"저…… 다른 보석들도 있는데…… 똑같이 상속받은 건데요……. 그 보석들도 사실 의향이 있으신지요?"

주인이 몸을 굽히며 말했다.

"물론이죠, 손님." 점원 하나가 마음껏 웃으려고 밖으로 나갔다. 다른 점원은 코를 세게 풀었다.

랑탱 씨는 태연한 척 얼굴을 붉히며 진지하게 말했다.

"그럼 가져오겠습니다."

그는 삯마차를 타고 보석을 가지러 갔다.

한 시간 후, 그는 상점으로 돌아왔다. 그때까지 아직 점심도 먹지 않은 상태였다. 그들은 물건을 하나하나 살펴보기 시작하며 값을 매겼다. 거의 다 그 상점의 물건이었다.

랑탱 씨는 이제 가격을 흥정하기도 하고 화를 내기도 하고 판매 장부를 보여 달라고 요구하기도 했다. 금액이 올라감에 따라 목소리도 점점 더 커졌다.

커다란 다이아몬드 귀걸이 2만 프랑, 팔찌 3만 5천 프랑, 브로치와 반지와 큰 메달은 1만 6천 프랑, 에메랄드와 사파이어로 만든 장신구 1만 4천 프랑, 금줄에 외알박이 다이아몬드가 달린 목걸이 4만 프랑, 모두 19만 6천 프랑에 달했다.

주인이 친절하지만 놀리는 듯한 말투로 말했다.

"저축한 돈을 모두 보석에 투자한 분이셨군요."

랑탱 씨는 근엄하게 말했다.

"돈을 투자하는 방법 중에 하나죠."

그는 구매자와 함께 다음 날 다시 감정을 해보기로 결정한 후 밖으로 나왔다.

랑탱 씨는 거리로 나와 방돔 광장의 원기둥을 바라보며, 마치 축제의 보물 따먹기 탑이라도 되는 양 위로 기어오르고 싶은 욕구를 느꼈다. 원기둥 꼭대기에 하늘 높이 세워진 황제의 동상 위에서 개구리뜀 놀이라도 하고 싶을 만큼 경쾌한 기분이었다.

그는 부아쟁 식당으로 점심을 먹으러 가서 한 병에 20프랑 하는 포도주를 마셨다.

그런 후 삯마차를 타고 숲을 한 바퀴 돌았다. 그는 마차에 탄 다른 승객들을 거만하게 바라보며 지나가는 사람들에게 '나도 부자야, 나도. 내겐 20만 프랑이 있다고!'라고 소리치고 싶은 욕망에 숨이 막혔다.

내무부 생각이 다시 떠올랐다. 랑탱 씨는 직장으로 가서 단호한 태도로 과장실로 들어가 말했다.

"과장님, 사표를 내러 왔습니다. 30만 프랑을 상속받았거든요."

그는 옛 동료들에게 가서 악수를 하고 새로운 생활에 대한 계획을 이야기했다. 그리고 앙글레 카페에서 저녁을 먹었다.

옆자리에 기품 있어 보이는 신사가 있었다. 그는 허영심에 신사에게 아주 우아한 태도로 방금 전 40만 프랑을 상속받았다고 이야기하고 싶은 욕망을 억누를 수가 없었다.

생애 처음으로 랑탱 씨는 극장에서 지루함을 느끼지 않았고 여자들과 함께 밤을 보냈다.

6개월 후 그는 재혼했다. 두 번째 아내는 매우 정숙했지만 까다로운 사람이었다. 그녀는 남편을 많이 괴롭혔다.

 승마

« Je n'peux pu r'muer, mon pauv' monsieur ; je n'peux pu.
J'en ai pour jusqu'à la fin de mes jours. »
Un frisson courut dans les os d'Hector.

"움직일 수가 없어요, 움직일 수가.
딱한 양반, 죽을 때까지 낫지 않을 거 같군요." 엑토르는 등골이 오싹해졌다.

불쌍한 식구들은 남편의 적은 월급으로 어렵게 살아갔다. 결혼 후 두 아이가 태어났고 처음부터 돈에 쪼들리다 이제는 누추함과 수치스러움을 숨기면서 그래도 귀족 가문의 품위를 지키고 싶어 하는 비참한 생활을 이어 가고 있었다.

엑토르 드 그리블랭은 부친의 시골 저택에서 늙은 사제의 가르침을 받으며 자랐다. 그들은 부자는 아니었지만 체면은 지키면서 근근이 살았다.

스무 살이 되자 일자리를 잡았다. 그는 1천 5백 프랑의 보수를 받는 해군성의 시무원으로 들어갔다. 거친 생활 전선에 일찍부터 대비하지 못한 사람, 구름 너머로 삶을 바라보는 사람, 대항할 줄도 그 방법도 모르는 사람, 어린 시절부터 특별한 재능이나 능력 혹은 강인한 투지력을 기르지 못한 사람, 무기나 도구를 손에 쥐고 있지 못한 사람이 모두 그렇듯 그는 인생의 암초에 부딪쳤다.

첫 3년 동안의 직장 생활은 끔찍했다.

엑토르는 친구 몇 명을 만났다. 그들 역시 불운하고 시대에 뒤떨어진 사람들로 생제르맹 교외의 서글픈 귀족 거리에 살고 있었다. 이렇게 지인들의 모임이 형성되었다.

현대적인 생활에 무관심하고 비천하지만 자존심 강한 이 가난한 귀족들은 잠든 듯 조용한 저택의 위층에 살았다. 이런 건물의 위층부터 아래층까지 세 들어 사는 사람들은 모두 작위가 있었다. 하지만 2층에 살든 7층에 살든 돈은 모두 없어 보였다.

결코 변하지 않는 편견, 신분에 대한 집착, 귀족의 지위를 잃지 않으려는 걱정이 예전에는 번영을 누렸으나 무위도식으로 재산을 탕진한 가문의 사람들을 사로잡고 있었다. 이런 사람들 속에서 엑토르 드 그리블랭은 자신처럼 귀족 출신이지만 가난한 아가씨를 만나 결혼했다.

그들은 4년 동안 아이 둘을 낳았다.

그리고 또 4년의 세월이 흐르는 동안 부부는 가난에 시달리며 일요일에 샹젤리제를 산책하거나 동료가 주는 초대권으로 겨울 저녁에 한두 번 극장에 가는 것 이외에는 다른 즐거움을 모르고 지냈다.

봄이 될 무렵 상관이 추가 업무를 지시해서 엑토르는 3백 프랑의 특별 보수를 받게 되었다.

그는 돈을 가지고 와서 아내에게 말했다.

"여보, 앙리에트. 식구들에게 뭔가 해줘야겠소. 이를테면 아이들을 위한 놀이 같은 거라도."

오랜 상의 끝에 그들은 야외에 나가 점심을 먹기로 결정했다.

엑토르가 소리쳤다. "뭐, 늘 있는 일도 아니고 이번 한 번이니 당신과 아이들과 하녀가 탈 마차를 한 대 빌립시다. 그리고 나는 승마장에서 말을 빌려 타겠소. 나한테는 그게 좋을 거야."

그들은 일주일 내내 소풍 이야기만 했다.

매일 저녁 엑토르는 사무실에서 돌아오면 큰아들을 다리 위에 앉혀 놓고 있는 힘껏 뛰어오르게 하면서 이렇게 말했다.

"다음 일요일 산책할 때 아빠가 탄 말이 이렇게 뛸 거란다."

아이는 온종일 의자에 걸터앉아 온 방 안으로 의자를 끌고 다니며 소리쳤다. "말 탄 아빠다."

심지어 하녀도 주인이 말을 타고 마차를 따라가는 모습을 그려 보며 경탄 어린 눈으로 쳐다보았다. 그리고 매번 식사하는 동안 그의 승마 이야기와 옛날 아버지 집에서 지내던 때의 성공담에 귀를 기울였다. 오! 주인은 교육을 잘 받은 사람이고 일단 말에 타기만 하면 아무것도 두려울 것이 없는 사람이었다. 아무것도!

그는 손을 비비며 아내에게 몇 번씩 말했다.

"다루기 힘든 놈을 주면 좋을 텐데. 내가 얼마나 말을 잘 타는지 보게될 거요. 그리고 당신이 좋다면 숲에서 돌아올 때는 샹젤리제로 해서 돌아옵시다. 우리 모습이 멋질 테니 직장 사람을 만난다 해도 거리낄 게 없을 거요. 상사들에게 존중받으려면 그보다 더 좋은 방법은 없지."

약속한 날, 마차와 말이 동시에 문 앞에 도착했다. 그는 곧바로 내려

가서 자기 말을 살펴보았다. 발밑에 거는 끈도 바지에 달아 놓고 전날 사온 채찍도 휘둘러 보았다.

엑토르는 말의 네 다리를 하나씩 들어서 살펴보고, 목과 옆구리와 무릎 관절을 만져 보고, 손가락으로 허리를 찔러 보고, 입을 벌려 이빨을 검사하고는 말의 나이를 말했다. 가족이 모두 내려오자 일반적인 말에 대해, 그리고 특별히 그 말에 대해 이론과 실제를 겸한 강의를 한바탕 늘어놓으면서 훌륭한 말이라고 인정했다.

모두들 마차에 자리를 잡자 그는 안장의 끈을 확인한 후 한쪽 등자를 밟고 올라가 말 위에 앉았다. 몸무게를 느낀 말이 껑충대기 시작하는 바람에 그는 말에서 떨어질 뻔했다. 엑토르는 깜짝 놀라 말을 진정시키려고 애썼다.

"자, 착하지. 이 녀석, 착하지."

말이 안정을 되찾고 기수도 침착함을 되찾았다. 그가 물었다.

"준비됐소?"

모두들 동시에 대답했다.

"네."

그러자 그가 명령했다.

"출발!"

그리하여 기마 행렬은 멀어져 갔다.

모두의 시선이 엑토르에게 쏠렸다. 그는 튀어오르는 몸짓을 과장하며 영국식 속보로 달렸다. 몸이 안장에 닿자마자 공중으로 올라가려는 듯 다시 솟아올랐다. 엑토르는 몇 번이나 말갈기 위로 쓰러질 뻔했다. 똑바로 앞만 쳐다보고 있는 얼굴에 경련이 일었고 두 뺨은 창백해졌다.

무릎에 아이를 하나씩 앉힌 아내와 하녀가 같은 말을 끊임없이 되풀이했다.

"아빠 봐라, 아빠 좀 봐!"

두 아이는 움직임과 즐거움, 신선한 공기에 흠뻑 취해 소리를 질러댔
다. 그 소리에 놀란 말이 전속력으로 달렸고 기수가 말을 멈추게 하려다
가 모자가 땅에 굴러 떨어졌다. 결국 마부가 자리에서 내려 모자를 주워
야 했다. 엑토르는 모자를 받아 들고 멀리 떨어진 부인에게 소리쳤다.

"아이들 좀 조용히 시켜. 나를 날려 보낼 참이오?"

그들은 준비한 도시락으로 베지네 숲 풀밭에서 점심을 먹었다.

마부가 말 세 마리를 보살펴 주고 있었는데도 엑토르는 계속 일어나
말에게 부족한 것이 없는지 보러 갔다. 말의 목을 쓰다듬어 주고 빵과
과자, 설탕을 먹였다.

그가 단언했다.

"거칠고 걸음이 빠른 녀석이야. 처음엔 좀 쩔쩔맸는걸. 하지만 곧 익
숙해지는 걸 당신도 봤지. 녀석이 주인을 알아본 거야. 이제는 더 이상
날뛰지 않을 거요."

계획대로 그들은 샹젤리제를 통해 돌아왔다.

드넓은 거리가 마차로 붐볐다. 대로 양편에 산책하는 사람들이 어찌
나 많던지 마치 개선문에서부터 콩코르드 광장까지 검은 리본이 두 줄
로 길게 펼쳐진 것 같았다. 사람들 위로 햇빛이 쏟아져 내렸고 광이 나
게 칠한 사륜마차, 마구의 쇠붙이, 마차 문의 손잡이들이 반짝거렸다.

사람과 마차, 동물들이 한데 섞인 무리는 광적인 움직임과 취기 어린
활기에 잔뜩 흥분해 있는 것 같았다. 저 멀리 황금빛 안개 속에 오벨리
스크가 우뚝 솟아 있었다.

엑토르의 말은 개선문을 지나자마자 갑자기 낯선 열기에 사로잡혀서

는 전속력으로 길을 가로질러 마구간을 향해 내달렸다. 기수가 진정시키려고 아무리 애를 써도 소용없었다.

이제 가족이 탄 마차는 멀리, 저 뒤로 처졌다. 말은 산업회관 맞은편의 광장에 이르자 오른쪽으로 돌아 달려 나갔다.

앞치마를 두른 한 노파가 침착한 걸음으로 차도를 건너가고 있었다. 엑토르가 전속력으로 달리는 바로 그 길이었다. 말을 제어할 수 없었던 그는 목청을 다해 소리치기 시작했다.

"어이! 이봐요! 비켜요!"

아마도 귀가 먹었는지 노파는 평온하게 계속 가던 길을 갔다. 결국 그녀는 기관차처럼 내달리는 말의 가슴팍에 부딪혀 치마를 공중으로 흩날리며 세 번 곤두박질한 다음 열 발자국쯤 멀찍이 굴러갔다.

사람들이 소리쳤다.

"붙잡아!"

얼이 빠진 엑토르는 말갈기에 바짝 달라붙어 울부짖었다.

"사람 살려!"

심한 흔들림 때문에 엑토르는 말 귓가 너머로 총알처럼 튕겨 나갔고 때마침 그를 향해 달려 나온 경관의 팔 안에 떨어졌다.

눈 깜짝할 사이에 성난 사람들이 손짓발짓을 하고 고함을 지르며 주변으로 모여들었다. 커다란 원형 훈장을 달고 크고 흰 수염을 기른 노신사 하나가 특히 화를 냈다. 그가 반복해서 말했다.

"빌어먹을, 그렇게 솜씨가 서투르면 집에 처박혀 있어! 말을 몰 줄도 모르면서 거리로 나와 사람들을 죽이면 안 되지!"

네 사람이 노파를 들고 나타났다. 노파는 죽은 것 같았다. 노란 얼굴에 모자는 비뚤어져 있었고 먼지를 뒤집어써 온통 잿빛이었다.

"이 여자는 약국으로 데려가시오. 그리고 우리는 경찰서로 갑시다."
노신사가 지시했다.

두 경관이 양쪽에서 엑토르를 붙들고 출발했다. 또 다른 경관은 말을 붙잡았다. 군중이 그 뒤를 따르고 있었는데 갑자기 마차가 나타났다. 부인이 달려 나왔다. 하녀는 넋이 나가 있었고 아이들은 시끄럽게 울고 있었다. 그는 자기 때문에 한 여자가 넘어졌지만 별일 아니라고, 곧 돌아갈 거라고 설명했다. 그러자 가족들은 얼이 빠진 채로 멀어져 갔다.

경찰서에서의 진술은 간단했다. 그는 이름을 댔다. 해군성에 근무하는 엑토르 드 그리블랭. 그리고 사람들은 부상자의 소식을 기다렸다. 상황을 알아보러 갔던 경관이 돌아왔다. 노파는 의식을 회복했지만 몸 안이 몹시 아프다고 했다는 말을 전했다. 그녀는 시몽 부인이라는 예순 다섯 살의 가정부였다.

그녀가 죽지 않았다는 것을 알게 되자 엑토르는 다시 희망을 갖고 치료비를 대겠다고 약속했다. 그리고 약국으로 달려갔다.

사람들이 무리 지어 문 앞에 서 있었다. 안락의자에 주저앉은 노파는 두 손을 꼼짝도 하지 않은 채 멍한 얼굴로 신음을 내고 있었다. 의사 두 명이 아직도 노파를 진찰하고 있었다. 부러진 데는 없었지만 내상이 걱정된다고 했다.

엑토르가 노파에게 말했다.

"많이 아프세요?

"아! 그럼요."

"어디가 아프세요?"

"윗배에 불덩이가 들어 있는 거 같아요."

의사 하나가 다가왔다.

"선생이 사고를 낸 당사자입니까?"

"네, 그렇습니다."

"이 부인을 요양원으로 보내야 할 것 같습니다. 제가 아는 곳이 한 군데 있는데, 하루에 6프랑으로 받아 줄 거예요. 알아봐 드릴까요?"

엑토르는 몹시 기뻐하며 그에게 감사를 전하고는 한결 가벼워진 마음으로 집으로 돌아갔다.

아내가 울면서 그를 기다리고 있었다. 그는 아내를 달랬다.

"별일 아니야. 그 시몽이란 부인은 벌써 많이 좋아졌어. 사흘 후면 말짱할 거요. 요양원으로 보냈어, 별일 아니야."

별일 아니다!

다음 날 그는 사무실에서 나와 시몽 부인의 소식을 들으러 갔다. 그녀는 만족스러운 표정으로 고기 수프를 먹는 중이었다.

"괜찮으십니까?" 그가 말했다.

그녀가 대답했다.

"아! 딱한 양반, 차도가 없어요. 아주 진이 다 빠진 느낌이에요. 나아진 게 없다고요."

의사는 합병증이 발생할 수도 있으니 기다려 봐야 한다고 말했다.

엑토르는 사흘을 기다린 후 다시 찾아갔다. 안색이 밝아지고 시선도 맑아진 노파는 그를 보자 투덜거리기 시작했다.

"움직일 수가 없어요, 움직일 수가. 딱한 양반, 죽을 때까지 낫지 않을 거 같군요."

엑토르는 등골이 오싹해졌다. 그는 의사에게 물어보았다. 의사는 두 팔을 들어 올렸다.

"어쩌겠습니까, 선생. 저도 모르겠어요. 일으키려고만 하면 고함을 지르니까요. 심지어 의자의 위치만 조금 바꾸려고 해도 찢어질 듯한 비명을 지릅니다. 저야 부인의 말을 믿을 수밖에요. 제가 저분 뱃속에 있는 게 아니니 걷는 걸 보지 않는 한 거짓말을 하고 있다고 가정할 권리가 없잖아요."

노파는 엉큼한 눈으로 꼼짝도 하지 않은 채 듣고 있었다.

일주일이 지나고 보름이 지나고 한 달이 지났다. 시몽 부인은 의자에서 떠나지 않고 있었다. 아침부터 저녁까지 잘 먹어 살이 쪘다. 다른 환자들과 즐겁게 이야기도 나눴으며 움직이지 않고 지내는 데 익숙해진 것 같았다. 마치 이것이 계단을 오르내리고, 매트리스를 뒤집고, 층층이 석탄을 나르고, 비질과 솔질을 하며 보낸 오십 평생 끝에 얻은 휴식이라도 되는 듯했다.

엑토르는 어쩔 줄 몰라 하며 매일같이 찾아갔지만 그때마다 노파는 조용하고 차분한 태도로 말했다.

"움직일 수가 없어요, 딱한 양반. 움직일 수가 없다고요."

매일 저녁 그리블랑 부인은 애가 타서 물어보았다.

"시몽 부인은요?"

그럴 때마다 그는 몹시 낙담한 어조로 대답했다.

"아무런 차도가 없어, 전혀!"

급료가 너무 부담이 되어 하녀를 내보냈다. 그들은 더욱더 절약을 했고 특별 수당도 몽땅 쏟아부었다.

엑토르가 부른 의사 네 사람이 노파 주위에 모였다. 노파는 자신을 만지고 짚으며 진찰하는 의사들을 교활한 눈초리로 노려보았다.

"걷게 해봐야겠어요."

한 의사가 말하자 노파가 소리쳤다.

"못 해요. 선생님들, 난 못 해요!"

그러자 의사들은 노파를 붙잡아 일으켜서 몇 발짝 끌고 갔다. 하지만 노파가 의사들의 손에서 빠져나와 바닥에 쓰러지면서 어찌나 무시무시하게 고함을 지르는지 의사들은 아주 조심스럽게 노파를 제자리로 데려다 놓아야 했다.

그들은 신중하게 소견을 밝히며 어쨌든 시몽 부인이 앞으로 일하기는 어렵다고 결론을 내렸다.

엑토르가 이 소식을 아내에게 알려 주자 아내는 의자에 털썩 주저앉으며 중얼거렸다.

"부인을 여기로 데려오는 게 낫겠어요. 그러면 비용이 덜 들 테니까."

엑토르는 펄쩍 뛰었다.

"여기, 우리 집으로 말이야?"

그러나 이제 모든 것을 체념한 아내는 눈물이 가득 고인 눈으로 대답했다.

"별수 없잖아요. 내 잘못은 아닌걸요……."

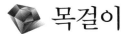 # 목걸이

« Oh ! ma pauvre Mathilde ! Mais la mienne était fausse.
Elle valait au plus cinq cents francs… ! »

"아! 가엾은 마틸드! 내 건 가짜였어.
기껏해야 5백 프랑밖에 안 하는 거였다고……!"

　그녀는 운명의 실수로 가난한 월급쟁이의 집에 잘못 태어난 예쁘고 매력적인 여인 중 하나였다. 지참금이나 상속받을 유산도 없었고 부유하고 신분이 높은 남자와 만나 이해와 사랑을 받으며 결혼할 수단도 전혀 없었다. 그래서 그녀는 교육부의 하급 관리와 결혼해 버렸다.

　치장을 할 수 없어 수수한 차림으로 지내던 마틸드는 신분이 낮아진 사람처럼 불행해했다. 하기야 여자들에게는 계급이나 집안이 의미 없고 아름다움과 우아함과 매력이 태생과 가문의 역할을 하는 법이다. 타고난 섬세함, 본능적인 우아함, 융통성을 발휘하는 재치가 여자들의 유일한 계급이며 서민의 딸을 귀부인과 동등하게 만들어 주는 것이다.

그녀는 자신이 온갖 세련됨과 화려함을 위해 태어났다고 생각하면서 늘 괴로워했다. 옹색한 집, 누추한 벽, 낡은 의자들, 흉한 커튼이 그녀를 괴롭혔다. 자신과 같은 처지의 다른 여자들 눈에는 들어오지조차 않았을 모든 것들이 고통스럽고 화나게 만들었다. 브르타뉴 태생의 어린 하녀가 초라한 집 안을 청소하는 모습을 볼 때면 마음속에는 침통한 후회와 격렬한 몽상이 밀려왔다. 마틸드는 동양풍 벽걸이 천으로 장식하고 키 큰 청동 촛대가 불을 밝혀 주는 말끔한 응접실 모습을 떠올렸다. 후끈한 난로 열기에 나른해져 커다란 안락의자 위에서 잠든 짧은 바지 차림의 키 큰 하인 두 사람의 모습도 상상해 보았다. 오래된 비단으로 둘러싸인 커다란 거실, 값을 매길 수 없는 골동품들이 놓인 세련된 가구, 아담한 크기의 예쁘장하고 향기로운 거실도 꿈꾸었다. 이 작은 거실은 모든 여자들의 선망과 관심을 한 몸에 받는 유명하고 인기 있는 남자들과 그들의 가장 가까운 친구들이 모여 5시의 한담을 나누기 위해 마련된 장소였다.

저녁 식사를 하려고 사흘째 그대로 사용하는 식탁보가 덮인 둥근 식탁에 앉았을 때, 남편이 수프 그릇의 뚜껑을 열면서 황홀한 표정으로 "아! 훌륭한 포토푀[1]야! 내겐 이게 최고야."라고 외치는 소리를 들으며 그녀는 멋진 만찬을 꿈꾸었다. 반짝이는 은그릇들, 요정 나라의 숲속에 사는 고대 인물들과 기이한 새들이 가득한 벽걸이, 고급 식기에 담겨 나오는 진귀한 요리들, 송어의 붉은 살과 들꿩의 날개를 먹으면서 신비한 미소와 함께 속삭이는 친절한 말들을 생각했다.

---

1) 소고기와 뼈를 채소 등과 함께 삶아 만든 프랑스의 진한 수프를 말한다.

마틸드에게는 나들이옷도 보석도 없었다. 아무것도 없었다. 그런데 그녀는 그런 것들만 좋아했다. 자신은 바로 그런 것을 위해 태어났다고 느꼈다. 정말이지 사람들의 환심과 부러움을 사고 싶었고 인기 있는 매력적인 여자가 되고 싶었다.

그녀에게는 부자 친구가 한 명 있었다. 수녀원에서 함께 공부한 친구였다. 하지만 이제는 더 이상 친구를 만나러 가고 싶지 않았다. 만남이 너무나 고통스러웠기 때문이다. 친구를 만나고 돌아올 때면 그녀는 슬픔과 후회와 절망과 비탄에 잠겨 며칠씩 울곤 했다.

그런데 어느 날 저녁, 남편이 손에 커다란 봉투를 들고 의기양양한 태도로 돌아왔다.

"자, 당신을 위한 거야."

그녀는 재빨리 봉투를 뜯고 카드를 꺼냈다. 카드에는 이렇게 인쇄되어 있었다.

'교육부 장관 조르주 랑포노 부부가 1월 18일 월요일 관저에서 열리는 파티에 루아젤 부부를 초대합니다.'

남편의 예상과는 달리 그녀는 기뻐하기는커녕 화가 나서 초대장을 식탁 위에 던지며 중얼거렸다.

"이걸로 뭘 어쩌라고요?"

"하지만 여보, 난 당신이 좋아할 줄 알았는데. 전혀 외출하지 않는 당신에게 이건 기회야. 좋은 기회라고! 이걸 얻느라 내가 얼마나 고생했는데. 모두들 갖고 싶어 하거든. 하급 직원에게는 몇 장 주지도 않아. 거기 가면 공직자들을 전부 만나게 될 거야."

마틸드는 성난 눈으로 남편을 쳐다보다가 더 이상 참을 수 없다는 듯이 소리쳤다.

"뭘 걸치고 가란 말이에요?"

남편은 그런 것까지는 생각해 본 적이 없었다. 그가 더듬더듬 말했다.

"아니, 당신이 극장에 갈 때 입는 옷 있잖아. 내가 보기엔 아주 예쁘던데……."

그는 아내가 우는 모습에 깜짝 놀라고 어안이 벙벙하여 입을 다물었다. 두 줄기 굵은 눈물이 눈가에서 입 끝으로 천천히 흘러내렸다. 그는 머뭇거리며 말했다.

"왜 그래? 무슨 일이야?"

그녀는 가까스로 마음을 진정시키고 젖은 뺨을 닦으며 조용한 목소리로 대답했다.

"아무것도 아니에요. 그저 입고 갈 옷이 없어서 파티에 갈 수 없다는 것뿐이에요. 초대장은 나보다 옷을 더 잘 입을 수 있는 부인을 둔 다른 동료한테 줘요."

남편은 미안한 마음이 들어 다시 말했다.

"저기, 마틸드. 적당한 옷 한 벌이 얼마나 할까? 다른 때도 입을 수 있게 아주 수수한 걸로 말야."

그녀는 잠시 생각에 잠겼다. 가격을 계산해 보기도 하고, 또 이 검소한 사람이 놀라 소리를 높이거나 일언지하에 거절하는 일이 없게 하려면 얼마를 말해야 할지도 생각해 보았다.

마침내 머뭇거리며 대답했다.

"정확히는 잘 모르겠지만 4백 프랑이면 될 것 같아요."

남편의 안색이 약간 창백해졌다. 딱 그만큼을 저축해 두었기 때문이다. 그 돈으로 총을 사서 이번 여름에는 일요일마다 종달새 사냥을 가는 몇몇 친구들과 함께 낭테르 들판에서 사냥을 즐길 생각이었던 것이다.

그러나 그는 이렇게 말했다.

"좋아. 내가 4백 프랑을 줄 테니 예쁜 옷을 준비해 봐요."

파티 날이 다가오고 있었다. 루아젤 부인은 슬프고 불안하고 근심이 가득해 보였다. 옷은 준비되어 있었는데 말이다. 어느 날 저녁 남편이 말했다.

"무슨 일 있어? 며칠 전부터 당신 아주 이상해 보이는데."

그러자 그녀가 대답했다.

"보석이 하나도 없어서 걱정이에요. 장신구가 아무것도 없잖아요. 얼마나 비참해 보이겠어요? 파티에 안 가는 게 나을 것 같아요."

남편이 다시 말했다.

"생화를 꽂아 보구려. 이 계절에는 아주 멋질 거야. 10프랑이면 화려한 장미를 두세 송이 살 수 있겠지."

마틸드는 꿈쩍도 하지 않았다.

"아뇨…… 부유한 여자들 속에서 가난해 보이는 것처럼 굴욕적인 일은 또 없어요."

그러자 남편이 소리쳤다.

"아, 이런 바보! 당신 친구인 포레스티에 부인을 찾아가서 보석 좀 빌려 달라고 해봐요. 친한 사이니까 그 정도 부탁은 할 수 있잖아."

그녀는 환성을 질렀다.

"맞다! 그 생각을 못 했네."

다음 날, 그녀는 친구 집으로 가서 자신의 난처한 처지를 이야기했다. 포레스티에 부인은 거울 달린 옷장으로 가더니 커다란 상자 하나를 들고 와서 뚜껑을 열고 루아젤 부인에게 말했다.

"골라 봐."

마틸드는 먼저 팔찌 몇 개를 보고 다음에는 진주 목걸이, 그리고 금과 보석이 정교하게 세공된 베네치아 십자가를 구경했다. 거울 앞에서 장신구들을 몸에 걸어 보고 차마 다시 벗어서 돌려줄 결심을 하지 못한 채 망설였다. 그녀는 계속해서 물었다.

"다른 건 없니?"

"있지. 찾아봐. 어느 것이 네 마음에 들지 모르니까."

갑자기 검은 비단 상자 속에 들어 있는 화려한 다이아몬드 목걸이가 눈에 확 띄었다. 그녀의 가슴이 걷잡을 수 없는 욕망으로 뛰기 시작했다. 목걸이를 집는 손이 떨렸다. 깃을 세운 옷 위로 목걸이를 걸고 스스로의 모습에 취해 황홀감에 잠겨 있었다.

그러고는 불안에 가득 차서 망설이며 물었다.

"이거 빌려줄 수 있니? 다른 거 말고 이것만?"

"그럼, 물론이지."

그녀는 친구의 목을 와락 끌어안고 격렬하게 키스를 퍼부은 다음 목걸이를 가지고 도망치듯 나왔다.

파티 날이 되었다. 루아젤 부인은 성공을 거두었다. 그녀는 누구보다도 예뻤다. 우아하면서 상냥했고 즐거움과 기쁨에 넘쳐 있었다. 모든 남자들이 그녀를 바라보았고 이름을 물었고 그녀에게 소개받기를 원했다. 사무실의 모든 보좌관들이 춤추고 싶어 했다. 장관도 마틸드를 눈여겨보았다.

그녀는 흥분 속에서 기쁨에 취해 정신없이 춤을 추었다. 자신의 아름다움이 가져온 승리 속에서, 성공의 영광 속에서, 행복의 구름 속에서 더 이상 아무것도 생각나지 않았다. 그 속에는 온갖 찬사와 감탄이 있었고 욕망이 깨어나 있었으며, 여자들의 마음을 채워 주는 너무도 달콤하고 완벽한 승리가 깃들어 있었다.

그녀는 새벽 4시경 파티장에서 나왔다. 루아젤은 자정부터 작고 텅 빈 거실에서 자고 있었다. 파티를 실컷 즐기고 있는 부인들을 기다리는 세 명의 남자들도 함께였다.

남편이 돌아갈 때 입으려고 가져온 옷을 아내의 어깨에 걸쳐 주었다. 평소에 입는 수수한 옷이라 그 초라함이 파티의 화려한 드레스와 어울리지 않았다. 이를 느낀 그녀는 재빨리 도망치려 했다. 값비싼 모피로 몸을 감싼 다른 여자들의 눈에 띄고 싶지 않았다.

루아젤이 그녀를 붙잡았다.

"기다려요. 밖에 나가면 감기 걸려. 내가 마차를 불러오지."

그러나 마틸드는 남편의 말을 듣지 않고 급하게 계단을 내려갔다. 두 사람이 거리로 나왔을 때 마차는 한 대도 보이지 않았다. 그들은 멀리 지나가는 마차를 소리쳐 부르며 잡으려고 애를 썼다.

그들은 낙담한 채 추위에 떨며 센강 쪽으로 내려갔다. 강둑에 이르러 드디어 낡은 마차 한 대를 발견했다. 낮에는 초라한 모습을 창피해하는 듯 밤이 되어야만 파리 거리에 모습을 드러내는 야간 마차였다.

부부는 마차를 타고 마르티르 거리에 있는 집 앞에 내렸다. 그런 다음 침울하게 계단을 올라갔다. 이제 그녀에게는 모든 게 다 끝이었다. 그리고 남편은 내일 아침 10시까지 출근해야 한다는 생각을 하고 있었다.

그녀는 자신의 자랑스러운 모습을 한 번 더 보려고 거울 앞에 서서 어깨를 감쌌던 웃옷을 벗었다. 순간 마틸드는 비명을 질렀다. 목에 걸었던 목걸이가 사라졌다!

벌써 옷을 반쯤 벗은 남편이 물었다.

"무슨 일이야?"

그녀는 얼빠진 모습으로 남편을 향해 돌아섰다.

"저…… 저…… 포레스티에 부인의 목걸이가 없어졌어요."

루아젤은 깜짝 놀라 벌떡 일어섰다.

"뭐……! 뭐라고! ……그럴 리가!"

그들은 야회복과 외투의 주름, 주머니 속까지 샅샅이 뒤졌지만 목걸이를 찾지 못했다.

남편이 물었다.

"무도회장을 나올 땐 확실히 있었어?"

"네, 관저 현관에서 만져 봤는걸요."

"하지만 길에서 잃어버렸다면 떨어지는 소리가 들렸을 텐데. 분명히 마차 안에 있을 거야."

"네. 그런 것 같아요. 마차 번호 기억나요?"

"아니. 당신은, 당신은 번호 못 봤어?"

"네."

두 사람은 망연자실하여 서로를 바라보았다. 결국 루아젤이 옷을 다시 입었다.

"우리가 걸어온 길을 다시 한 번 가봐야겠어. 혹시 찾을 수 있을지도 모르니까."

그는 밖으로 나갔다. 그녀는 누울 기력도 없어 드레스 차림 그대로 멍하니 의자에 주저앉아 있었다. 불도 피우지 않았고 아무 생각도 없었다.

7시경 남편이 돌아왔다. 아무것도 발견하지 못했다.

루아젤은 경찰서에도 가고, 현상금을 건 광고를 신문에 내기도 하고, 작은 마차 회사들을 찾아다니는 등 조금이라도 희망이 보이는 곳이라면 어디든 가보았다.

그녀는 이 무서운 재난에 여전히 정신이 나간 채로 온종일 남편을 기다렸다.

저녁이 되어 루아젤은 볼이 움푹 들어가고 창백해진 얼굴로 돌아왔다. 아무것도 찾지 못했던 것이다.

"당신 친구한테 목걸이의 고리가 부러져서 수리를 맡겼다고 편지를 써야겠어. 그럼 시간적으로 대처할 여유가 생길 테니까."

마틸드는 남편이 부르는 대로 편지를 받아썼다.

일주일 후, 부부는 모든 희망을 잃어버렸다.

5년은 더 늙어 버린 루아젤이 잘라 말했다.

"똑같은 보석을 구하는 수밖에."

다음 날 두 사람은 목걸이가 들어 있던 상자를 들고 그 안에 이름이 적힌 보석상을 찾아갔다. 보석상은 장부를 들여다보았다.

"저희가 판매한 목걸이가 아닙니다, 부인. 보석 상자만 제공해 드린 것 같군요."

그래서 부부는 똑같은 목걸이를 찾아 기억을 더듬어 이 상점 저 상점을 돌아다녔다. 두 사람 다 슬픔과 근심으로 초주검이 되었다.

그들은 팔레 루아얄의 한 상점에서 찾던 것과 아주 똑같아 보이는 다이아몬드 목걸이를 발견했다. 가격은 4만 프랑이었다. 3만 6천 프랑까지 해주겠다고 했다.

부부는 보석상에게 다른 사람에게 팔지 말고 사흘 동안 말미를 달라고 부탁했다. 그리고 2월 말까지 잃어버린 목걸이를 찾게 되면 3만 4천 프랑에 다시 사준다는 조건도 달았다.

루아젤에게는 아버지로부터 물려받은 1만 8천 프랑이 있었다. 나머지는 빚을 내야 했다.

그는 이 사람한테서 1천 프랑, 저 사람한테서 5백 프랑, 여기서 5루이, 저기서 3루이, 닥치는 대로 돈을 빌렸다. 차용 증서를 쓰고, 전 재산을 저당 잡히고, 고리대금업자를 비롯해 모든 종류의 대부업자와 거래를 했다. 루아젤은 말년의 비참함을 각오하며 이행할 수 있을지 없을지도 모르면서 위험한 서명을 했다. 앞날에 대한 불안, 곧 닥쳐올 비참한 가난, 온갖 물질적 결핍과 정신적 고통을 겪게 되리라는 예감으로 겁에 질린 채 그는 새 목걸이를 사러 가서 보석상 계산대 위에 3만 6천 프랑을 올려놓았다.

루아젤 부인이 친구에게 목걸이를 가져가자 포레스티에 부인은 언짢은 태도로 말했다.

"좀 더 빨리 돌려줬어야지. 나도 필요할 수 있잖아."

포레스티에 부인은 보석 상자를 열어 보지 않았다. 사실 루아젤 부인은 친구가 상자를 열까 봐 두려워하고 있었다. 목걸이가 바뀐 것을 알아챈다면 그녀가 어떻게 생각할까? 뭐라고 말할까? 나를 도둑으로 여기지는 않을까?

루아젤 부인은 가난한 사람들의 끔찍한 생활을 경험하게 되었다. 하지만 마틸드는 용감하게도 단번에 결심을 했다. 이 엄청난 빚을 갚아야 했다. 그녀가 갚으리라. 그들은 하녀를 내보내고 지붕 밑 다락방에 세를 얻어 집을 옮겼다.

그녀는 손수 힘든 집안일과 지긋지긋한 부엌일을 했다. 기름때 낀 그릇과 냄비 바닥을 닦느라 붉은 손톱이 다 닳아 버렸다. 더러운 속옷이며 셔츠, 걸레를 빨아 빨랫줄에 널어 말렸다. 매일 아침 쓰레기를 들고 거리로 내려갔고 물을 길어 올리느라 층마다 멈춰 서서 숨을 돌렸다. 서민의 옷차림을 하고 팔에 바구니를 낀 채 과일 가게, 식료품점, 정육점을 돌아다니며 값을 깎느라 욕을 먹어 가면서 하찮으나마 한 푼 한 푼 모아 나갔다.

부부는 매달 빚을 갚아 나갔다. 갚지 못하는 빚은 차용증을 갱신해 시간을 벌어야 했다. 남편은 저녁마다 어떤 상인의 장부를 정리해 주는 일을 했다. 때로는 밤에도 한 장당 25상팀을 받고 원고를 베껴 썼다.

이런 생활이 10년 동안 계속되었다. 10년 만에 그들은 모든 것을, 고리대금 이자는 물론 쌓일 대로 쌓인 이자의 이자까지 모두 다 청산했다.

이제 루아젤 부인은 늙어 보였다. 그녀는 힘세고 강인하고 거친 여자, 가난한 주부가 되어 있었다. 머리는 빗질도 잘 하지 않았고 치마는 비뚜름히 걸쳐 입었으며 손은 거칠어졌다. 큰 소리로 말하고 물을 좍좍 끼얹으며 마루를 닦았다. 그러나 이따금 남편이 출근하고 나면 마틸드는 창가에 앉아 옛날 그 파티, 자신이 너무도 아름다웠고 그토록 환대받았던 그 무도회를 생각하곤 했다.

만약 목걸이를 잃어버리지 않았더라면 어떻게 되었을까? 알 수 없지, 알 수 없어! 인생이란 참으로 이상하고 변화무쌍한 것! 사소한 일 때문에 파멸하기도 하고 구원받기도 하다니!

그러던 어느 일요일, 그녀가 일주일의 일과에서 벗어나 휴식을 취하려고 샹젤리제를 산책하던 중 문득 아이를 데리고 나온 한 부인이 눈에 띄었다. 포레스티에 부인이었다. 여전히 젊고 아름답고 매력적인 모습이었다.

루아젤 부인은 가슴이 뭉클했다. 가서 말을 해볼까? 그래, 그래야지. 이제 빚도 다 갚았으니 모든 얘기를 다 털어놓자. 왜 안 되겠는가?

그녀가 다가갔다.

"오래간만이야, 잔."

상대방은 그녀를 알아보지 못하고 이런 가난한 여자가 자기를 그렇게 허물없이 부르는 것에 놀라 중얼거렸다.

"저…… 부인! 저는 잘 모르겠는데요……. 사람을 잘못 보신 것 같아요."

"아니, 나 마틸드 루아젤이야."

친구는 놀라서 소리를 질렀다.

"어머! ……마틸드, 어쩜 이렇게 변했니……!"

"그래, 우리가 만나지 못한 동안 난 아주 힘들게 지냈어. 비참한 생활이었지……. 그게 다 너 때문이었어……!"

"나 때문이라니……. 어째서?"

"장관 댁 파티에 가려고 내가 너한테 빌렸던 그 다이아몬드 목걸이 기억나지?"

"응. 그런데?"

"그걸 내가 잃어버렸어."

"뭐라고! 하지만 내게 돌려줬잖아."

"똑같이 생긴 다른 목걸이를 준 거야. 그 돈을 갚느라 10년이 걸렸어. 가진 게 아무것도 없던 우리 처지에 쉬운 일이 아니었다는 건 너도 짐작하겠지……. 하지만 이제 다 끝났어. 그래서 정말 기뻐."

포레스티에 부인이 걸음을 멈추었다.

"그럼 내 것 대신 다이아몬드 목걸이를 샀단 말이야?"

"그래. 너 전혀 눈치채지 못했구나! 하긴 정말 똑같았으니까."

그리고 그녀는 순진하면서도 의기양양한 기쁨의 미소를 지어 보였다.

포레스티에 부인은 너무도 북받쳐서 친구의 두 손을 붙잡았다.

"아! 가엾은 마틸드! 내 건 가짜였어. 기껏해야 5백 프랑밖에 안 하는 거였다고……!"

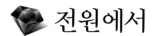 # 전원에서

« J't'ai pas vendu, mé, j't'ai pas vendu, mon p'tiot.
J'vends pas m's éfants, mé.
J'sieus pas riche, mais vends pas m's éfants. »

"나는 널 팔지 않았어, 난 말야, 널 팔지 않았다고, 내 새끼.
난 자식을 팔아먹지 않아. 부자는 아니지만 자식을 팔지 않는다고."

작은 온천 도시 근처의 언덕 밑에 초가집 두 채가 나란히 자리 잡고 있었다. 두 농부는 자식들을 키우기 위해 척박한 땅에서 고되게 일했다. 두 집에는 각각 아이들이 네 명씩 있었다. 이웃하고 있는 두 집의 문 앞에는 아침부터 저녁까지 아이들이 우글거렸다. 두 집의 맏이는 여섯 살이었고 막내는 15개월쯤 되었다. 결혼과 출산이 이 두 집안에서 거의 동시에 이루어진 것이다.

엄마들은 섞여 있는 아이들 속에서 자기 아이를 겨우 구분했고 아빠들은 완전히 혼동했다. 여덟 개의 이름이 그들의 머릿속을 맴돌며 끊임없이 뒤섞였다. 아이 하나를 부르려면 이름 세 개 정도는 부르고 나서야 비로소 맞는 이름을 부르는 일이 흔했다.

롤포르 온천 쪽에서부터 첫 번째 집에는 튀바슈 가족이 살았는데 그 집은 딸 셋에 아들이 하나였다. 두 번째 오두막의 주인은 발랭 가족으로 딸이 하나였고 아들이 셋 있었다.

그들 모두는 수프와 감자, 신선한 공기만으로 힘들게 살고 있었다. 아침 7시와 낮 12시, 그리고 저녁 6시에 엄마들은 마치 거위지기가 동물을 불러 모으듯 아이들을 모아 먹을 것을 주었다. 아이들은 50년이나 사용해 반들반들해진 나무 식탁 앞에 나이순으로 줄지어 앉았다. 막내는 식탁에 입만 아슬아슬하게 닿았다. 아이들 앞에 놓인 움푹한 접시에는 감자와 양배추 반 통, 그리고 양파 세 개를 삶은 물에 불린 빵이 가득했다. 아이들은 모두 배고픔이 가실 때까지 먹었다. 막내는 엄마가 떠먹여 주었다. 일요일에 먹는 포토푀의 고기는 모두에게 잔치와도 같았다. 그럴 때면 아버지는 식사를 끝내지 않고 꾸물거리면서 "날마다 이렇게 먹으면 좋을 텐데."라고 되풀이했다.

8월의 어느 오후, 날렵한 마차 한 대가 두 초가집 앞에 불쑥 멈춰 섰다. 직접 마차를 몰던 젊은 여자가 옆에 앉은 남자에게 말했다.

"어머! 앙리, 저 애들 좀 봐요! 너무 예뻐요. 저렇게 먼지 더미 속에 가득 모여 있다니."

남자는 아무 대답도 하지 않았다. 이제는 익숙해진 그런 감탄이 그에게는 고통이었고 거의 비난처럼 여겨졌다.

젊은 여자가 다시 말했다.

"좀 안아 줘야겠어요! 아! 내게도 아이가 하나 있다면 얼마나 좋을까!

저기 저 애같이 아주 어린아이 말이에요."

그녀는 마차에서 뛰어내려 아이들에게 달려가더니 두 막내 중 한 명, 튀바슈 집의 막내를 품에 안고 더러운 두 뺨과 흙투성이의 금발 곱슬머리와 귀찮은 손길에서 벗어나려고 버둥거리는 작은 손에 열렬히 입을 맞췄다.

그러고는 마차에 다시 올라타더니 서둘러 돌아갔다. 그녀는 다음 주에 다시 찾아와서 땅바닥에 앉아 사내아이를 품에 안고 과자를 잔뜩 먹였다. 다른 아이들에게도 사탕을 주었다. 그리고 말괄량이 소녀처럼 아이들과 함께 놀았다. 그러는 동안 남편은 날렵한 마차 안에서 끈기 있게 기다렸다.

그녀는 또다시 찾아와서 부모들과 인사를 나누었다. 그리고 주머니에 과자와 동전을 잔뜩 채우고 날마다 다시 나타났다.

그녀의 이름은 앙리 뒤비에르 부인이었다.

어느 날 아침, 이번에는 남편이 그녀와 함께 내렸다. 그리고 이제는 그녀를 잘 아는 아이들에게로 가지 않고 농부의 집 안으로 들어갔다.

아이들 부모는 수프를 끓일 장작을 패는 중이었다. 그들은 깜짝 놀라 일어나서 의자를 권한 다음 가만히 기다렸다. 곧 젊은 여자는 떨리는 목소리로 더듬더듬 말하기 시작했다.

"여러분, 제가 여러분을 찾아온 이유는…… 댁의 아들을…… 데려가고 싶어서……."

농부 부부는 영문을 몰라 어리둥절하여 아무 대답도 하지 않았다.

그녀가 숨을 돌린 후 이야기를 계속했다.

"우리에겐 아이가 없어요. 남편하고 저, 둘뿐이죠……. 우리가 댁의 아이를 데려가도…… 괜찮으시겠어요?"

그제야 말뜻을 이해한 농부의 아내가 물었다.

"우리 샤를로를 데려가시겠다고요? 아, 안 돼요, 절대로."

그러자 뒤비에르 씨가 끼어들었다.

"제 아내가 설명을 잘못한 것 같군요. 우린 댁의 아이를 양자로 삼고 싶습니다. 하지만 아이가 두 분을 만나러 올 거예요. 아이가 잘 자라면, 틀림없이 잘 자랄 거라 믿습니다만, 우리의 상속자가 될 겁니다. 혹시 우리에게 자식이 생기더라도 똑같이 상속받을 거예요. 하지만 만일 아이가 우리 기대에 어긋날 경우에는 성년이 되었을 때 아이에게 2천 프랑을 주겠습니다. 즉시 공증인에게 가서 아이 이름으로 돈을 맡겨 놓지요. 그리고 두 분에 대해서도 생각해 두었는데 두 분이 돌아가실 때까지 매달 1백 프랑의 연금을 드리겠습니다. 잘 이해하셨나요?"

농부의 아내는 몹시 화가 나서 자리에서 일어섰다.

"우리 샤를로를 팔라고요? 아! 안 돼요. 그런 일은 엄마에게 요구할 게 못 돼요! 아! 절대 안 돼요! 끔찍한 일이네요."

농부는 심각한 얼굴로 생각에 잠겨 아무 말도 하지 않았다. 그러나 그는 계속해서 고개를 끄덕이며 아내의 말에 찬성을 표했다.

뒤비에르 부인은 어쩔 줄 몰라 하며 울기 시작했다. 그리고 남편을 돌아보면서 잔뜩 흐느끼는 목소리로, 마치 평소에 원하는 대로 모든 요구가 충족되어 온 어린애 같은 목소리로 중얼거렸다.

"안 된대요, 앙리. 안 된대요!"

그들은 다시 한 번 설득을 시도했다.

"하지만 여러분, 아이의 미래를 생각해 보세요. 아이의 행복과……"

농부의 아내가 격분하여 그의 말을 잘랐다.

"더 이해할 것도 더 들을 것도 더 생각할 것도 없어요……. 돌아가세요. 그리고 다시는 우리 집에 오지 마세요. 이런 식으로 남의 아이를 데려가려고 하다니 말도 안 돼요!"

뒤비에르 부인은 밖으로 나오다가 아주 어린아이가 두 명이었던 것을 떠올렸다. 그녀는 뭐든 자기 멋대로 하려고 끈질기게 고집을 부리는 데다가 조금도 기다릴 줄 모르는 성격인지라 눈물이 채 마르기도 전에 물었다.

"그런데 다른 아이는 댁의 아이가 아닌가요?"

튀바슈 씨가 대답했다.

"네, 옆집 아이입니다. 원하시면 옆집에 가보세요."

그리고 그는 아내의 화난 목소리가 쩌렁쩌렁 울리는 집 안으로 다시 들어갔다.

발랭 부부는 식사 중이었다. 그들은 가운데에 버터 접시 하나를 놓고 칼끝으로 버터를 조금 찍은 다음, 아끼느라고 빵에 얇게 발라서 천천히 먹고 있었다.

뒤비에르 씨는 똑같은 제안을 다시 한 번 설명했다. 그러나 이번에는 더 신중을 기해 조심스러운 말과 교묘한 표현을 사용했다.

농부 부부는 거절의 표시로 고개를 가로저었다. 그러나 매달 1백 프랑이 생긴다는 사실을 알게 되자 매우 동요하며 서로 눈길을 주고받기 시작했다.

그들은 고민하고 망설이며 한참 동안 침묵을 지켰다. 마침내 여자가 물었다.

"여보, 당신은 어떻게 생각해요?" 남편은 점잔을 빼며 대답했다.

"무시해 버릴 제안은 아닌 것 같은데."

그러자 뒤비에르 부인은 불안에 떨면서 아이의 미래, 아이의 행복, 그리고 아이가 부모에게 줄 수 있는 돈에 대해 이야기했다.

　농부가 물었다.

　"1천 2백 프랑의 연금은 공증을 해주실 수 있나요?"

　뒤비에르 씨가 대답했다.

　"물론이죠. 당장 내일 해드리지요."

　생각에 잠겨 있던 농부의 아내가 다시 말했다.

　"매달 1백 프랑은 아이를 데려가는 돈으로는 적어요. 그 아이도 몇 년 후에는 일을 할 테니까요. 1백 2십 프랑은 주셔야겠어요."

　초조함에 발을 동동 구르던 뒤비에르 부인은 즉시 승낙했다. 그리고 아이를 바로 데려가고 싶은 마음에 남편이 서류를 작성하는 동안 선물로 1백 프랑을 주었다. 곧 시장과 이웃 한 명이 불려 와서 친절한 증인이 되어 주었다.

　그리고 젊은 여자는 매우 기뻐하며 상점에서 갖고 싶던 장난감을 사가듯 울부짖는 아이를 데려갔다.

　튀바슈 부부는 문 앞에서 아무 말 없이 심각한 표정으로, 어쩌면 자신들의 거절을 후회하면서 이웃집 아이가 떠나가는 모습을 바라보았다.

　그 후 꼬마 장 발랭에 대한 이야기는 더 이상 들을 수 없었다. 장의 부모는 매달 공증인에게서 1백 2십 프랑을 받아 왔다. 이웃과는 사이가 나빠졌다. 튀바슈네 엄마가 그들에게 치욕스러운 욕설을 퍼부었기 때문이다. 그녀는 이 집 저 집 다니면서 자식을 팔아먹다니 인간도 아니라고, 끔찍하고 더럽고 타락한 짓이라고 쉬지 않고 떠들어댔다.

　이따금 그녀는 보란 듯이 샤를로를 품에 안고 마치 아이가 알아듣기라도 하는 것처럼 큰 소리로 말했다.

　"나는 널 팔지 않았어. 난 말야, 널 팔지 않았다고 내 새끼. 난 자식을 팔아먹지 않아. 부자는 아니지만 자식을 팔지 않는다고."

여러 해가 지나는 동안 매일같이 그런 일이 되풀이되었다. 이웃집에 들리도록 날마다 문 앞에서 험한 비유가 담긴 욕을 퍼부은 것이다. 급기야 튀바슈네 엄마는 샤를로를 팔지 않았으니 그 지방에서 자기가 가장 훌륭하다고 믿게 되었다. 그리고 사람들은 그녀에 대해 이렇게 말하곤 했다.

"사실 구미가 당기는 제안이었지. 어쨌든 그 여자는 처신을 잘한 좋은 엄마야."

사람들은 입을 모아 튀바슈 부인을 칭찬했다. 이제 샤를로는 열여덟 살이 되었다. 끊임없이 그런 이야기를 듣고 자란 그도 역시 팔리지 않은 자신이 친구들보다 더 우월하다고 생각했다.

발랭 가족은 연금 덕분에 제법 여유 있게 살아갔다. 여전히 비참한 생활을 하는 튀바슈 집안의 지칠 줄 모르는 분노도 바로 거기에서 비롯된 것이었다.

맏아들은 입대했고 둘째 아들은 죽었다. 샤를로만 혼자 남아 늙은 아버지와 함께 어머니와 두 누이동생을 부양하느라 고생하고 있었다.

그가 스물한 살이 되던 어느 날 아침, 화려한 마차 한 대가 두 초가집 앞에 멈춰 섰다. 금시곗줄을 늘어뜨린 젊은 신사가 백발의 노부인을 부축하며 마차에서 내렸다. 노부인이 그에게 말했다.

"애야, 저기 두 번째 집이란다."

그는 마치 자기 집인 것처럼 발랭네 오두막으로 들어갔다.

늙은 어머니는 앞치마를 빨고 있었고 불구가 된 아버지는 난롯가에서 졸고 있었다. 두 사람이 고개를 들자 청년이 말했다.

"안녕하세요. 어머니, 아버지."

그들은 깜짝 놀라 일어났다. 농부의 아내는 충격을 받아 비누를 물에 빠뜨리고는 중얼거렸다.

"네가 내 아들이냐? 정말 내 아들이냐?"

그는 어머니를 품에 안고 다시 말했다.

"어머니, 안녕하세요."

늙은 아버지는 온몸을 떨면서도 언제나 그래 왔던 것처럼 침착함을 잃지 않고 말했다.

"장, 돌아왔느냐?"

마치 한 달 전에 본 아들을 대하는 듯한 태도였다.

서로 인사가 끝나자 부모는 곧바로 아들을 데리고 나가 동네 사람들에게 보여 주고 싶어 했다. 그들은 시장, 부시장, 신부, 선생님에게 아들을 데리고 갔다.

샤를로는 초가집 문턱에 서서 장이 지나가는 것을 바라보고 있었다.

저녁 식사를 하며 샤를로가 늙은 부모에게 말했다.

"발랭네 아이를 데려가게 하다니 너무 어리석으셨어요!"

어머니가 완강한 태도로 대답했다.

"난 자식을 팔고 싶지 않았다!"

아버지는 아무 말도 하지 않았다.

아들이 다시 말했다.

"그런 식으로 희생되는 건 불행한 일이 아니에요!"

그러자 아버지가 화가 난 말투로 말했다.

"너를 보내지 않았다고 우리를 비난하는 거냐?"

청년이 거칠게 답했다.

"네, 멍청이라고 비난하는 거예요. 아버지 어머니 같은 부모들이 자식을 불행하게 만들어요. 그러니 제가 부모를 떠날 만하죠."

어머니는 접시를 앞에 놓고 울고 있었다. 수프를 숟가락으로 떠먹다가 반은 흘리며 울먹였다.

"자식을 키운 게 무슨 죽을죄라도 되는 거냐!"

그러자 아들이 퉁명스럽게 말했다.

"이렇게 살 바에야 차라리 태어나지 않은 게 나아요. 오늘 오후에 그 아이를 보았을 때 피가 거꾸로 솟는 것 같았어요. '내가 저런 사람이 되었을 텐데!' 하는 생각이 들었다고요."

그는 일어섰다.

"자, 제가 여기 남지 않는 게 더 나을 것 같아요. 여기 있으면 아침부터 저녁까지 두 분을 비난하고 괴롭히게 될 테니까요. 그리고 절대로 두 분을 용서하지 않을 거예요!"

망연자실한 두 노인은 침묵 속에 눈물만 흘렸다.

아들이 다시 말했다.

"아니, 이런 생각조차 너무 힘들 거예요. 그러니 다른 곳에 가서 제 삶을 찾는 게 좋겠어요!"

그가 문을 열었다. 왁자지껄한 목소리가 들려왔다. 발랭 가족이 돌아온 아들과 함께 파티를 하고 있었다.

그러자 샤를로는 발을 구르며 부모를 향해 돌아서서 소리쳤다.

"이런, 촌뜨기 노인들!"

그리고 어둠 속으로 사라졌다.

 노끈

« Une 'tite ficelle… une 'tite ficelle… t'nez, la voilà, m'sieu le Maire. »

"조그만 노끈…… 조그만 노끈이에요……. 자, 여기 있어요, 읍장님."

고데르빌 주변의 모든 길에서 농부와 그 아내들이 읍을 향해 가고 있었다. 장이 서는 날이었다. 남자들은 뒤틀리고 긴 다리를 움직일 때마다 온몸을 앞으로 내밀면서 침착하게 걸음을 옮기고 있었다. 고된 노동, 왼쪽 어깨를 올라가게 하는 동시에 허리를 휘게 만드는 쟁기의 무게, 단단하게 균형을 잡으려면 무릎을 벌려야 하는 밀 베기 작업, 그리고 들판의 온갖 더디고 힘든 일 때문에 남자들의 다리는 뒤틀리고 변형되어 있었다. 풀 먹인 푸른 작업복은 칠을 한 것처럼 윤이 났고 깃과 소매에는 흰 실로 수놓은 작은 장식이 있었다. 뼈만 앙상한 가슴 주위는 마치 공중으로 날아가려는 풍선처럼 부풀어 올라 있었다. 그 바깥으로 머리와 두 팔, 두 다리가 빠져나와 있었다.

어떤 농부들은 암소나 송아지를 고삐에 매어 끌고 갔다. 아내들은 뒤에서 소의 걸음을 재촉하느라 아직 나뭇잎이 달린 나뭇가지로 놈들의 등을 후려치곤 했다. 그녀들은 커다란 바구니를 팔에 걸고 있었다. 어떤 바구니에서는 병아리 머리가, 또 다른 바구니에서는 오리 머리가 삐져나와 있었다. 야위고 꼿꼿한 몸을 꼭 끼는 작은 숄로 감싸 밋밋한 가슴 위에 핀을 꽂고, 머리에는 흰 수건을 팽팽하게 두르고 그 위로 모자를 쓴 채 남자들보다 더 활기 있고 민첩한 걸음으로 걸어갔다.

이어서 조랑말이 급하고 불규칙한 걸음으로 끌고 가는 수레 한 대가 지나갔다. 수레는 나란히 앉은 두 남자와 안쪽에 깊숙이 앉은 여자 하나를 몹시 흔들어댔다. 여자는 몸이 심하게 흔들려서 수레 가장자리를 붙잡고 있었다.

고데르빌 장터는 사람과 짐승이 뒤섞여 어수선했다. 황소의 뿔, 돈 많은 농부들이 쓰는 긴 털이 달린 높다란 모자, 농촌 아낙들의 머리쓰개가 군중 위로 불쑥불쑥 솟아 있었다. 날카롭고 찢어지는 듯한 시끄러운 목소리들이 계속해서 무질서하게 소란을 피웠다. 이런 소리도 신이 난 어떤 시골뜨기의 건장한 가슴에서 터져 나오는 커다란 웃음소리나 어느 집 담벼락에 매어 놓은 암소의 긴 울음소리에 이따금 묻히곤 했다.

사방에서 외양간 냄새, 우유와 퇴비 냄새, 건초와 땀 냄새가 났다. 사람과 짐승 냄새가 뒤섞인, 농촌 사람 특유의 역겹고 시큼한 냄새가 풍겨나왔다.

오슈코른 영감은 브레오테에서 이제 막 고데르빌에 도착했다. 그는 장터로 향하다가 땅에 떨어져 있는 작은 노끈 도막을 보았다. 절약이 몸에 밴 진짜 노르망디 사람으로서 오슈코른 영감은 사용할 만하다면 뭐든 주워 두는 것이 좋다고 생각했다. 류머티즘을 앓고 있던 탓에 힘들게 몸을 굽혀 땅에서 가느다란 노끈 한 도막을 주웠다. 그런 다음 정성 들여 노끈을 돌돌 감으려고 할 때, 마구(馬具) 상인 말랑댕 영감이 문턱에 서서 자신을 바라보고 있는 모습이 보였다. 그들은 예전에 말고삐 때문에 싸운 적이 있었는데 두 사람 다 집요한 성격인지라 여전히 서로에게 화가 나 있었다. 오슈코른 영감은 진창 속에서 노끈 도막을 줍는 모습을 원수에게 들킨 것이 수치스러웠다. 그는 주운 물건을 황급히 웃옷 밑에 감추었다가 다시 바지 주머니에 넣었다. 그리고 뭔가 아직 찾지 못한 물건이 있는 척 바닥을 살피는 시늉을 하다가 통증 때문에 머리를 앞으로 내밀고 몸을 구부린 채 장터로 향했다.

끝없는 흥정을 하느라 흥분하여 소란을 피우고 꾸물대는 군중 속으로 그는 곧 사라졌다. 농부들은 암소를 만져 보느라 왔다 갔다 하면서 언제든 속을 수 있다는 두려움에 난처했다. 눈치를 살피며 장사꾼의 술책과 짐승의 결점을 찾아내려고 끝없이 애를 쓰면서도 감히 결정을 못하고 있었다.

여자들은 커다란 바구니를 발밑에 내려놓고 그 안에서 닭이나 오리를 꺼내 놓았다. 볏이 빨간 날짐승들은 발이 묶인 채 겁먹은 눈으로 땅바닥에 엎드려 있었다.

그녀들은 손님이 부르는 가격을 듣고 무뚝뚝한 태도와 냉정한 얼굴로 깎아 줄 수 없다고 단호하게 말하기도 했고, 갑자기 손님이 말한 값으로 깎아 주기로 결심하고는 천천히 멀어져 가는 손님을 향해 소리치기도 했다.

"좋아요, 앙팀 영감님. 그렇게 드리지요."

장터는 차츰 한산해졌고 낮 기도 시간의 종소리가 정오를 알리자 멀리서 온 사람들은 주막으로 흩어졌다.

주르댕 주막의 커다란 홀이 손님으로 가득 찼다. 넓은 마당도 짐수레, 이륜마차, 의자 달린 긴 마차, 2인승 마차, 작은 포장마차 등 온갖 종류의 탈것으로 꽉 차 있었다. 진흙이 묻어 누래지고 찌그러지고 땜질한 마차, 말에 매는 막대 한 쌍을 두 팔처럼 하늘로 뻗어 올리고 있거나 코를 땅에 박고 꽁무니를 공중으로 치켜든 마차들도 있었다.

식탁에 앉아 식사하는 사람들 바로 곁에는 환한 불꽃이 활활 타오르는 커다란 벽난로가 있어서 오른쪽에 줄지어 앉은 사람들의 등에 따끈따끈한 열기가 전해졌다. 닭고기, 비둘기 고기, 양 넓적다리 고기를 꿴 꼬챙이 세 개가 돌아가고 있었다. 구운 고기와 노릇노릇한 고기 껍질 위로 흐르는 육즙의 맛있는 냄새가 아궁이 너머로 퍼지면서 즐거움이 솟아났고 사람들은 군침을 삼켰다.

돈깨나 있는 농부들은 모두 여기, 주르댕 영감의 주막에서 식사를 했다. 주막 운영과 말 장사를 겸하는 주르댕 영감은 부자인 데다가 약삭빠른 사람이었다.

요리 접시는 노란 사과주 병과 함께 비워졌다. 저마다 자신의 장사나 물건 사고파는 이야기를 했다. 수확에 대한 이야기도 들렸다. 풀밭에는 좋은 날씨지만 밀 농사에는 좀 습하다고 했다.

갑자기 앞마당에서 북소리가 울렸다. 몇몇 무관심한 사람들을 제외하고 모두들 재빨리 일어나 입에는 여전히 음식을 가득 물고 손에는 냅킨을 쥔 채로 문과 창문으로 달려갔다.

북소리가 끝나자 마을에 소식을 전하는 관원이 급하고 불규칙한 목소리로 문장을 엉뚱하게 끊어 가며 소리쳤다.

"고데르빌 주민들과 여기 장에 있는 모든, 사람들에게 알립니다. 오늘 아침 9시에서 10시 사이에 뵈즈빌 거리에서 5백 프랑과 서류가 들어 있는 까만, 가죽 지갑이 분실되었습니다. 발견 즉시 읍사무소나 마네르빌의 포르튀네 울브레크 영감님 댁으로 가져다주시기 바랍니다. 20프랑의 사례금을 지급하겠습니다."

그리고 관원은 가버렸다. 멀리서 둔탁한 북소리와 희미한 목소리가 다시 한 번 들렸다.

그러자 사람들은 울브레크 영감이 지갑을 찾을지 못 찾을지 가능성을 열거하면서 사건에 대해 이야기하기 시작했다.

그러는 사이 식사가 끝났다.

사람들이 커피를 다 마셨을 때 헌병 대장이 문턱에 나타나 물었다.

"브레오테의 오슈코른 영감님 여기 계십니까?"

식탁의 반대편 끝에 앉아 있던 오슈코른 영감이 대답했다.

"나요."

헌병 대장이 다시 말했다.

"오슈코른 영감님, 죄송하지만 저와 함께 읍사무소에 가주셔야겠습니다. 읍장님이 하실 말씀이 있답니다."

농부는 놀라 불안해하며 작은 술잔을 단숨에 비우고 일어섰다. 매번 쉬고 난 후에 첫걸음을 떼는 것이 특히 힘들었기 때문에, 그는 아침보다 한층 더 봄을 구부린 채로 길을 나서며 같은 말을 되풀이했다.

"나요, 나요."

그는 헌병 대장을 뒤따라갔다.

읍장이 안락의자에 앉아 그를 기다리고 있었다. 그 지역 공증인이기도 한 읍장은 뚱뚱한 체구에 근엄하게 거드름을 피우며 말을 하는 남자였다.

"오슈코른 영감님." 그가 말했다. "오늘 아침 뵈르빌 거리에서 마네르빌의 울브레크 영감님이 잃어버린 지갑을 영감님께서 줍는 걸 본 사람이 있습니다."

시골 노인은 말문이 막혀 읍장을 바라보았다. 영문도 모른 채 자신을 짓누르는 의심에 벌써 겁에 질려 있었다.

"내가, 내가 그 지갑을 주웠다고요?"

"네, 영감님이요."

"맹세코 난 전혀 모르는 일입니다."

"본 사람이 있습니다."

"날 봤다고요? 나를? 누가 날 봤답니까?"

"마구 상인 말랑댕 씨요."

그러자 노인은 기억을 되살려 어찌 된 상황인지 이해했고 화가 나서 얼굴이 벌게졌다.

"아! 그놈이 날 봤다고요, 그 망할 놈이! 그놈은 내가 이 노끈을 줍는 걸 본 거예요. 자요, 읍장님."

그는 주머니 속을 뒤져 작은 노끈 도막을 꺼냈다.

그러나 읍장은 믿기지 않는지 고개를 저었다.

"믿을 수 없군요, 오슈코른 영감님. 말랑댕 씨는 신용할 만한 사람인데 이 노끈을 지갑으로 착각했다니요?"

농부는 화가 나서 손을 치켜들었다. 오슈코른은 자신의 명예를 증명하기 위해 옆에다 침을 한 번 뱉은 후 다시 말했다.

"하지만 하느님께 맹세코 사실입니다. 진짜 사실이에요, 읍장님. 제 영혼과 구원을 걸고 거듭 말씀드립니다."

읍장이 다시 말했다.

"물건을 주운 후에 영감님이 혹시 동전 하나라도 떨어진 게 없나 싶어 한참 동안 진창 속을 찾기까지 했다면서요."

노인은 분노와 두려움으로 숨이 막힐 것 같았다.

"어떻게 그런 말을 할 수가……! 그런 말을! 정직한 사람 하나를 망가뜨리려고 그런 거짓말을 하다니! 그럴 수가……!"

항의했지만 소용없었다. 사람들은 믿어 주지 않았다.

그는 말랑댕 씨와 대면했다. 말랑댕 씨는 자신이 증언한 내용을 되풀이했다. 그들은 한 시간 동안 서로 욕설을 퍼부었다. 오슈코른 영감은 자진해서 몸수색을 받았다. 그의 몸에서는 아무것도 나오지 않았다.

결국 몹시 난처해진 읍장은 검찰에 알아보고 지시를 요청하겠다는 경고와 함께 그를 그냥 돌려보냈다.

소문이 퍼졌다. 노인이 읍사무소에서 나오자 사람들이 오슈코른 영감을 둘러싸고 진지하거나 또는 빈정거리는 듯한 호기심으로 그에게 질문을 했다. 그러나 분개하는 사람은 아무도 없었다. 그리고 노인이 노끈 이야기를 시작하자 사람들은 믿지 않고 웃기만 했다.

모두들 길을 가는 그를 붙잡아 세웠고 노인이 스스로 아는 이들을 붙잡기도 했다. 끝없이 자신의 사정을 말하고 항변을 거듭하면서 아무것도 없다는 것을 증명하기 위해 주머니를 뒤집어 보였다.

그러면 사람들은 이렇게 말했다.

"교활한 영감 같으니, 꺼져요!"

그는 분하고 화가 나고 흥분했다. 사람들이 자신을 믿어 주지 않는 것에 몹시 가슴이 아팠다. 그럼에도 어찌할 바를 몰라 계속 자신의 이야기를 늘어놓았다.

밤이 되었다. 이제 돌아가야 했다. 노인은 이웃 사람 세 명과 함께 길을 가면서 자기가 노끈 도막을 주웠던 장소를 보여 주었다. 그리고 길을 가는 내내 자신이 겪은 일에 대해 이야기했다.

저녁에는 모든 사람에게 그 일을 이야기하려고 브레오테 마을을 한 바퀴 돌았다. 그러나 믿어 주지 않는 사람들만 만났을 뿐이었다.

그는 그 일로 밤새도록 앓았다.

다음 날 오후 1시경, 이모빌에서 농사를 짓는 브르통 영감 농장의 하인인 마리우스 포멜이 지갑과 그 속에 든 내용물을 마네르빌의 울베르크 영감에게 돌려주었다.

그 남자는 길에서 지갑을 주웠다고 주장했다. 하지만 글을 읽을 줄 몰랐던 터라 집으로 가져가 주인에게 주었다는 것이었다.

이 소식이 근방에 퍼졌다. 오슈코른 영감도 소식을 듣게 되었다. 그는 곧 동네방네 돌아다니며 완전하게 결말을 맺은 자기 이야기를 하기 시작했다. 그는 의기양양했다.

"나를 슬프게 한 것은 결코 사건 그 자체가 아니었어. 자네도 알겠지만 그건 바로 거짓말이었어. 거짓말 때문에 비난을 받는 것만큼 사람에게 해를 끼치는 일은 없거든."

온종일 그는 자신이 겪은 일을 말했다. 길을 가는 사람들에게도, 술집에서 술을 마시는 사람들에게도 이야기했다. 다음 일요일에는 성당을 나오면서도 이야기했다. 심지어 모르는 사람을 붙잡고도 그 이야기를 꺼냈다. 이제야 오슈코른 영감은 마음이 좀 편안해졌다. 그러나 정확히 알 수는 없지만 뭔가 꺼림칙했다. 사람들이 자신의 이야기를 들으면서 조롱하는 듯했다. 사람들은 납득하는 것 같지 않았다. 등 뒤에서 수군대는 것이 느껴졌다.

그 다음 주 화요일, 그는 고데르빌 장터에 갔다. 순전히 자신의 사건을 이야기하기 위해서였다.

자기 집 문턱에 서 있던 말랑댕이 그가 지나가는 것을 보고 웃기 시작했다. 왜일까?

그는 크리크토의 한 농부에게 다가갔다. 그러나 오슈코른이 말을 끝마치기도 전에 농부는 그의 움푹한 배를 한 대 치면서 얼굴에 대고 "교활한 영감, 꺼져!"라고 소리쳤다. 그리고 그 농부는 발길을 돌렸다.

오슈코른 영감은 망연자실했고 점점 더 불안해졌다. 왜 사람들이 자신을 '교활한 영감'이라고 부르는 걸까?

그는 주르댕 주막으로 가서 식탁에 앉아 사건을 설명하기 시작했다.

몽티빌리에의 한 마구 상인이 그에게 소리쳤다.

"그래그래, 사기꾼 영감. 나도 알아. 그 노끈 말이야!"

오슈코른은 우물우물 말했다.

"어쨌든 그 지갑은 찾았잖아!"

그러나 상대방은 이렇게 말했다.

"입 다물어, 영감탱이. 주운 사람이 따로 있고 돌려준 사람이 따로 있겠지. 감쪽같이 잘도 속였네!"

오슈코른은 숨이 막히는 것 같았다. 그제야 모든 것이 이해되었다. 사람들은 그가 한 패거리, 즉 공범자를 통해 지갑을 돌려주었다고 비난하는 것이었다.

그는 항의하려 했다. 그러나 식탁에 앉은 모든 사람들이 웃어대기 시작했다. 결국 식사를 미처 끝내지 못한 채 사람들의 비웃음 속에서 밖으로 나왔다.

오슈코른 영감은 창피하고 화가 나서 집으로 돌아갔다. 분노와 당혹감으로 목이 막혔다. 사실 교활한 노르망디 사람이라면 사람들이 비난하는 짓을 능히 할 수 있고, 심지어 그것을 훌륭한 책략이라고 자랑도 할 수 있는 터라 더더욱 기가 막혔다. 자신이 교활하다고 알려진 마당에 결백을 증명하기 불가능하다는 생각이 막연히 들었다. 그럼에도 부당한 의심을 받는다는 생각이 가슴에 사무쳤다.

그래서 그는 사건을 다시 이야기하기 시작했다. 날마다 자신의 이야기를 길게 늘어놓으면서 매번 새로운 이유와 한층 더 단호한 항의와 엄숙한 맹세를 덧붙였다. 머릿속이 온통 노끈 이야기로만 가득해서 혼자 있는 시간에도 늘 생각하고 준비했다. 그런데 변호가 더 복잡해지고 논증이 더 치밀해질수록 사람들은 더욱더 믿어 주지 않았다.

"저런 게 바로 거짓말쟁이들의 해명이지." 사람들은 그의 등 뒤에서 말했다.

그도 그것을 느꼈다. 피가 마르는 것 같았다. 헛된 노력 끝에 완전히 지쳐 버렸다. 노인은 눈에 띄게 쇠약해졌다.

마치 참전 군인에게 전쟁 이야기를 해달라고 조르듯이 이제는 익살꾼들이 재미 삼아 '노끈' 이야기를 청했다. 밑바닥까지 철저하게 상처 입은 그의 정신은 병약해지고 있었다.

12월 말경, 그는 병들어 몸져누웠다.

그리고 1월 초순에 숨을 거두었다. 오슈코른은 임종의 고통으로 헛소리를 하는 중에도 자신의 결백을 주장하며 이렇게 되뇌었다.

"조그만 노끈…… 조그만 노끈이에요……. 자, 여기 있어요, 읍장님."

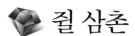 쥘 삼촌

« C'est extraordinaire,
comme cet homme qui ouvre les huîtres ressemble à Jules. »

"참 이상한 일이야. 저 굴 까는 사람이 쥘하고 똑같이 생겼어."

수염이 하얗게 센 늙은 거지 하나가 우리에게 구걸을 했다. 내 친구 조제프 다브랑슈는 그에게 5프랑을 주었다. 나는 깜짝 놀랐다. 그러자 그가 말했다.

"저 거지를 보니 생각나는 이야기가 있군. 그 기억이 줄곧 내 머리를 떠나지 않고 있었는데, 얘기해 줄 테니 들어 봐."

우리 가족은 르아브르 출신인데 부유하지 못했어. 근근이 살아가는 정도였지. 아버지는 직장에서 일을 마치고 밤늦게 돌아오셨지만 수입은 신통치 않았어. 내게는 누나도 둘 있었지.

어머니는 옹색한 처지를 몹시 힘들어하셨어. 그래서 종종 아버지에게 가시 돋친 말이나 은근하고 고약한 비난을 내뱉기도 하셨어. 그럴 때마다 불쌍한 아버지는 내 마음을 아프게 하는 몸짓을 해보였지. 아버지는 나지도 않은 땀을 닦으려는 것처럼 손을 펼쳐 이마로 가져갈 뿐 아무런 대답도 하지 못하셨어. 나는 아버지의 무력한 고통을 느낄 수 있었지. 우리는 모든 면에서 절약했어. 답례하는 일이 없도록 식사 초대에는 한 번도 응한 적이 없었고, 식료품은 할인된 것들이나 재고품을 사곤 했어. 누나들은 옷을 직접 만들어 입었고 미터당 15상팀 하는 장식용 줄을 가지고도 오랫동안 흥정을 했지. 우리는 보통 기름기 있는 수프와 온갖 소스로 양념한 쇠고기를 먹었는데, 그게 건강에 좋고 원기를 회복하게 해주는 음식인지는 몰라도 나는 다른 음식을 먹고 싶었어.

단추를 잃어버리거나 바지를 찢어 먹은 날엔 지독하게 야단을 맞았지.

하지만 일요일만 되면 우리는 옷을 제대로 갖춰 입고 부두로 산책을 하러 나갔지. 프록코트를 입고 커다란 모자를 쓰고 장갑을 낀 아버지는 축제일의 큰 배처럼 화려하게 꾸민 어머니에게 팔을 내미셨어. 제일 먼저 준비를 마친 누나들은 출발 신호를 기다리고 있었지. 그런데 나가려는 순간이면 언제나 아버지의 프록코트에서 보이지 않던 얼룩이 보였고, 그러면 재빨리 벤젠을 헝겊 조각에 적셔 얼룩을 빼내야 했어.

아버지는 커다란 모자를 그대로 쓴 채 셔츠 바람으로 작업이 끝나기를 기다리셨지. 어머니는 때를 묻히지 않으려고 장갑을 벗은 다음 근시 안경을 고쳐 써가며 서두르곤 했어.

우리는 한껏 격식을 차려 길을 나섰어. 누나들은 서로 팔짱을 낀 채 앞장서서 걸어갔어. 결혼할 나이였으니 사람들한테 누나들을 드러내 보이려는 것이었지. 나는 어머니 왼쪽에 섰고 아버지는 오른쪽에 계셨어.

그 일요일 산책 때 가엾은 부모님의 점잔 **빼던** 태도, 딱딱하게 굳은 표정, 엄격한 걸음걸이가 생각나는군. 마치 당신들의 자세에 매우 중대한 문제가 걸려 있기라도 한 것처럼, 부모님은 몸을 꼿꼿이 세우고 경직된 다리로 근엄하게 앞을 향해 걸어가셨지.

그리고 매주 일요일, 아버지는 머나먼 미지의 나라에서 돌아오는 커다란 선박들을 보면서 늘 똑같은 말씀을 하셨어.

"아! 쥘이 저 안에 타고 있다면 얼마나 좋을까!"

아버지의 동생인 쥘 삼촌은 한때는 공포의 대상이었다가 이내 집안의 유일한 희망이 된 사람이었어. 나는 어렸을 때부터 삼촌 이야기를 하도 많이 들어서 첫눈에 알아볼 수 있을 것 같았어. 그만큼 삼촌에 대한 생각이 내겐 익숙했던 거지. 나는 삼촌이 미국으로 떠나는 날에 이르기까지 삼촌의 생활에 대해 세세히 알고 있었어. 비록 그 시기 삼촌의 삶에 대해서는 사람들이 낮은 소리로 이야기했지만 말이야.

삼촌은 행실이 좋지 않았던 것 같아. 말하자면 돈을 낭비한 건데, 가난한 집안에서는 가장 중대한 범죄야. 부자들에게야 방탕한 사람이 어리석은 사고를 친 것이겠지. 그들은 웃으면서 그런 이들을 '난봉꾼'이라고 부르는 거고. 하지만 가난한 사람들의 경우에는 부모 돈을 축내는 나쁜 놈, 망나니, 건달이 되는 거야!

똑같은 행동이라 하더라도 이렇게 구분하는 것이 맞아. 행위의 심각성은 오직 결과에 의해서만 결정되니까.

아무튼 쥘 삼촌은 아버지가 기대하고 있던 유산을 엄청나게 축냈어. 물론 자기 몫은 한 푼도 남김없이 탕진한 후에 말이야.

당시 많은 사람들이 그랬듯이 삼촌은 르아브르에서 뉴욕으로 가는 상선을 타고 미국으로 갔지.

미국에 도착한 삼촌은 정확히는 모르겠지만 어떤 장사를 시작했고, 곧 편지를 보내 왔어. 돈을 좀 벌었다면서 아버지에게 끼친 손해를 보상할 수 있게 되기를 바란다고 말이야. 그 편지는 식구들에게 깊은 감동을 주었지. 한 푼의 값어치도 없다는 말을 듣던 쥘 삼촌이 갑자기 성실한 사람, 진실한 사람, 다브랑슈 집안의 다른 남자들처럼 정직한 진짜 다브랑슈가 된 거야. 게다가 삼촌이 큰 상점을 빌려서 대규모로 장사를 하고 있다는 소식을 전해 준 선장도 있었지.

2년 후에는 두 번째 편지가 왔는데 이런 내용이었어. '필립 형, 저는 건강하게 잘 지내니 걱정하지 마시라고 편지를 드립니다. 사업도 잘 되고 있어요. 내일 남아메리카로 긴 여행을 떠납니다. 아마 여러 해 동안 소식을 전하지 못할 것 같습니다. 제 편지가 없어도 걱정하지 마세요. 한밑천 벌면 르아브르로 돌아갈 거예요. 그리 오래 걸리지 않기를 바라고 있습니다. 그럼 우리는 함께 행복하게 살게 되겠지요…….'

그 편지는 집안의 복음서가 되었어. 식구들은 툭하면 편지를 꺼내 읽었고 모든 사람들에게 보여 주었지.

실제로 10년 동안 쥘 삼촌한테서는 아무 소식이 없었어. 하지만 시간이 흐를수록 아버지의 희망은 커져 갔고 어머니도 종종 이렇게 말씀하셨지.

"착한 쥘 도련님이 돌아오면 우리 상황도 달라질 거야. 도련님이야말로 곤경을 극복할 줄 아는 분이지!"

그리고 일요일마다 수평선에서 커다랗고 검은 기선이 뱀같이 구불구불한 연기를 하늘로 토해내며 다가오는 모습을 볼 때면 아버지는 늘 똑같은 말을 되풀이하곤 하셨어.

"아! 쥘이 저 안에 타고 있다면, 얼마나 좋을까!"

그러면 우리는 삼촌이 손수건을 흔들면서 소리치는 모습을 보게 되리라 기대하곤 했어.

"어이, 필립 형."

삼촌이 확실히 돌아온다는 전제하에 우리는 수많은 계획을 세웠지. 심지어 삼촌의 돈으로 앵구빌 근처에 조그만 별장도 살 예정이었어. 모르긴 몰라도 아마 아버지는 그때 이미 그 문제에 대해 협상을 시작하셨을 거야.

당시 큰누나는 스물여덟 살, 작은누나는 스물여섯 살이었어. 둘 다 결혼을 하지 않고 있어서 모두에게 큰 걱정거리였지.

드디어 작은누나에게 구혼자가 나타났어. 회사원이었는데 부자는 아니었지만 괜찮은 사람이었지. 어느 날 저녁에 보여 준 쥘 삼촌의 편지 덕분에 그 청년이 망설임을 끝내고 결정할 수 있었다고 나는 지금도 확신하고 있어.

누나는 청혼을 흔쾌히 받아들였고 결혼식 후 온 가족이 함께 저지[2]로 짧은 여행을 가기로 결정했어.

저지는 가난한 사람들에겐 이상적인 여행지야. 멀지도 않고 여객선을 타고 바다만 건너면 외국 땅에 이르게 되거든. 그 섬은 영국 땅이니까 프랑스인이 배를 타고 두 시간만 가면 제 나라에 있는 이웃 나라 국민을 볼수 있고, 게다가 영국 깃발 아래 있는 그 섬의 풍습을 관찰할 수도 있는거야. 솔직한 사람들이 고약하다고 표현하는 그 풍습 말이야.

저지 여행은 우리의 관심사가 되었고 한순간도 잊을 수 없는 꿈이자 유일한 기다림이었어.

---

2) 프랑스 노르망디 해안에 자리 잡은 영국령 섬이다.

드디어 우리는 출발했어. 마치 어제 일처럼 눈앞에 선하군. 그랑빌 부두에 정박한 증기선이 열을 가하고 있었고, 아버지는 혼란스러운 표정으로 우리 짐 세 개가 잘 실리는지 지켜보셨어. 어머니는 불안한 기색으로 동생이 결혼한 뒤 한배에서 난 새끼들 중 혼자 남은 병아리처럼 얼이 빠진 큰누나의 팔을 잡으셨지. 우리 뒤로 신혼부부가 따라왔는데 항상 뒤처져 있어서 나는 수시로 고개를 돌려 뒤를 바라보았어.

배가 기적을 울렸어. 우리는 배에 올라탔지. 배는 부두를 떠나 푸른 대리석 탁자처럼 평평한 바다 위로 멀어져 갔어. 좀처럼 여행을 하지 못하는 사람들이 보통 그러듯, 우리는 행복함과 자부심에 부풀어 멀어지는 해안을 바라보았어.

아버지는 어김없이 바로 그날 아침에 정성껏 얼룩을 지운 프록코트를 입은 채 배를 내밀고 계셨지. 외출하는 날이면 늘 아버지 주위로 벤젠 냄새가 퍼져서 나는 그 냄새만 맡아도 일요일이라는 것을 깨닫곤 했어.

갑자기 아버지는 두 신사가 우아한 두 부인에게 굴을 사주는 모습을 보게 되었어. 누더기를 걸친 늙은 뱃사람이 단칼에 굴 껍질을 벌려서 신사들에게 주면 신사들은 그것을 다시 부인들에게 건넸지. 부인들은 고운 손수건 위에 껍데기를 올려놓고 옷을 더럽히지 않도록 입을 앞으로 내밀면서 조심스럽게 굴을 먹었어. 그리고 재빠르게 국물을 쪽 빨아 마신 후 껍데기를 바다에 던졌지.

아마도 아버지는 운항 중인 배 위에서 굴을 먹는 색다른 행동에 마음이 끌렸나 봐. 세련되고 고상하며 좋은 취향이라고 생각하신 건지 어머니와 누나들에게 다가가서 물으시더군.

"굴 좀 사줄까?"

어머니는 돈 때문에 망설이셨지만 누나들은 곧바로 좋다고 했지. 그러자 어머니가 난처한 말투로 말씀하셨어.

"나는 배가 아플까 봐 겁나요. 그러니 애들한테나 사주세요. 하지만 너무 많이 사주지는 말아요. 탈이 날지도 모르니까."

그리고 나를 돌아보며 덧붙이셨지.

"조제프한테는 사줄 필요 없어요. 사내 녀석은 나쁜 버릇을 들이면 안 되니까요."

그래서 나는 어머니 곁에 남아 있었어. 그런 차별이 부당하다고 생각하면서 말이야. 그러면서 두 딸과 사위를 데리고 누더기를 걸친 늙은 뱃사람에게 으스대면서 다가가는 아버지를 눈으로 뒤쫓았지.

두 부인은 막 떠났고 아버지가 국물을 흘리지 않으면서 먹으려면 어떻게 해야 하는지 누나들에게 가르쳐 주시더군. 아버지는 직접 시범을 보이려고 굴 하나를 집으셨어. 그런데 아버지는 두 부인을 따라하려다가 곧 국물을 프록코트에 엎지르고 말았어. 그러자 어머니가 투덜대시는 소리가 들렸지.

"잠자코 있었으면 좋으련만."

그런데 갑자기 아버지가 불안해하시는 것 같았어. 아버지는 몇 걸음 물러나서 굴 까는 사람 주위에 모여 있는 식구들을 뚫어지게 바라보시더니 황급히 우리 쪽으로 돌아오셨어. 안색이 몹시 창백하고 눈빛이 이상해 보이더군. 아버지가 작은 소리로 어머니에게 말씀하셨어.

"참 이상한 일이야. 저 굴 까는 사람이 쥘하고 똑같이 생겼어."

어머니는 어리둥절해서 물으셨어.

"쥘이라니, 누구요?"

아버지가 대답하셨어.

"그러니까…… 내 동생 말이야……. 쥘이 미국에서 잘나가고 있다는 걸 몰랐다면 틀림없이 쥘이라고 믿었을 거야."

어머니는 하도 놀라서 말까지 더듬으시더군.

"당신 미쳤어요? 도련님이 아니라는 걸 잘 알면서 뭐 하러 그런 바보 같은 말을 해요?"

하지만 아버지는 단념하지 않으셨어.

"클라리스, 당신이 가서 봐. 직접 당신 눈으로 확인해 주면 좋겠어."

어머니는 일어나서 딸들이 있는 곳으로 가셨어. 나도 그 사람을 바라 보았지. 늙고 더럽고 주름살투성이였는데 자기가 하는 일에서 눈을 떼지 않고 있었어.

어머니가 돌아오셨는데 온몸을 떨고 계시더군. 어머니는 재빨리 말씀 하셨어.

"쥘이 틀림없어요. 가서 선장에게 좀 알아보세요. 하지만 조심해요. 이제 다시 저 작자를 우리가 떠맡게 되지 않도록 말이에요!"

아버지가 알아보러 가시기에 나도 곧장 따라갔지. 이상하게 흥분이 되더군.

선장은 키가 크고 마른 체구에 구레나룻을 길게 기르고 있었는데, 마치 인도의 우편선을 지휘하기라도 하는 듯 거드름을 피우는 태도로 선교 위를 거닐고 있었어.

아버지는 예의를 갖춰 그에게 다가가 온갖 찬사를 곁들여 가며 그의 일에 대해 질문을 던지셨어.

저지는 어떤 점에서 중요한 곳입니까? 생산물은 뭔가요? 인구는요? 풍속은요? 관습은요? 토질은 어떻습니까? 등등.

마치 미국 얘기라도 하는 것 같았지.

이어서 우리가 타고 있는 '엑스프레스호'에 대해 이야기를 하다가 화제가 승무원 이야기로 옮겨 갔어. 마침내 아버지가 떨리는 목소리로 말씀하셨어.

"저기 굴 까는 노인이 아주 흥미로워 보이는데요. 혹시 저 사람과 관련된 자세한 속사정을 알고 계십니까?"

이런 대화에 결국 짜증이 났는지 선장이 무뚝뚝하게 대답했어.

"작년에 미국에서 만나 데려온 늙은 프랑스인 부랑자입니다. 르아브르에 친척이 있는 모양인데, 그들에게 빚을 져서 그들 곁으로는 돌아가지 않으려고 합니다. 이름이 쥘…… 쥘 다르망슈인지 다르방슈인지 아무튼 그런 이름이에요. 한때는 부유했던 것 같은데 지금은 보시다시피 저 꼴이지요."

얼굴이 창백해진 아버지는 얼빠진 눈으로 목이 메어 말씀하셨어.

"아, 아, 그렇군요…… 그래요……. 놀라운 일도 아니네요……. 감사합니다, 선장님."

그리고 아버지는 자리를 뜨셨지. 선장은 멀어지는 아버지를 놀라서 바라보고 있더군.

어머니 곁으로 돌아오신 아버지의 표정이 어찌나 일그러졌던지 어머니는 이렇게 말씀하셨어.

"앉아요. 사람들이 눈치채겠어요."

아버지가 의자에 주저앉으며 더듬더듬 말씀하셨어.

"쥘이야, 틀림없어!"

그러고는 이렇게 물으셨지.

"어떡하지……?"

어머니가 재빨리 대답하셨어.

"애들을 떼어 놓아야 해요. 조제프는 다 알고 있으니 이 애를 보내서 다른 애들을 찾아오도록 해요. 특히 사위가 아무것도 눈치채지 못하게 조심해야 해요."

아버지는 심한 충격을 받으셨는지 이렇게 중얼거리셨어.

"이게 웬 날벼락이람!"

갑자기 어머니가 화가 난 듯 덧붙이셨어.

"저 도둑이 아무것도 하지 못하다 다시 우리에게 짐이 되는 게 아닌가 늘 의심스럽더니만! 다브랑슈 집안사람에게 뭘 기대할 수 있겠어!"

그러자 아버지는 어머니에게 비난을 받을 때면 늘 그러듯 이마로 손을 가져가셨지.

어머니는 다시 덧붙이셨어.

"당장 조제프에게 돈을 줘서 굴 값을 치르라고 해요. 저 거지 눈에 띄지 않는 수밖에 없어요. 그렇게 되면 배 위에서 아주 꼴좋은 상황이 벌어지겠죠. 반대편 끝으로 갑시다. 저 사람이 우리에게 다가오지 못하도록 해요!"

어머니는 자리에서 일어나셨고 부모님은 내게 5프랑짜리 돈을 준 후 멀리 가버리셨어.

누나들은 놀란 눈으로 아버지를 기다리고 있었어. 나는 어머니가 뱃멀미를 조금 하신다고 말해 준 다음 굴 까는 사람에게 물었지.

"얼마예요, 아저씨?"

나는 삼촌이라고 부르고 싶었어.

그가 대답했지.

"2프랑 50이오."

내가 5프랑을 내밀자 그가 거스름돈을 주었어.

나는 그의 손을, 뱃사람의 가엾고 온통 쭈글쭈글한 손을 바라보았어.

그리고 그의 얼굴, 초라하고 처량하고 지치고 늙은 얼굴을 바라보며 생각했지.

'저 사람이 내 삼촌, 아버지의 동생이구나!'

나는 그에게 팁으로 50상팀을 주었어. 내게 고맙다고 하더군.

"복 받으십시오, 도련님!"

적선을 받는 가난뱅이의 말투였어. 나는 그가 거기서 구걸도 했으리라고 생각했지!

누나들은 인심 쓰는 나를 어이가 없다는 듯 바라보고 있었지.

아버지에게 2프랑을 돌려 드리자 어머니가 깜짝 놀라서 물으시더군.

"3프랑이나 했어……? 그럴 리가 없는데."

나는 단호한 목소리로 선언하듯 말했어.

"50상팀은 팁으로 주었어요."

어머니는 펄쩍 뛰며 나를 노려보셨어.

"너 미쳤구나! 그런 사람한테 50상팀이나 주다니, 그런 망나니에게……!"

아버지가 사위를 가리키며 눈짓을 하자 어머니는 더 이상 말하지 않으셨어. 그리고 모두들 입을 다물었지.

전방의 수평선에 어렴풋한 보랏빛 형체가 바다에서 솟아오르는 것 같았어. 바로 저지였지.

배가 부두에 다다르자 마음속에서 쥘 삼촌을 다시 한 번 보고 싶다는 강렬한 욕망이 솟구쳤어. 삼촌에게 다가가서 뭔가 위로가 되는 다정한 말이라도 해주고 싶었지.

그러나 더 이상 굴을 먹는 사람이 없으니 그도 사라지고 없었어. 아마도 악취를 풍기는 배 밑창으로 내려갔겠지. 비참한 그 사람은 거기서 살았을 테니까.

우리는 그를 다시 만나지 않으려고 생말로행 배를 타고 돌아왔어. 어머니가 몹시 불안해하셨거든.

나는 그 이후로 삼촌을 두 번 다시 보지 못했어!

자, 이제 왜 내가 가끔씩 거지에게 5프랑을 주는지 알겠지.

 고아

Peur de tout, de la nuit, des murs,
des formes que la lune projette
à travers les rideaux blancs des fenêtres, et peur de lui surtout !
모든 것이 두려웠다. 밤, 벽, 창문의 하얀 커튼 너머로 달빛에 비치는 형체들,
특히 그가 두려웠다!

예전에 수르스 양은 몹시 가련한 상황에 처해 있던 소년을 양자로 삼았다. 당시 그녀의 나이는 서른여섯 살이었다. 추한 외모(어렸을 때 하녀의 무릎에서 기어 나와 벽난로 속으로 들어가는 바람에 얼굴에 온통 끔찍한 화상을 입어서 보기 흉한 몰골이었다) 때문에 결혼을 하지 않겠다고 결심한 상황이었다. 남자가 자신의 돈을 보고 자신과 결혼하는 것을 원하지 않기 때문이다.

이웃에 살던 임신한 과부 하나가 해산을 하다가 땡전 한 푼 남기지 않은 채 죽고 말았다. 수르스 양은 갓난애를 거두어 유모에게 맡겨서 기르

고 기숙 학교에 보냈다. 그리고 아이가 열네 살이 되었을 때 다시 집으로 데려왔다. 텅 빈 집에서 자신을 사랑하고 돌봐 줄 사람, 노후를 즐겁게 만들어 줄 사람이 필요했기 때문이다.

그녀는 렌에서 16킬로미터쯤 떨어진 시골의 작은 주택에서 이제는 하녀 없이 지내고 있었다. 이아가 들어온 후로 생활비가 두 배 이상 늘었기 때문에 그녀의 소득 3천 프랑으로는 세 사람이 먹고 살기에 충분하지 않았던 것이다.

그녀는 집안일과 요리를 직접 했고 심부름은 아이를 보냈다. 정원을 가꾸는 일도 아이가 맡았다. 아이는 온순했고 수줍음도 많고 조용하고 상냥했다. 아이가 흉한 모습에 놀라거나 무서워하지 않고 자신을 껴안아 줄 때면 그녀는 무한하고 새로운 기쁨을 맛보곤 했다. 아이는 수르스 양을 아줌마라고 부르며 엄마처럼 따랐다.

저녁이면 그들은 나란히 난롯가에 앉았고 그녀는 아이에게 맛있는 것들을 준비해 주었다. 그녀는 포도주를 데우고 빵을 한 조각 구웠다. 잠자리에 들기 전에 먹는 멋지고 가벼운 밤참이었다. 종종 아이를 무릎 위에 앉히고 다정하고 열정적인 말을 귓가에 속삭이며 사랑스럽게 어루만지곤 했다. 그녀는 아이를 "나의 작은 꽃, 내 귀염둥이, 내가 제일 좋아하는 천사, 내 멋진 보석."이라고 불렀다. 그러면 아이는 늙은 여인의 어깨에 얼굴을 파묻은 채 가만히 있었다.

아이는 이제 열다섯 살이 다 되었는데도 여전히 작고 허약했으며 병색도 조금 엿보였다.

때때로 수르스 양은 두 친척을 만나러 아이를 데리고 시내에 가곤 했다. 먼 사촌 관계인 두 여자는 결혼해서 교외에 살고 있었는데 그녀의 유일한 가족이었다. 두 여자는 유산 문제 때문에 그녀가 이 아이를 양자로 들인 일을 줄곧 원망하고 있었다. 그러나 상속이 균등하게 분배된다면 여전히 3분의 1에 해당하는 자기들 몫은 기대할 수 있었으므로 어쨌든 친절하게 수르스 양을 맞아 주었다.

그녀는 행복했다. 아이를 돌보는 시간 내내 정말 행복했다. 정신의 풍요를 북돋기 위해 책을 사주자 아이는 열심히 책을 읽기 시작했다.

이제 아이는 애정을 표현하기 위해 예전처럼 저녁마다 수르스 양의 무릎 위로 올라가지 않았다. 대신 벽난로 구석에 있는 의자에 점잖게 앉아 책을 펼치곤 했다. 아이의 머리 위 선반 끝에 놓인 등불이 곱슬곱슬한 머리카락과 이마를 환하게 비추었다. 아이는 움직이지 않았고 눈도 들지 않았으며 미동도 없이 온통 이야기에 빠져 정신없이 책을 읽어 나갔다.

아이와 마주 앉은 그녀는 아이를 강렬한 시선으로 뚫어지게 바라보면서 그토록 집중하는 모습에 놀라기도 하고 때로는 샘도 나서 눈물을 글썽이기도 했다.

그녀는 아이가 고개를 들고 자기를 껴안으러 와주기를 바라는 마음에 이따금 "피곤하겠구나, 사랑하는 내 아가!"라고 말했다. 그러나 아이는 대답하지도 듣지도 못했고 말뜻을 이해하지도 못했다. 책에서 읽는 것 이외에는 그 어느 것도 알지 못했다.

2년 동안 소년은 셀 수 없이 많은 책을 탐독했다. 성격도 변했다.

뒤이어 소년은 여러 차례 수르스 양에게 돈을 요구했고 그녀는 돈을 주었다. 그러다 소년이 항상 더 많은 돈을 필요로 했기 때문에 결국 그녀가 거절하기에 이르렀다. 그녀는 사리 분별력과 기력이 있었으며 돈이 필요할 때는 합리적인 이유가 있어야 했기 때문이다.

어느 날 저녁, 소년은 애원을 거듭한 끝에 상당한 돈을 얻어냈다. 그러나 며칠 후 소년이 또다시 간청을 하자 그녀는 단호한 태도를 보이며 정말로 더 이상 양보하지 않았다.

소년은 단념하는 듯했다.

소년은 예전처럼 다시 조용해졌고 몇 시간 동안이나 꼼짝 않고 앉아서 눈을 내리깐 채 몽상에 잠기길 즐겼다. 수르스 양과도 좀처럼 말을 하지 않았고 그녀의 물음에 짤막하고 분명한 몇 마디 단어로 겨우 대답할 뿐이었다.

그래도 소년은 친절했고 배려심도 깊었다. 하지만 수르스 양을 껴안아 주는 일은 결코 없었다.

이제는 저녁 시간마다 벽난로 양쪽에서 움직임 없이 조용하게 마주 앉아 있을 때면 이따금 소년이 무섭게 느껴지기도 했다. 그녀는 숲속의 어둠 같은 이 끔찍한 정적에서 벗어나기 위해 생각에 잠긴 소년을 일깨워 무슨 말이든 하고 싶었다. 그러나 소년에게는 더 이상 그녀의 말이 들리는 것 같지 않았다. 대여섯 차례 반복해서 말을 걸어도 대꾸 한마디조차 듣지 못할 때면 수르스 양은 나약하고 불쌍한 여자가 되어 두려움에 떨었다.

무슨 일일까? 닫혀 있는 저 머릿속에서 무슨 일이 일어나고 있을까? 두세 시간 동안 그렇게 소년과 마주 앉아 있을 때면 금방이라도 미쳐 버릴 것 같았다. 끝없는 침묵의 대면을 피하기 위해, 그리고 또한 짐작이 되지는 않지만 분명히 느껴지는 막연한 위험을 피하기 위해 그녀는 들판으로 도망이라도 치고 싶은 심정이었다.

수르스 양은 종종 혼자서 울었다.

무슨 일일까? 그녀가 원하는 것을 표현하면 소년은 군소리 없이 해주었다. 시내에 뭔가 필요한 것이 있을 때면 소년은 즉시 다녀왔다. 소년에 대해 불평할 것이 없었다. 분명히 없었다! 그렇지만…….

1년이 또 흘렀다. 속을 알 수 없는 젊은이의 머릿속에 새로운 변화가 생긴 듯했다. 그녀는 그것을 알아차렸고 느끼고 짐작했다. 어떻게 변했을까? 아무튼 변했다! 수르스 양은 자기 생각이 틀리지 않다고 확신했다. 그러나 그 이상한 젊은이의 불가사의한 생각이 어떤 점에서 변한 것인지는 말할 수 없었다.

그녀에게는 그가 지금까지 망설이다가 갑자기 어떤 결심을 굳힌 사람처럼 보였다. 어느 날 저녁에 그의 시선, 그때까지 보지 못했던 기이하게 응시하는 시선과 마주치자 그런 생각이 들었다.

며칠 저녁 내내 그는 수르스 양을 뚫어지게 바라보았고, 그녀가 견디다 못해 이렇게 말할 때만 시선을 돌렸다.

"애야, 나를 그렇게 쳐다보지 마라!"

그러면 그는 고개를 숙였다.

그러나 그녀는 등을 돌리자마자 다시금 시선이 자신에게 꽂히는 것을 느꼈다. 어디를 가든 그는 끈질긴 시선으로 뒤를 좇았다.

가끔은 작은 정원에서 산책을 하다가 매복한 것처럼 덤불 속에 몸을 웅크리고 있는 그의 모습을 느닷없이 발견할 때도 있었다. 또 수르스 양이 집 앞에 앉아 양말을 꿰매고 있을 때면 그는 삽으로 채소밭을 뒤적이면서 은밀하고 끈질기게 동정을 살피곤 했다.

그녀가 물어도 소용이 없었다.

"애야, 무슨 일 있니? 3년 전에 비해 넌 아주 많이 달라졌구나. 너를 잘 모르겠어. 무슨 일인지, 무슨 생각을 하는지 말해 주렴, 제발."

그러면 그는 조용하면서 지친 말투로 한결같이 대답했다.

"아무 일 없어요, 아줌마!"

수르스 양은 끈질기게 애원하며 간청했다.

"아! 얘야, 대답 좀 해다오, 내가 말할 때는 대답을 좀 해줘. 내가 얼마나 슬픈지 안다면 네가 항상 대답을 해줄 텐데. 그리고 나를 그런 식으로 쳐다보지도 않을 거야. 걱정이 있는 거니? 말해 보렴, 내가 위로해 줄게……."

그는 지친다는 듯 자리를 뜨며 중얼거렸다.

"분명히 말하지만 아무 일 없어요."

얼굴은 어른 같았지만 그렇게 많이 크지는 않았고 여전히 어린 티가 났다. 단단한 모습이었어도 어딘가 미성숙한 데가 있었다. 그는 불완전해 보였다. 발육이 늦어 형체만 갖춘 모습에 비밀이 있는 사람처럼 불안해 보였다. 도무지 속을 알 수 없는 폐쇄적인 사람이 되었다. 속에서는 위험한 정신 활동이 끝없이 활발하게 진행되고 있는 듯 보였다.

수르스 양은 그 모든 것을 느낄 수 있었기에 불안에 휩싸여 잠을 이룰 수 없었다. 무시무시한 공포와 끔찍한 악몽이 그녀를 괴롭혔다. 방에 틀어박혀 문을 단단히 걸어 잠근 채로 극심한 두려움에 시달렸다!

그녀는 무엇을 두려워하는가?

자신도 알 수 없었다.

모든 것이 무서웠다. 밤, 벽, 창문의 하얀 커튼 너머로 달빛에 비치는 형체들, 특히 그가 두려웠다!

이유가 뭘까?

무엇이 두려울까? 그녀 자신은 알고 있을까……!

더 이상 이렇게 살 수는 없었다! 수르스 양은 어떤 불행이, 끔찍한 불행이 자신을 위협하고 있다고 확신했다.

어느 날 아침, 그녀는 몰래 집을 나와 시내에 있는 친척들을 찾아갔다. 그리고 숨을 헐떡이며 친척들에게 이 일에 대해 이야기했다. 두 여자는 그녀가 미쳤다고 생각하면서 진정시키려고 애썼다.

수르스 양이 말했다.

"그 애가 아침부터 저녁까지 나를 어떻게 쳐다보는지 알아요? 내게서 눈을 떼지 않아요! 하도 무서워서 이따금 도와 달라고 소리치면서 이웃을 부르고 싶을 지경이에요! 하지만 뭐라 말하겠어요? 그 애는 나를 쳐다보기만 할 뿐인데요."

두 사촌이 물었다.

"너한테 난폭하게 굴 때도 있니? 매몰차게 대꾸해?"

그녀가 다시 대답했다.

"아뇨, 전혀요. 그 애는 내가 원하는 것은 뭐든 해요. 일도 잘 하고 요즘은 얌전해요. 하지만 나는 더 이상 두려움을 참을 수가 없어요. 분명히 그 애 머릿속에 뭔가 꿍꿍이가 있어요, 확실해요. 더 이상 이렇게 그 애와 단둘이 시골에서 지내고 싶지 않아요."

당황한 두 친척은 다른 사람들이 들으면 혼란스러워하고 이해하지 못할 거라고 일러 주었다. 그리고 두려움과 계획을 내색하지 말라고 충고하면서 수르스 양이 시내로 와서 살겠다는 것을 말리지 않았다. 유산이 몽땅 자기들에게 돌아오기를 바라는 마음에서였다.

두 여자는 그녀가 집을 팔고 자기들 옆에 다른 집을 구하도록 도와주겠다는 약속까지 했다.

수르스 양은 집으로 돌아왔다. 그러나 너무도 심란해진 나머지 작은 소리에도 소스라치게 놀랐고 감정이 조금만 동요해도 두 손을 부들부들 떨었다.

그녀는 두 차례 더 친척들을 찾아가 상의했고 이제는 더 이상 외딴 집에서 이렇게 살지 않기로 결정했다. 마침내 교외에 적당한 작은 집을 발견하고 비밀리에 구입했다.

어느 화요일 아침, 계약서에 서명을 마치고 수르스 양은 온종일 이사 준비에 몰두했다.

저녁 8시에 그녀는 집에서 1킬로미터 떨어진 곳을 지나가는 승합 마차를 탔다. 그리고 마부가 늘 내려 주는 장소에 마차를 세웠다. 마부가 말을 채찍질하면서 소리쳤다.

"안녕히 가세요, 수르스 양. 안녕히 주무세요!"

그녀가 멀어지면서 대답했다.

"안녕히 가세요, 조제프 영감님."

다음 날 아침 7시 반, 마을로 편지를 가져온 우체부가 대로에서 멀지 않은 샛길에서 아직 마르지 않은 핏물이 고인 커다란 웅덩이를 발견했다. 그는 '저런! 어떤 주정뱅이가 코피를 흘렸나 보군.' 하고 생각했다. 그러나 열 발자국쯤 더 가자 피 묻은 손수건이 보였다. 그는 손수건을 주웠다. 고급 리넨이었다. 놀란 우체부는 뭔가 이상한 것이 보이는 도랑으로 다가갔다.

수르스 양이 목에 칼이 찔린 채 풀밭 저 아래에 쓰러져 있었다.

한 시간 후 경찰과 검사, 많은 관계자들이 시체를 둘러싸고 여러 가지 추측을 했다.

증인으로 불려 나온 두 친척은 늙은 여인의 두려움과 최근의 계획에 대해 진술했다.

고아가 체포되었다. 그는 자신을 양자로 삼은 여자가 죽은 이후 온종일 울었다. 적어도 겉으로 보기에는 깊은 슬픔에 빠져 있는 것 같았다.

그는 11시까지 한 카페에서 저녁 시간을 보냈음을 증명했다. 열 사람이 그를 보았으며 그가 떠날 때까지 같이 있었다고 했다.

승합 마차의 마부는 9시 반에서 10시 사이에 피살된 여인을 길에 내려 주었다고 증언했다. 집으로 가는 대로에서 아무리 늦어도 10시경에는 범죄가 일어났어야 했다.

피의자는 석방되었다.

오래전에 작성해 렌의 공증인이 맡고 있던 유언장에는 그가 포괄적인 유산 수혜자로 지정되어 있어서 상속을 받았다.

마을 사람들은 오랫동안 고아를 따돌리고 줄곧 의심했다. 그의 집, 그러니까 죽은 여자의 집은 저주받은 집으로 여겨졌다. 사람들은 거리에서 그를 만나면 피했다.

그러나 그가 선량한 아이처럼 어찌나 솔직하고 허물없는 태도를 보였던지 사람들은 점점 끔찍한 의심을 잊어 갔다. 고아는 너그럽고 상냥했으며 가장 보잘것없는 사람들하고도 모든 것에 대해 거리낌 없이 이야기했다.

공증인 라모 씨는 고아의 유쾌한 말솜씨에 현혹되어 제일 먼저 그의 편으로 돌아선 사람이었다. 어느 날 저녁, 그는 세무관의 집에서 열린 만찬에서 이렇게 선언했다.

"그토록 말을 잘하고 언제나 기분 좋은 사람은 양심상 그런 범죄를 저지를 수 없습니다."

이 말에 마음이 흔들린 참석자들은 곰곰이 생각에 빠졌다. 그러자 새삼 그 남자의 길고 긴 이야기가 생각났다. 그는 길모퉁이에서 거의 반강제로 사람들을 멈춰 세워 놓고 자신의 생각을 전하기도 하고, 자기 집 정원 앞을 지나는 사람들을 억지로 집 안에 들이기도 했다. 경찰서장보

다 입답이 더 좋고 재치 있을 뿐만 아니라 그 쾌활함이 너무도 쉽게 전
파되는 덕분에 그에 대한 반감에도 불구하고 사람들은 그와 함께 있을
때면 언제나 웃음을 참을 수 없었다.

모든 문이 그에게 열렸다.

지금 그는 자기가 사는 마을의 면장이다.

 귀향

Il répondit sans lever le nez : « Je me nomme Martin. »
Un étrange frisson secoua la mère.

그는 고개를 들지 않은 채 대답했다. "마르탱이오."
부인은 기이한 전율에 흔들렸다.

단조롭고 잔잔한 물결이 해안에 부딪친다. 작고 하얀 뭉게구름들이 세찬 바람에 날려 새 떼처럼 푸른 하늘을 재빨리 가로지른다. 바다 쪽으로 기울고 습곡을 이룬 골짜기에는 마을이 따스하게 햇볕을 받고 있다.

마을 바로 입구에 마르탱 레베스크의 집이 외따로 자리 잡고 있다. 뱃사람이 사는 자그마한 집으로 벽에는 점토를 발랐고 초가지붕에는 푸른 붓꽃이 깃털처럼 솟아 있다. 문 앞에는 손바닥만 한 네모꼴 정원에서 양파, 양배추, 파슬리, 세르푀유[3]가 자라고 있다. 길가에는 울타리가 정원

---

3) 파슬리와 유사한 허브의 한 종류이다.

을 둘러싸고 있다.

남편이 고기를 잡으러 나간 사이 아내는 집 앞에서 커다란 거미줄 같은 갈색 그물을 벽 위에 펼쳐 놓고 그물코를 수선한다. 열네 살짜리 딸아이는 정원 앞 밀짚 의자에 앉아서 몸을 뒤로 기울여 울타리에 등을 기댄 채 이미 여러 번 깁고 꿰맨 옹색한 내의를 또다시 바느질하고 있다. 그보다 한 살 어린 또 다른 딸아이는 아직 움직이지도 못하고 말도 못하는 갓난아이를 팔에 안고 어른다. 그리고 두세 살쯤 먹은 어린애 둘이 코를 맞대고 땅바닥에 주저앉아 서투른 손으로 흙을 파헤치며 서로의 얼굴에 흙가루를 한 줌씩 뿌리고 있다.

아무도 말을 하지 않는다. 재우려고 하는 갓난아기만이 날카롭고 허약한 목소리로 나지막이 칭얼댄다. 고양이 한 마리가 창턱에서 잠들어 있고 담벼락 밑에는 꽃무가 하얀 솜뭉치처럼 활짝 피어 있으며 그 위로 파리 떼가 붕붕거린다.

문 옆에서 옷을 꿰매던 여자아이가 갑자기 외친다.

"엄마!"

어머니가 대답한다.

"왜 그래?"

"그 사람 또 왔어."

한 남자가 집 주위를 배회하고 있어서 모녀는 아침부터 불안했다. 거지처럼 보이는 늙은 남자, 모녀는 배를 타는 아버지를 배웅하러 가다가 그 남자를 보았다. 그는 문 맞은편 도랑 위에 앉아 있었다. 그리고 그들이 해변에서 돌아왔을 때도 여전히 그곳에서 집을 바라보고 있었다.

그는 아픈 사람 같았고 지극히 누추해 보였다. 한 시간 넘게 꼼짝도 하지 않고 있더니 사람들이 자신을 나쁜 사람으로 여기고 있다는 것을 깨닫고는 자리에서 일어나 다리를 질질 끌면서 그곳을 떠났다.

그러나 곧 지치고 느린 걸음으로 되돌아오는 모습이 보였다. 그는 다시 자리를 잡고 앉았다. 이번에는 식구들의 동정을 살피려는 듯 좀 더 멀리 떨어져 앉았다.

어머니와 딸들은 겁이 났다. 특히 어머니는 천성적으로 겁이 많은 데다 남편 레베스크는 날이 어두워서야 바다에서 돌아올 터였기 때문에 노심초사하고 있었다.

남편의 성은 레베스크였고 그녀에게는 마르탱이라는 성이 있어서 사람들은 이 부부를 마르탱 레베스크라고 불렀다. 이유인즉 그녀의 첫 남편이 매년 여름 테르뇌브로 대구를 잡으러 가던 마르탱이라는 선원이었기 때문이다.

결혼하고 2년 후, 돛대를 세 개 단 되세르호는 그녀의 남편을 태우고 디에프로 떠난 뒤 돌아오지 않았다. 그때 어린 딸을 하나 두었고 또 임신한 지 6개월 째였다.

어선의 소식은 전혀 들을 수 없었다. 배를 함께 탔던 선원들도 아무도 돌아오지 않았다. 그래서 사람들은 되세르호가 완전히 침몰했다고 생각했다.

마르탱 부인은 두 아이를 매우 힘들게 키우면서 10년 동안 남편을 기다렸다. 그 후로 부지런하고 착한 그녀에게 그 지방의 어부 레베스크가 청혼을 했다. 아들 하나가 딸린 홀아비였다. 그와 결혼해서 3년 동안 또 아이 둘을 낳았다.

부부는 힘들게 고생하며 근근이 살았다. 이 집에서는 빵도 비싼 음식이었고 고기는 구경해 본 적도 없었다. 겨울이 되어 몇 달 동안 돌풍이 불 때는 때때로 빵집에 빚을 지기도 했다. 그래도 아이들은 건강하게 자랐다. 사람들은 이렇게 말하곤 했다.

"마르탱 레베스크 부부는 선량한 사람들이야. 마르탱 부인은 고생을 묵묵히 견디고 레베스크의 고기잡이 실력은 따라갈 사람이 없지."

울타리에 기대 앉아 있던 여자아이가 다시 말했다.

"우리를 아는 사람인 것 같아. 에프르빌이나 오즈보스크에서 온 가난뱅이일지도 모르겠네."

그러나 부인은 그렇게 생각하지 않았다. 아니다. 저 남자는 이 지방 사람이 아니다. 절대로!

말뚝 사이만 왔다 갔다 하면서 마르탱 레베스크의 집에 끈질긴 시선을 고정하고 있는 그 남자 때문에 마르탱 부인은 화가 났다. 그리고 두려움에 오히려 용기를 얻어 삽을 들고 문 앞으로 나갔다.

"여기서 뭐 하는 거요?"

그녀가 부랑자에게 소리쳤다. 그가 쉰 목소리로 대답했다.

"시원한 바람을 쐬고 있소. 뭐 잘못됐소?"

부인이 다시 말했다.

"왜 우리 집을 줄곧 감시하고 있는 거요?"

남자가 대답했다.

"나는 아무에게도 해를 끼치지 않았소. 길에 앉아 있는 것도 안 된단 말이오?"

그녀는 대꾸할 말을 찾지 못하고 다시 집으로 들어갔다.

시간이 더디게 흘렀다. 정오가 되자 남자는 사라졌다. 그러다 5시쯤 다시 나타났고 저녁나절부터는 더 이상 보이지 않았다.

밤이 되어 레베스크가 돌아왔다. 이야기를 듣고 나서 그는 단정적으로 말했다.

"호기심 많은 구경꾼이거나 불량배겠지."

그리고 그는 태평하게 잠이 들었지만 아내는 너무도 이상한 눈으로 자신을 바라보던 그 떠돌이를 생각했다.

날이 밝자 바람이 세차게 불었다. 바다에 나갈 수 없다고 판단한 어부는 아내를 도와 그물을 수선했다.

9시경, 마르탱의 맏딸이 빵을 구하러 나갔다가 겁에 질린 얼굴로 뛰어 들어오며 소리쳤다.

"엄마, 그 사람 또 왔어!"

부인은 크게 동요하며 하얗게 질린 채로 남편에게 말했다.

"레베스크, 가서 말 좀 해봐요. 그렇게 우리를 감시하지 말라고. 미칠 것 같단 말이에요."

레베스크는 벽돌색 얼굴에 붉은 수염이 무성하고 푸른 눈 한가운데 검은 눈동자가 박힌 키 큰 어부였다. 건장한 목에는 언제나 바다의 비바람을 막아 줄 양모를 두르고 다녔다. 그는 조용히 밖으로 나가 떠돌이에게 다가갔다.

곧 두 사람은 이야기를 하기 시작했다.

어머니와 아이들은 멀리서 그들을 바라보며 불안에 떨고 있었다.

갑자기 낯선 남자가 몸을 일으키더니 레베스크와 함께 집을 향해 걸어왔다.

마르탱 부인은 겁에 질려 뒤로 물러났다. 남편이 그녀에게 말했다.

"저 사람에게 빵과 능금주 한 잔을 좀 주구려. 그저께부터 아무것도 못 먹었다는군."

두 사람은 집 안으로 들어가고 부인과 아이들도 뒤를 따라 들어갔다.

떠돌이는 자리에 앉아 모두가 지켜보는 가운데 고개를 숙이고 음식을 먹기 시작했다.

어머니는 선 채로 그 남자의 얼굴을 뚫어지게 바라보았다. 마르탱의 자식인 큰 딸 둘은 문에 기대섰고 그중 한 아이는 막내를 안은 채 호기심에 찬 눈으로 남자를 쳐다보았다. 그리고 벽난로의 잿더미 속에 주저앉아 시커먼 냄비를 가지고 놀던 두 아이들도 낯선 사람을 쳐다보려는 듯 동작을 멈추었다.

레베스크가 의자에 앉으며 물었다.

"멀리서 왔소?"

"세트에서 왔소이다."

"그렇게 걸어서……?"

"네, 걸어서요. 돈이 없으니 걸을 수밖에요."

"그래, 어디로 가는 길이오?"

"난 여기에 온 것이오."

"여기 아는 사람이 있소?"

"그럴 수도 있죠."

두 사람은 입을 다물었다. 낯선 남자는 굶주렸을 텐데도 음식을 천천히 먹었다. 빵을 한 입 먹을 때마다 능금주를 한 모금씩 마셨다. 얼굴은 초췌했고, 주름이 쭈글쭈글한 데다 몹시 야위어 있었다. 고생을 많이 한 것 같았다.

레베스크가 불쑥 물었다.

"이름이 뭐요?"

그는 고개를 들지 않은 채 대답했다.

"마르탱이오."

부인은 기이한 전율에 흔들렸다. 그녀는 부랑자를 더 가까이에서 보려는 듯 한 걸음 다가서더니 팔을 축 늘어뜨리고 멍하니 입을 벌린 채 그를 마주하고 섰다. 더 이상 아무도 말을 하지 않았다. 마침내 레베스크가 입을 열었다.

"이곳 사람이오?"

그가 대답했다.

"이곳 사람이오."

드디어 그가 고개를 들자 부인의 눈과 그의 눈이 서로 마주쳤다. 그들의 시선은 마치 서로 붙잡힌 듯 뒤얽힌 채 미동도 하지 않았다.

갑자기 그녀가 이전과는 다른, 낮고 떨리는 목소리로 말했다.

"당신이에요?"

그가 분명한 어투로 천천히 말했다.

"그렇소, 나요."

남자는 꼼짝하지 않고 계속 빵만 씹었다.

레베스크는 감격했다기보다는 놀라서 중얼거렸다.

"마르탱 자네라고?"

상대방이 짧게 답했다.

"그래, 나야."

두 번째 남편이 물었다.

"자네 대체 어디서 오는 길인가?"

첫 남편이 이야기했다.

"아프리카 해안에서. 배가 암초에 걸려 침몰했는데 피카르와 바티넬과 나, 이렇게 세 사람만 살아남았네. 그 후로 12년간 우리는 야만인들에게 붙잡혀 있었지. 피카르와 바티넬은 죽었어. 그곳을 지나가던 영국인 여행자가 나를 구해 주고 세트까지 데려다주었네. 그래서 이렇게 돌아온 거야."

마르탱 부인은 앞치마에 얼굴을 묻고 울기 시작했다.

레베스크가 말했다.

"이제 우린 어떻게 해야 하지?"

마르탱이 물었다.

"자네가 남편인가?"

레베스크가 대답했다.

"그렇다네."

그들은 서로 바라보며 아무 말도 하지 못했다.

그리고 마르탱이 주위에 둥그렇게 둘러선 아이들을 바라보면서 고갯짓으로 두 딸아이를 가리켰다.

"저 아이들이 내 애들인가?"

레베스크가 말했다.

"자네 아이들이야."

마르탱은 일어서지도 않았고 딸들을 껴안지도 않았다. 단지 확인할 뿐이었다.

"세상에, 정말 많이 컸네!"

레베스크가 같은 말을 되풀이했다.

"우린 어떻게 해야 하지?"

마르탱도 난감해서 어찌해야 좋을지 알 수 없었다. 마침내 결정을 내렸다.

"나는 자네 뜻대로 하겠네. 자네에게 피해를 주고 싶지 않아. 하지만 집 문제는 사정이 난처한걸. 내 아이들은 둘, 자네 아이들은 셋, 각자 자기 애들이 있네. 애들 엄마는 자네 것도 될 수 있고 내 것도 될 수 있지? 나는 자네가 원하는 대로 따르겠네. 그러나 집은 내 집이야. 우리 아버지가 내게 물려준 집이고 내가 태어난 집이지. 공중인 사무소에 문서도 있어."

마르탱 부인은 푸른색 앞치마에 흐느낌을 감춘 채 여전히 울고 있었다. 두 딸들이 다가와 불안한 눈으로 아버지를 바라보았다.

마르탱은 그는 식사를 마쳤다. 이번에는 그가 이렇게 말했다.

"어떻게 해야 하지?"

레베스크에게 한 가지 생각이 떠올랐다.

"신부님에게 가면 결정해 주실 거야."

마르탱이 자리에서 일어났다. 그가 아내를 향해 다가가자 그녀는 그의 가슴에 몸을 던지며 흐느껴 울었다.

"내 남편! 당신이 왔네! 마르탱, 불쌍한 마르탱, 당신이 왔어!"

불현듯 예전의 숨결, 20년의 세월과 첫 포옹의 추억이 소용돌이처럼 몰려와 그녀는 두 팔을 벌려 그를 안았다.

마르탱도 감격하여 그녀의 모자에 입을 맞추었다. 벽난로 안에 앉아 있던 두 아이들은 엄마가 우는 소리를 듣고 함께 울기 시작했고, 마르탱의 둘째 딸 품에 안겨 있던 갓난아이도 음이 안 맞는 피리처럼 날카로운 목소리로 울어댔다.

일어서서 기다리던 레베스크가 말했다.

"가세, 일을 처리해야지."

마르탱은 아내를 놓아주었다. 그가 두 딸을 바라보자 어머니가 딸들에게 말했다.

"아빠한테 뽀뽀라도 해야지."

딸들은 마른 눈으로 놀라고 약간은 두려워하며 동시에 다가갔다. 그는 딸들의 볼에 차례로 입을 맞췄다. 시골 사람의 거칠고 가벼운 입맞춤이었다. 낯선 사람이 다가오는 모습에 갓난아이는 찢어질 듯 날카로운 소리를 내지르다 경련을 일으킬 뻔했다.

그리고 두 남자는 함께 밖으로 나갔다.

그들이 코메르스 카페 앞을 지날 때 레베스크가 물었다.

"한잔하겠나?"

"좋지."

마르탱이 말했다.

그들은 카페로 들어가 아직 손님이 없는 홀 안에 앉았다. 레베스크가 소리쳤다.

"어이! 시코, 여기 브랜디 두 잔, 좋은 걸로. 마르탱이 돌아왔어. 우리 집사람 남편 말이야. 자네도 알지? 되세르호를 탔다가 실종됐던 마르탱 말이야."

혈색 좋고 뚱뚱한 배불뚝이 술집 주인이 한 손에는 술잔 세 개를, 다른 한 손에는 술병을 들고 다가왔다. 그가 침착하게 물었다.

"설마! 마르탱, 자네가 왔나?"

마르탱이 대답했다.

"내가 왔네……!"

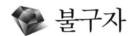 불구자

« Croyez-vous qu'on puisse accepter d'une femme
de tolérer ce qu'on ne supporte pas soi-même ?
Et puis, vous imaginez-vous que c'est joli, mes bouts de jambes… ? »

"자기 자신도 견디지 못하는 일을
한 여성이 참아내야 하는 것을 용납할 수 있다고 생각하십니까?
그리고 당신은 내 나무다리가 아름답다고 생각할 수 있겠습니까……?"

이것은 내가 1882년경에 겪은 일이다.

기차의 빈 객차 구석에 막 자리를 잡고 아무도 타지 않기를 바라면서 문을 닫았을 때, 갑자기 문이 다시 열리며 목소리가 들렸다.

"조심하세요. 여기가 선로 교차점이라 발판이 너무 높습니다."

또 다른 목소리가 답했다.

"걱정하지 말게, 로랑. 손잡이를 붙들 테니."

그리고 둥근 모자를 쓴 머리가 나타나더니 문 양쪽에 늘어진 가죽과

천으로 된 끈을 두 손으로 붙잡으며 뚱뚱한 몸이 천천히 올라왔다. 두 발이 발판을 밟을 때마다 지팡이가 땅바닥을 두드리는 소리를 냈다.

남자의 상체가 기차 칸 안으로 다 들어오자 흐늘흐늘한 바지 자락 속으로 끝을 까맣게 칠한 나무다리 하나가 보였고 곧이어 똑같은 나무다리 하나가 뒤따라 나타났다.

이 여행객 뒤로 또 머리 하나가 나타나더니 이렇게 물었다.

"괜찮으십니까?"

"괜찮네."

"자, 짐과 목발은 여기 있습니다."

늙은 군인 같아 보이는 하인이 검은색과 노란색 종이로 싼 다음 끈으로 정성스럽게 묶은 물건들을 양팔에 잔뜩 들고 올라타서 주인의 머리 위에 붙은 선반에 차곡차곡 올려놓았다. 그런 다음 말을 이었다.

"자, 다 됐습니다. 모두 다섯 개예요. 사탕, 인형, 북, 총, 그리고 푸아그라[4] 파이입니다."

"좋아."

"여행 잘 다녀오십시오."

"고맙네, 로랑. 잘 있게!"

하인이 문을 밀면서 나갔고 나는 마주 앉은 사람을 바라보았다.

머리는 거의 백발이었지만 나이는 서른다섯 살쯤 되어 보였다. 훈장을 달고 있던 그는 콧수염을 길렀고 매우 뚱뚱했다. 활동적이고 강건한 사람이 불구가 되어 움직이지 못하면 으레 그렇게 되듯, 숨이 가쁠 정도의 비만이었다.

---

4) 거위 간을 재료로 만든 프랑스 요리이다.

그는 이마를 닦고 숨을 내쉬며 나를 똑바로 바라보았다.

"담배를 피워도 괜찮겠습니까?"

"네, 괜찮습니다."

눈매, 목소리, 얼굴, 모두 낯이 익었다. 하지만 언제, 어디서 봤을까? 분명히 나는 이 남자를 만났고 말도 했고 악수도 했다. 그런데 하도 오래전의 일이라 안개 속으로 기억이 아득히 사라져 버린 것이다. 마음속으로 더듬어 보았지만 마치 붙잡을 새 없이 도망가는 환영을 좇는 기분이었다.

그 남자 역시 뭔가 어렴풋하지만 완전히 기억나지는 않는 사람처럼 줄곧 내 얼굴을 뚫어지게 바라보고 있었다.

고집스럽게 시선을 마주치고 있기가 어색해서 우리는 서로 눈을 돌렸다. 그러나 잠시 후 기억을 되살리고 싶은 은밀하고 집요한 욕구에 이끌려 우리의 시선은 다시 마주쳤고, 나는 이렇게 말했다.

"저기요, 한 시간 내내 이렇게 서로를 흘끔흘끔 쳐다볼 게 아니라 우리가 어디서 알게 되었는지 함께 되짚어 보는 게 낫지 않을까요?"

상대방은 흔쾌히 대답했다.

"당신 말이 맞습니다."

나는 내 이름을 말했다.

"저는 사법관 앙리 봉클레르라고 합니다."

그는 잠시 주저하더니 뭔가에 정신을 집중할 때 보이는 멍한 시선과 목소리로 말했다.

"아! 맞아요. 옛날 전쟁이 나기 전에 푸앵셀 씨 댁에서 당신을 만났어요. 12년 전 일이네요!"

"네…… 아……! 아……! 당신 르발리에르 중위시죠?"

"네…… 다리를 잃었을 때는 대위까지 되었지요……. 포탄이 스치고 지나가면서 한꺼번에 두 다리를 잃었어요."

이제 서로를 알아보게 되자 우리는 다시 한 번 눈을 마주 보았다.

우아하면서도 날렵하고 열정적으로 춤을 추는 모습에 '회오리'라는 별명으로 불리던 날씬한 미남자의 모습이 또렷하게 떠올랐다. 그러나 분명하게 떠오른 그 모습 이면에 아직도 확실하게 잡히지 않는 뭔가가 아련히 떠돌고 있었다. 알았지만 잊어버린 이야기, 호의 섞인 관심을 잠깐 끌지만 아주 미미한 흔적만 남길 뿐인 그런 종류의 이야기였다.

거기에는 사랑이 관련되어 있었다. 나는 기억 속 깊숙한 어딘가에 숨어 있던 그 이야기만의 특별한 느낌을 떠올렸다. 그러나 짐승 발자국이 땅 위에 뿌리고 간 냄새를 사냥개의 코가 감지하는 정도의 느낌일 뿐, 그 이상은 아니었다.

그러는 사이 차츰 어두운 기억이 밝아지면서 한 여자의 모습이 내 눈앞에 나타났다. 그리고 폭죽에 불이 붙듯 머릿속에서 불현듯 그녀의 이름이 떠올랐다. 망달 양이었다. 이제 모든 것이 생각났다. 사실 그것은 사랑 이야기, 지극히 평범한 사랑 이야기였다. 내가 청년을 만났을 당시 그녀는 청년을 사랑했다. 머지않아 그들이 결혼할 거라고들 했다. 청년도 그녀를 깊이 사랑하는 것 같았고 아주 행복해 보였다.

나는 선반을 향해 눈을 들었다. 앞사람의 하인이 놓고 간 꾸러미들이 기차의 진동에 맞춰 흔들리고 있었다. 하인의 목소리가 마치 방금 들은 것처럼 다시 생각났다.

하인은 이렇게 말했었다.

"자, 다 됐습니다. 모두 다섯 개예요. 사탕, 인형, 북, 총, 그리고 푸아그라 파이입니다."

그러자 순식간에 소설 같은 이야기 하나가 꾸며져 내 머릿속에 펼쳐졌다. 그것은 내가 읽었던 모든 이야기와 비슷했다. 청년이나 여자가 신체적으로든 경제적으로든 재앙을 겪은 약혼자와 결혼하는 이야기 말이다. 그러니까 전쟁 중에 불구가 된 저 장교도 제대 후 미래를 약속했던 여자를 다시 만나 약속을 지켜 그의 아내가 되었으리라.

　나는 아름답지만 순진한 이야기라고 생각했다. 책이나 연극에 나오는 모든 희생과 대단원에 대해 그렇게 생각하는 것처럼. 이런 부류의 자기희생적 이야기를 책에서 읽거나 듣게 되면, 우리는 항상 자기 자신도 매우 기꺼운 마음과 훌륭한 애정을 가지고 희생할 수 있을 거라고 생각한다. 그러나 바로 다음 날 불쌍한 친구가 돈을 빌려 달라고 찾아오면 몹시 기분 나빠 하게 마련이다.

　문득 이와는 다른 가설, 덜 시적이면서 더 현실적인 다른 가설이 떠올랐다. 어쩌면 그는 전쟁 전에, 다리를 절단해야 했던 그 끔찍한 포탄 사건이 일어나기 전에 결혼했을지도 모른다. 그래서 그녀는 건강하고 멋진 모습으로 떠났지만 다리가 잘려 움직이지도 못하고 무력한 분노와 치명적인 비만증을 안고 돌아온 흉측한 패잔병인 남편을 비탄과 체념 속에 받아들이고 돌보고 위로하며 부양해야만 했는지도 모른다.

　그는 행복했을까 아니면 고통스러웠을까? 나는 그의 이야기를 알고 싶다는 욕구에 사로잡혔다. 처음에는 사소한 마음이었지만 점점 커져서 억누를 수 없었다. 그가 말할 수 없거나 혹은 말하고 싶어 하지 않는 부분을 추측해 볼 만한 요점만이라도 알고 싶었다.

　나는 이런 생각을 하면서 그와 이야기했다. 우리는 평범한 대화를 나누었다. 눈을 들어 선반을 보면서 생각했다.

　'그러니까 아이가 셋인 모양이네. 사탕은 아내를 위해, 인형은 딸에

게, 북과 총은 두 아들에게 줄 것이고 푸아그라 파이는 자기가 먹을 셈
이군.'

나는 불쑥 그에게 물었다.

"자녀가 있으십니까?"

그가 대답했다.

"아니오."

큰 무례를 범한 것 같아 나는 순식간에 당황하고 말았다. 그래서 다시
이렇게 말했다.

"죄송합니다. 댁의 하인이 장난감 이야기를 하는 걸 듣고 그렇게 생각
했습니다. 우리는 흔히 들리는 말만 갖고 자기도 모르게 결론을 내리곤
하잖아요."

그는 미소를 짓고는 속삭이듯 나직하게 말했다.

"괜찮습니다. 저는 아직 결혼도 하지 않았어요. 여전히 결혼 준비생이
지요."

나는 갑자기 생각이 떠오른 척했다.

"아! ……맞아요, 예전에 만났을 때 약혼자가 있었어요. 망달 양이었
죠, 아마."

"네, 그렇습니다. 기억력이 좋으시군요."

나는 아주 대담해져서 덧붙였다.

"망달 양이 결혼했다는 말도 들은 기억이 있는 것 같은데요, 누구라더
라…… 그……"

그는 조용히 이름을 말했다.

"드 플뢰렐 씨입니다."

"아, 그래요! 맞아요……. 그러고 보니 당신이 부상당했다는 말도 들

은 기억이 나는군요."

내가 똑바로 바라보자 그는 얼굴을 붉혔다. 혈색이 좋아 이미 붉은색이던 둥글고 살찐 얼굴이 훨씬 더 붉게 물들었다.

그는 머릿속으로나 마음속으로는 이미 패소한 소송을 여론에서나마 이겨 보려고 변론하는 사람처럼 갑작스럽게 열을 내며 격렬한 어조로 대답했다.

"내 이름과 플뢰렐 부인의 이름을 나란히 부르는 것은 잘못입니다. 유감스럽게도 내가 전쟁에서 두 발을 잃은 채로 돌아왔던 그때, 그녀가 내 아내가 되려 했다면 나는 절대, 절대로 받아들이지 않았을 겁니다. 그럴 수 있었을까요? 결혼은 관대함을 과시하기 위해서 하는 것이 아닙니다. 매일, 매시간, 매분, 매초 한 남자 옆에서 살아가는 거예요. 그런데 그 남자가 나처럼 불구라면 그 결혼은 죽을 때까지 계속될 고통의 형벌을 스스로에게 선고하는 것이나 마찬가집니다! 아! 한계를 넘는 것만 아니라면 모든 희생과 헌신에 대해 나도 감탄하고 이해할 수 있습니다. 그러나 한 여자가 세간의 감탄을 받기 위해 행복해야 할 자신의 삶 전체와 모든 기쁨과 꿈을 포기하는 것은 용납할 수 없습니다. 나는 내 의족과 목발이 방바닥에 부딪치는 소리가 들릴 때면, 걸을 때마다 방아 찧는 듯한 소리에 너무도 화가 치밀어 하인의 목이라도 조르고 싶은 심정이 됩니다. 자기 자신도 견디지 못하는 일을 한 여성이 참아내야 하는 것을 용납할 수 있다고 생각하십니까? 그리고 당신은 내 나무다리가 아름답다고 생각할 수 있겠습니까……?"

그는 입을 다물었다. 그에게 무슨 말을 해야 할까? 나는 그의 말이 옳다고 생각했다! 여자를 비난하고 경멸하고 심지어 잘못했다고 말할 수 있을까? 그럴 수 없다. 하지만? 진실에 부합하고 사실적이며 일반적인

이 보통의 결말은 내 시적 욕구를 충족시키지 못했다. 저 영웅적인 다리 절단 사건이 내게는 부족한 숭고한 희생을 필요로 하는 일이었으므로 실망하고 말았다.

나는 불쑥 질문을 했다.

"플뢰렐 부인은 자녀를 두셨나요?"

"네, 딸 하나 아들 둘이요. 장난감을 가져가는 것도 그 아이들을 위해 서랍니다. 그들 부부는 내게 아주 친절했거든요."

기차가 생제르맹의 비탈길을 오르더니 터널을 지나 역으로 들어가 멈춰 섰다.

부상을 입은 장교가 내리는 것을 도와주려고 팔을 내밀었는데 그때 열린 문을 통해 누군가 그를 향해 두 손을 내밀었다.

"안녕하신가! 르발리에르."

"아! 안녕하시오, 플뢰렐."

남자 뒤에는 여전히 예쁜 여자가 환한 미소를 지으며 장갑 낀 손가락 으로 인사를 보내고 있었다. 그녀 옆에서 여자아이가 기뻐하며 깡총깡 총 뛰었고, 두 사내아이는 기차 선반에서 아빠의 손으로 옮겨지는 북과 총을 욕심 가득한 눈으로 바라보고 있었다.

불구자가 플랫폼에 내려서자 아이들이 모두 그에게 달려들어 입을 맞 췄다. 그리고 그들은 출발했다. 여자아이는 자기가 좋아하는 아저씨와 나란히 걸어가면서 마치 그의 엄지손가락을 붙잡는 듯 목발의 반질반질 한 가로대를 작은 손으로 다정하게 잡고 있었다.

 첫눈

A présent, elle va mourir, elle le sait. Elle est heureuse.

이제 그녀는 자신이 죽으리라는 것을 알고 있다. 그녀는 행복하다.

크루아제트의 긴 산책길은 푸른 바다를 따라 둥글게 뻗어 있다. 저 멀리 오른쪽으로는 바다로 돌출된 에스테렐산맥이 시야를 가로막고, 뾰족하고 기이한 수많은 봉우리들이 남프랑스를 아름답게 장식하며 수평선을 가로지른다.

왼쪽에는 생트마르그리트섬과 생토노라섬이 물에 잠긴 채 전나무로 덮인 등허리를 드러내고 있다.

그리고 넓은 만을 따라 칸[5] 주위의 큰 산들을 따라 하얗게 수놓인 별장들이 햇볕을 받으며 잠들어 있는 듯 보인다. 멀리 보이는 환한 집들은

---

5) 영화제가 열리는 곳으로 유명한 남프랑스 지중해 연안의 도시이다.

산꼭대기부터 산 아래까지 흩어져 있는데 마치 짙은 녹음 위에 뿌려진 눈송이 같다.

바다에서 가장 가까운 집들은 잔잔한 물결에 닿아 있는 넓은 산책길을 향해 철책을 둘렀다. 날씨가 화창하고 온화하다. 시원한 기운이 살짝 스치는 포근한 겨울날이다. 정원의 담장 너머로 황금빛 열매를 주렁주렁 매단 오렌지 나무와 레몬 나무들이 보인다. 여자들이 굴렁쇠를 굴리는 아이들을 데리고 혹은 남자들과 이야기를 하면서 모랫길 위를 한가롭게 걸어간다.

크루아제트를 향해 문이 난 작고 예쁜 집에서 젊은 여인 하나가 방금 나왔다. 그녀는 잠시 서서 산책하는 사람들을 바라보다가 미소를 지으며 기진맥진한 걸음으로 바다를 향해 놓인 빈 벤치로 간다. 스무 발짝 남짓 떼는 일도 지치는지 숨을 헐떡이며 앉는다. 창백한 얼굴이 흡사 죽은 사람 같다. 기침을 하다가 진이 빠지도록 격하게 떨리는 몸을 막아보려는 듯 창백한 손가락을 입술로 가져간다.

햇살과 제비 떼로 가득 찬 하늘과 저 멀리 에스테렐산맥의 들쑥날쑥한 봉우리들, 그리고 아주 가까이 있는 짙푸른 바다, 너무도 잔잔하고 아름다운 바다를 지그시 바라본다.

그러다 다시 미소를 지으며 중얼거린다.

"아! 너무 행복해."

그러나 그녀는 자신이 죽으리라는 것을, 봄이 오는 것을 보지 못하리라는 것을 알고 있다. 1년 후에는 지금 이 앞을 지나가는 바로 저 사람들이 조금 더 자란 아이들을 데리고 똑같은 산책길을 걸으며 여전히 희망과 애정, 행복이 가득한 마음으로 이 온화한 고장의 포근한 공기를 들이마시러 오겠지만, 지금 아직은 남아 있는 그녀의 가련한 육신은 참나무 관 속에서 손수 골라 놓은 비단 수의 속에 뼈만 남긴 채 썩게 되리라는 것도 알고 있다.

그녀는 없을 것이다. 인생의 모든 것들은 다른 사람들을 위해 계속될 것이다. 그녀에게는 끝, 영원한 끝이리라. 그녀는 없을 것이다. 미소를 머금고 병든 폐로 정원의 향기로운 공기를 한껏 들이마신다.

그리고 생각에 잠긴다.

과거를 회상한다. 4년 전 그녀는 점잖은 노르망디 남자와 결혼했다. 기지는 부족하지만 유쾌한 남자로 넓은 어깨에 혈색도 좋고 수염이 덥수룩한 건강한 청년이었다.

그들은 그녀가 잘 몰랐던 경제적인 문제로 결혼하게 되었다. 마음 같아서는 거절하고 싶었지만, 부모의 뜻을 거역하지 않으려고 고개를 끄덕여 수락했다. 원래 그녀는 즐겁고 행복하게 살던 파리지앵이었다.

남편은 노르망디의 저택으로 아내를 데려갔다. 커다란 고목에 둘러싸여 있는 거대한 석조 건물이었다. 정면에는 높다란 전나무 숲이 시야를 가리고 있었다. 오른쪽으로는 숲 사이로 난 통로를 통해 멀리 떨어진 농장까지 펼쳐진 황량한 들판이 보였다. 울타리 앞으로는 샛길이 나 있었는데, 3킬로미터 떨어진 대로로 이어지는 길이었다.

아! 그곳에 도착하던 순간, 새집에서 보낸 첫날과 그 뒤 이어진 고독한 생활. 모든 것이 그녀의 머릿속에 떠오른다.

마차에서 내리자마자 그녀는 오래된 건물을 보고 웃으며 말했다.

"유쾌한 곳은 아니네요!"

남편도 따라 웃으면서 대답했다.

"상관없어! 익숙해질 거요. 두고 봐요. 난 이 집에 걸고 싫증을 느낀 적이 없거든."

그날 그들은 서로 포옹한 채로 시간을 보냈고 그날 하루가 그리 길게 느껴지지 않았다. 다음 날도 그렇게 보냈다. 정말이지 그 주일은 온통 애무 속에 지나갔다.

그런 후 그녀는 집을 손질하는 데 몰두했다. 그 일에 한 달이 걸렸다. 하찮은 것이지만 마음을 사로잡는 일들로 하루하루가 지나갔다. 인생에서 사소한 것들의 가치와 중요성을 배워 나갔다. 계절에 따라 몇 푼 더 비싸지기도 하고 싸지기도 하는 달걀값에 관심을 가질 수 있다는 것도 알게 되었다.

여름이었다. 그녀는 수확하는 모습을 구경하러 밭으로 나갔다. 밝은 햇살에 마음도 유쾌해졌다.

가을이 되었다. 남편은 사냥을 다니기 시작했다. 아침마다 그는 개 두 마리 메도르와 미르자를 데리고 나갔다. 그러면 그녀는 혼자 남게 되었지만 앙리가 없는 것을 슬퍼하지는 않았다. 그를 사랑했지만 그리워하지는 않았다. 남편이 돌아오면 그녀의 애정은 유독 개들에게 쏠렸다. 저녁마다 어머니의 마음으로 개들을 보살피고 끊임없이 쓰다듬고 남편에게는 붙여 줄 생각도 하지 않은 수많은 애칭으로 개들을 불렀다.

남편은 늘 사냥 이야기를 했다. 자고새를 보았던 장소를 표시해 두었다거나 조제프 르당튀의 토끼풀밭에서 산토끼를 발견할 수 없어서 놀랐다는 등의 이야기였다. 또는 르아브르의 르샤플리에 씨가 저지른 소행에 화를 내기도 했다. 르샤플리에 씨가 남편 앙리 드 파르빌이 유인한 사냥감을 훔쳐 가려고 끊임없이 남편의 사유지 주변을 주시한다는 것이었다.

그러면 그녀는 딴생각에 빠진 채 대답하곤 했다.

"네, 정말 그건 좋지 않은 짓이군요."

겨울이 왔다. 춥고 비가 많이 내리는 노르망디의 겨울이었다. 하늘을 향해 칼날처럼 가파르게 뻗은 커다란 석판 지붕 위로 폭우가 끝없이 퍼부었다. 길은 철철 흐르는 진흙탕에 들판도 온통 진창이었다. 들리는 것이라고는 쏟아지는 빗소리뿐이었고, 밭으로 달려들었다가 다시 날아올라 구름처럼 퍼지며 빙빙 도는 까마귀들 말고는 아무런 움직임도 없었다.

4시쯤에는 날아다니던 시커먼 까마귀 떼가 귀가 먹먹할 정도로 시끄러운 소리를 내면서 저택 왼쪽에 우뚝 선 너도밤나무 숲으로 와서 앉았다. 그러더니 거의 한 시간 동안이나 이 나무 꼭대기에서 저 나무 꼭대기로 파닥파닥 날아다니고, 서로 싸우는 것 같기도 하고, 까악까악 울기도 하면서 잿빛 나뭇가지에 검은 움직임을 드리웠다.

저녁마다 그녀는 황량한 대지 위에 어둠이 내릴 때의 음산한 우수에 젖은 채 먹먹해진 가슴으로 까마귀 떼를 바라보곤 했다.

그러다 등불을 가져오라고 종을 친 다음 불 가까이로 다가갔다. 장작더미에 불을 지폈지만 습기가 밴 커다란 방들은 데워지지 않았다. 거실에서도, 식당에서도, 침실에서도, 어디서나 온종일 추웠다. 뼛속까지 시린 것 같았다. 남편은 저녁때가 되어서야 돌아왔다. 끊임없이 사냥을 하거나 씨뿌리기, 밭갈이 등 온갖 밭일로 바쁘기 때문이었다.

그는 즐거운 표정으로 온몸이 진흙투성이가 되어 돌아와서는 손을 비비며 말했다.

"날씨 참 고약하군!"

또는

"불이 있으니 좋군!"

이따금 이렇게 묻기도 했다.

"오늘은 무슨 얘기를 할까? 기분은 좋소?"

그는 행복했다. 단조롭고 건전하며 평온한 이 생활 외에 다른 것은 꿈도 꾸지 않으면서 아무런 바람 없이 잘 지냈다.

12월경 눈이 내리기 시작하자 세월의 흐름에 따라 사람도 그러하듯 지난 수백 년에 걸쳐 점점 더 차가워진 듯한 오래된 저택의 싸늘한 공기에 그녀는 몹시 괴로웠다. 결국 어느 날 저녁 남편에게 말했다.

"있잖아요, 앙리, 여기에 난로를 하나 놓게 해줘요. 그러면 벽도 마를 거예요. 정말이지 아침부터 저녁까지 온종일 몸이 따뜻해지질 않아요."

처음에 그는 자신의 저택에 난로를 놓는다는 이 기상천외한 생각에 어안이 벙벙했다. 그에게는 개밥을 평평한 접시에 담아 주는 쪽이 오히려 더 자연스럽게 느껴졌다. 곧이어 가슴에서 힘차게 터져 나오는 웃음을 터뜨리며 같은 말을 되풀이했다.

"여기에 난로라니! 여기에 난로라니! 아! 아! 아, 정말 웃기는 이야기로군!"

그녀는 끈질기게 요구했다.

"정말 추워 죽겠어요, 여보. 당신은 항상 움직이니까 잘 모르겠지만, 난 추워요."

남편은 계속 웃으면서 대답했다.

"됐어요! 익숙해질 거요. 게다가 추운 게 건강에 아주 좋아요. 당신도 틀림없이 더 건강해질걸. 젠장! 우리는 뜨끈뜨끈한 집에서 사는 파리지앵이 아니잖소. 더구나 봄이 곧 올 텐데 뭐."

1월 초순경, 그녀에게 커다란 불행이 닥쳤다. 부모가 자동차 사고로 사망한 것이다. 그녀는 장례식을 치르러 파리에 다녀왔다. 그리고 거의 여섯 달 동안 오직 슬픔 속에만 파묻혀 지냈다.

날씨가 화창하고 따뜻해지자 약간이나마 정신을 차렸고, 가을이 될 때까지 우울한 무기력 속에서 그럭저럭 되는대로 살았다.

추위가 다시 찾아오자 비로소 그녀는 암울한 앞날과 마주하게 되었다. 어떻게 할 것인가? 할 수 있는 것이 아무것도 없었다. 앞으로 어떤 일이 일어날 수 있을까? 아무것도 없었다. 어떤 기대, 어떤 희망이 마음에 생기를 불어넣어 줄 수 있을까? 그런 것은 전혀 없었다. 그녀를 진찰한 한 의사는 그녀가 결코 아이를 갖지 못할 거라고 단언했다.

예년보다 훨씬 더 매섭고 살을 에는 듯한 추위 때문에 계속 고통스러웠다. 그녀는 떨리는 손을 뻗어 불에 쬐었다. 활활 타오르는 불꽃에 얼굴이 화끈거리는데도 얼음장 같은 냉기가 등으로 스며들고 살과 옷 사이로 파고드는 것 같았다. 머리끝부터 발끝까지 온몸이 떨렸다. 수많은 바람이, 원수처럼 악착스럽고 음흉하고 거센 바람이 온 집 안에 도사리고 있는 듯했다. 매순간 바람과 부닥쳤다. 바람은 때로는 그녀의 얼굴에, 때로는 손이나 목덜미에 차갑고 해로운 증오의 숨결을 끊임없이 내뿜었다.

그녀는 난로 이야기를 다시 꺼냈다. 남편은 마치 아내가 달이라도 따 달라고 하는 것인 양 이야기를 들었다. 파르빌에게 난로를 놓는 것은 마법사의 돌을 발견하는 것만큼이나 있을 수 없는 일이었다.

하루는 그가 일 때문에 루앙에 갔다가 구리로 된 앙증맞은 발 보온기를 아내에게 사다 주었다. 그는 웃으면서 그것을 '휴대용 난로'라고 불렀고 이제 아내의 추위는 충분히 막을 수 있다고 판단했다.

12월 말이 되자 그녀는 계속 이렇게 살 수는 없다는 생각이 들었다.

어느 날 저녁, 식사를 하다 머뭇거리며 물었다.

"여보, 우리 봄이 되기 전에 파리에 가서 한두 주일 정도 지내는 게 어떻겠어요?"

그는 깜짝 놀랐다.

"파리? 파리에? 뭐 때문에 그래야 하지? 아! 말도 안 돼! 내 집이 제일 좋은 법이오. 가끔 보면 당신은 별 이상한 생각을 다 하더군!"

그녀가 더듬더듬 말했다.

"그러면 우리도 기분 전환이 좀 될 텐데요."

그는 이해할 수 없었다.

"기분 전환용으로 뭐가 필요한 거요? 극장? 저녁 모임? 시내에서 저녁 외식? 하지만 당신도 여기 오면서 그런 오락거리 따위를 기대해서는 안 된다는 걸 알았잖소!"

그녀는 남편의 말과 말투에서 비난을 느끼고 입을 다물었다. 반항하거나 자기 뜻을 고집할 줄 모르는 소심하고 온화한 사람이었던 것이다.

1월이 되자 혹독한 추위가 또다시 시작되었다. 땅은 온통 눈으로 뒤덮였다.

어느 날 저녁, 그녀는 커다란 구름처럼 나무 주위를 빙빙 맴도는 까마귀 떼를 바라보다가 자기도 모르게 울기 시작했다.

남편이 들어왔다. 그는 몹시 놀라서 물었다.

"대체 무슨 일이오?"

그는 행복했다. 정말 행복했고 다른 삶이나 다른 즐거움을 꿈꾸어 본 적도 없었다. 이 음산한 고장에서 태어났고 여기서 자랐다. 자기 집에서 지내는 동안 몸과 마음이 모두 편안했다.

그는 사람들이 뭔가 사건이 일어나기를 바라거나 변화무쌍한 기쁨을 갈망할 수 있다는 것을 이해하지 못했다. 사계절 내내 같은 장소에서 지내는 것을 어떤 이들은 당연하게 여기지 못한다는 사실을 도무지 이해할 수 없었다. 수많은 사람들이 봄, 여름, 가을, 겨울의 사계에 따라 새로운 곳에서 새로운 즐거움을 누린다는 것도 알지 못하는 모양이었다.

그녀는 아무 대답도 하지 못한 채 그저 재빨리 눈물만 닦았다. 마침내 얼빠진 사람처럼 더듬더듬 말했다.

"나는…… 나는…… 나는 조금 우울해요……. 약간 지루하기도 하고……."

그러나 그런 말을 꺼낸 데 대한 두려움이 엄습해 오자 그녀는 재빨리 덧붙였다.

"그리고…… 난…… 난 좀 추워요."

그 말에 남편이 짜증을 냈다.

"아! 그래……. 아직도 난로 생각이군. 하지만, 젠장! 당신 여기에 온 후로 감기 한번 걸린 일이 없지 않소."

밤이 되었다. 그녀는 자기 방으로 올라갔다. 그녀가 방을 따로 쓰자고 요구했던 것이다. 자리에 누웠다. 침대 속에서도 추웠다. '언제까지나, 언제까지나 이렇겠지. 내가 죽을 때까지.'라고 생각했다.

그리고 남편을 생각했다. 어떻게 아내에게 그런 말을 할 수 있었을까. "당신 여기에 온 후로 감기 한번 걸린 일이 없지 않소."라고.

그러니까 이 괴로움을 남편이 이해하려면 병에 걸려 기침 소리를 내야 했던 것이다!

그녀는 분노에 사로잡혔다. 나약하고 소심한 사람에게 북받쳐 오르는 분노였다.

기침을 해야 했다. 그러면 아마도 남편이 자신을 가엾게 여길 것이다. 그래! 기침을 하리라. 남편에게 기침 소리를 듣게 하리라. 그러면 의사를 불러야 할 테고 깨닫게 되겠지. 남편은 비로소 깨달을 것이다!

그리고 맨다리로, 맨발로 일어나 어린아이처럼 유치한 생각에 미소 지었다.

'나는 난로가 필요해. 난로를 가질 거야. 앙리가 난로 놓을 결심을 할 수밖에 없도록 기침을 많이 하고 말겠어.'

그녀는 거의 다 벗은 채 의자에 앉았다. 그리고 한 시간, 두 시간을 기다렸다. 몸이 덜덜 떨렸지만 감기가 오는 것 같지는 않았다. 그래서 비상수단을 쓰기로 결심했다.

그녀는 소리 없이 방에서 나와 계단을 내려가서 정원 문을 열었다.

눈 덮인 땅은 죽은 듯 보였다. 맨발을 앞으로 불쑥 내밀어 그 가볍고 차디찬 눈 속에 집어넣었다. 상처를 입은 듯 고통스럽고 차가운 느낌이 가슴까지 올라왔다. 하지만 다른 다리도 뻗어 천천히 계단을 내려가기 시작했다.

그리고 잔디밭을 가로질러 나아가며 생각했다.

'전나무 숲까지 가야지.'

맨발을 눈 속에 넣을 때마다 숨이 콱 막히도록 헐떡거리면서 종종걸음으로 걸어갔다.

계획을 끝까지 달성했다는 것을 스스로에게 납득시키려는 듯 그녀는 제일 앞에 있는 전나무를 손으로 짚은 후 돌아왔다. 어찌나 기진맥진하고 몸이 마비된 것 같던지 두세 번이나 넘어질 뻔했다. 그런데도 집에 들어가기 전 차가운 눈 속에 주저앉았다. 심지어 눈을 그러모아 가슴에 문지르기까지 했다.

그런 후에야 안으로 들어와 자리에 누웠다. 한 시간 후, 목 안에서 개미 한 마리가 기어 다니는 듯 목구멍이 간질간질했다. 다른 개미들도 그녀의 사지를 따라 기어 다녔다. 그래도 잠이 들었다.

다음 날 그녀는 기침을 했고 일어나지 못했다.

폐렴이었다. 정신 착란을 일으키며 헛소리를 하는 와중에도 난로를 찾았다. 의사가 난로를 하나 놓으라고 강권했다. 앙리는 화가 난 채 마지못해 굴복했다.

그녀는 회복하지 못했다. 폐가 깊이 병들어 목숨마저 위태로웠다.

"부인이 여기 계시면 겨울을 나지 못할 겁니다." 의사가 말했다.

그녀는 남프랑스로 보내졌다.

칸에서 햇볕을 느꼈고, 바다를 사랑했고, 꽃이 핀 오렌지 나무의 향기를 들이마셨다.

그리고 봄이 되자 북부 지방으로 돌아갔다. 그러나 이제 그녀는 병세가 호전되는 데 대한 두려움과 노르망디의 기나긴 겨울에 대한 두려움 속에서 살아갔다. 그리고 몸이 회복되자마자 지중해의 온화한 해변을 생각하며 밤마다 창문을 열곤 했다.

이제 그녀는 자신이 죽으리라는 것을 알고 있다. 그녀는 행복하다.

한 번도 펼쳐 보지 않았던 신문을 펴서 '파리에 첫눈'이라는 기사 제목을 읽는다.

그러자 그녀는 전율 끝에 미소를 짓는다. 그리고 저 멀리 석양에 장밋빛으로 물든 에스테렐산맥을 바라본다. 드넓고 새파란 하늘과 푸르디푸른 망망대해를 바라보며 일어선다.

느린 걸음으로 돌아가다 기침을 하느라고 잠시 걸음을 멈춘다. 너무

늦게까지 밖에 있었던 탓에 좀 추웠기 때문이다.

그녀는 남편의 편지를 발견한다. 여전히 미소를 띤 채 편지를 열어서 읽는다.

사랑하는 여보,

당신이 잘 지내기를, 그리고 아름다운 우리 고장을 너무 많이 그리워하지는 않기를 바라오. 여기는 며칠 전부터 눈을 예고하는 서리가 많이 내렸소. 나는 이 계절을 아주 좋아하지. 당신도 알겠지만, 나는 당신의 저주받은 난로를 켜지 않고……

편지 읽는 것을 멈추고 난로를 가져 봤다는 생각에 매우 행복해한다. 편지를 든 오른손이 천천히 무릎 위로 떨어지는 사이, 그녀는 가슴을 찢는 끈질긴 기침을 가라앉히려는 듯 왼손을 입으로 가져간다.

어느 여인의 고백

« Oh! pardon, ma chérie, je t'ai soupçonnée
et j'ai tué l'amant de cette fille ; c'est mon garde qui m'a trompé. »

"아! 용서해 줘요, 여보. 내가 당신을 의심했소.
그 바람에 저 여자의 애인을 죽이고 말았군. 나를 속인 건 경호원이었는데."

벗이여, 당신은 내게 인생에서 가장 생생하게 기억나는 경험을 이야기해 달라고 부탁했습니다. 나는 많이 늙었고 부모도 아이도 없어요. 그러니 당신에게 거리낌 없이 고백할 수 있습니다. 다만 내 이름은 절대 밝히지 않겠다고 약속해 주세요.

당신도 알다시피 나는 많은 사랑을 받았고, 종종 내가 스스로 사랑을 하기도 했지요. 나는 상당히 미인이었어요. 아무것도 남아 있지 않은 오늘날이니 이런 말을 할 수 있습니다만. 공기가 육체의 생명줄이듯 사랑은 내게 영혼의 생명줄이었어요. 애정 없이 살아가느니, 나를 줄곧 생각해 주는 누군가가 없이 살아가느니 차라리 죽는 게 낫다고 생각했지요. 흔히 여자들은 온 마음을 쏟는 진정한 사랑은 단 한 번밖에 할 수 없다고 주장합니다. 하지만 열정이 끝나는 일은 있을 수 없다고 생각할 만큼 강렬하고 지극한 사랑이 내게는 몇 번이고 찾아왔어요. 그러나 마치 장작이 부족한 난롯불처럼 그 열정은 언제나 저절로 꺼져 버리더군요.

오늘 당신에게 내가 순진했던 시절에 겪은 첫 연애담을 말씀드리겠습니다. 이후 나의 모든 연애 사건을 유발하는 원인이 되었지요.

페크 지방의 그 끔찍한 약제사가 저지른 무시무시한 복수[6] 때문에 꼼짝없이 목격하게 되었던 무서운 사건을 떠올리게 되었거든요.

내가 에르베 드 케르…… 뭐라는 부유한 백작과 결혼한 지 1년 되었을 때였어요. 그는 브르타뉴 지방의 유서 깊은 가문 태생이었는데 물론 나는 그를 사랑하지 않았습니다. 나는 적어도 사랑, 진정한 사랑에는 자유와 구속이 동시에 필요하다고 생각해요. 강요된 사랑, 법적으로 공인받고 신부가 축복을 내린 사랑, 그게 과연 사랑일까요? 법에서 정해 준 입맞춤은 도둑맞은 입맞춤보다 나을 게 없습니다.

내 남편은 키가 크고 점잖고 정말 신사답게 행동하는 사람이었습니다. 하지만 그에게는 지성이 부족했지요. 솔직하게 말했고 칼로 자르듯 딱 잘라 의견을 내놓았어요. 그의 머릿속은 틀에 박힌 생각으로 가득했습니다. 그것은 부모에게서 물려받은 것이었고 또 그의 부모는 조상으로부터 물려받은 것이었지요. 그는 즉각적이고 편협한 의견을 주저 없이 제시하곤 했어요. 전혀 당황하지도 않았고 다른 관점이 있을 수도 있

---

6) 1882년 장안의 화제가 되었던 프네루 사건(affaire Fenayrou)을 말한다. 약국을 운영하던 마랭 프네루는 종업원 루이스 오베르가 자신의 아내와 불륜 관계인 것을 눈치챈다. 질투에 사로잡힌 프네루는 오베르를 죽여서 센강에 시체를 던졌다.

다는 생각은 조금도 하지 않았죠. 머리가 꽉 막혀 있는 것 같았어요. 문과 창문을 열어 집을 환기하듯 정신을 새롭게 바꾸고 깨끗하게 정화해 줄 생각 따위는 결코 순환하지 못하고 있다는 느낌이었죠.

우리가 살던 성은 황량한 고장 한복판에 있었습니다. 거대한 나무들로 에워싸인 을씨년스럽고 웅장한 건물이었는데, 벽에 낀 이끼가 노인들의 흰 수염을 연상시켰지요. 사실 숲이라고도 할 만한 정원은 늑대도 겨우 뛰어넘는다는 넓고 깊은 도랑으로 둘러싸여 있었어요. 그리고 벌판 쪽을 향한 정원 맨 끝에는 갈대와 부초가 가득한 커다란 연못 두 개가 있었지요. 그 사이에는 두 연못을 연결하는 개울이 있었는데 남편은 야생 오리를 잡으려고 개울가에 작은 오두막을 짓게 했습니다.

우리 집에는 평범한 하인들 이외에 죽는 날까지 남편에게 짐승처럼 헌신할 경호원이 한 명 있었고, 내게 이루 말할 수 없이 충실하고 거의 친구나 다름없는 몸종도 한 명 있었어요. 내가 5년 전에 스페인에서 데려온 버려진 아이였지요. 검은 피부에 짙은 눈, 이마 주위에는 항상 수풀처럼 비죽비죽 솟은 머리카락이 무성한 그 아이를 아마 사람들은 집시라고 생각했을 거예요. 그 당시 열여섯 살이었지만 스무 살은 되어 보였어요.

가을이 시작되었어요. 사람들은 때로는 이웃에서, 때로는 우리 집에서 사냥을 무척 즐겼습니다. 그즈음 C라는 젊은 남작이 눈에 띄었는데 유난히 자주 우리 집을 방문했어요. 그러더니 곧 발길을 끊더군요. 나도 그냥 잊어버리고 말았지만 나를 대하는 남편의 태도가 달라진 것을 느낄 수 있었어요.

남편은 말수가 줄었고 뭔가 생각에 사로잡혀 있는 것 같았죠. 나를 안아 주는 일도 없었습니다. 조금은 혼자 지내고 싶다는 내 요구 때문에 우리는 각방을 쓰고 있었고 남편이 내 방에 들어오는 일은 거의 없었지요. 하지만 밤이면 조심스러운 발걸음 하나가 방문 앞까지 왔다가 잠시 후 멀어지는 소리가 들리곤 했어요.

내 방은 1층에 있었기 때문에 종종 창문을 통해 누군가 어둠 속에서 성 주위를 맴도는 소리도 들리는 것 같았습니다. 남편에게 이야기했더니 잠시 동안 나를 뚫어져라 쳐다보다 이렇게 대답했어요.

"아무것도 아니오. 경호원이오."

그런데 어느 날 저녁, 식사를 끝냈을 때 뭔가 은밀한 즐거움이 있는지 이상하게도 몹시 기분이 좋아 보이는 에르베가 내게 물었습니다.

"저녁마다 우리 암탉을 잡아먹으러 오는 여우를 죽일까 하는데 세 시간쯤 매복해 보는 게 어떻겠소?"

나는 깜짝 놀라 망설였습니다. 하지만 남편이 이상할 정도로 끈질기게 바라보고 있어서 결국 "그러죠 뭐."라고 대답하고 말았습니다.

내가 남자처럼 늑대와 멧돼지 사냥을 즐겼다는 것을 말씀드려야겠군요. 그러니 그가 내게 매복을 제안하는 것도 지극히 자연스러운 일이었지요.

그런데 이상하게도 남편은 갑자기 신경질이 난 것 같았습니다. 저녁 내내 열에 들뜬 듯이 일어났다 앉았다 하면서 안절부절못하더군요.

10시경, 남편이 불쑥 말했어요.

"준비되었소?"

나는 일어섰습니다. 그가 직접 총을 가져다주기에 물어보았어요.

"보통 총알을 장전해야 하나요, 아니면 노루 사냥용 총알을 장전해야 하나요?"

남편은 깜짝 놀라 주춤하다가 다시 말을 이었습니다.

"아! 노루 사냥용이면 충분할 거요. 자신감을 가져요."

그러더니 잠시 후 기이한 말투로 덧붙였습니다.

"당신 특유의 냉정함을 과시할 수 있을 거요!"

나는 웃음을 터뜨렸습니다.

"내가요? 왜요? 여우 한 마리 죽이는 일에 냉정함이라니요? 여보, 당신 도대체 무슨 생각을 하는 거예요?"

그런 다음 우리는 소리를 죽이며 정원을 가로질러 출발했습니다. 온 집 안이 잠들어 있었어요. 보름달이 낡고 우중충한 건물을 노랗게 물들여 놓은 듯했고 석판 지붕이 빛나고 있었지요. 건물 양옆에는 꼭대기에 등 받침이 달린 망루가 두 개 있었고요. 달 밝은 쓸쓸한 밤, 죽은 듯 보이는 온화하고 깊은 그 밤의 정적을 깨뜨리는 것은 아무것도 없었습니다. 가벼운 바람 소리도, 두꺼비 울음소리도, 올빼미 소리도 들리지 않았어요. 음산하고 묵직한 분위기가 모든 걸 짓누르고 있었지요.

정원의 나무들 밑으로 들어서니 서늘한 공기와 낙엽 냄새가 엄습했습니다. 남편은 아무 말도 하지 않았지만 사방을 살피며 귀를 기울였습니다. 머리끝부터 발끝까지 사냥의 열기에 사로잡혀 어둠 속에서 냄새를 맡는 것 같기도 했습니다.

우리는 곧 연못가에 도착했습니다.

등심초 줄기들은 미동도 하지 않았어요. 어루만져 주는 바람이 전혀 없었던 것이지요. 하지만 물속에서는 보일 듯 말 듯한 움직임이 감돌았습니다. 이따금 점 하나가 수면을 흔들면 거기서부터 가느다란 동그라미들이 생겨나 끝없이 커지며 퍼져 나갔어요. 마치 반짝이는 주름살 같았지요.

매복을 하기로 한 오두막에 이르자 남편은 나를 먼저 지나가게 한 다음 천천히 총에 장전을 했습니다. 총기가 덜그럭거리는 소리에 섬뜩한 기분이 들었어요. 내가 떨고 있는 것을 눈치챈 남편이 물었습니다.

"혹시 이 정도 고생했으면 된 것 같소? 그럼 돌아가요."

나는 몹시 놀라서 대답했습니다.

"전혀요. 나는 돌아가려고 온 게 아니에요. 오늘 저녁 당신 참 이상하네요."

그가 중얼거렸습니다.

"좋을 대로 하구려."

우리는 꼼짝하지 않고 있었습니다.

30분쯤 지났는데도 달 밝은 가을밤의 무거운 정적을 깨뜨리는 것이 아무것도 없자, 나는 아주 작게 속삭였습니다.

"여기로 지나가는 게 확실해요?"

에르베는 마치 내가 깨물기라도 한 것처럼 진저리를 치더니 내 귀에 대고 말했어요.

"확실하오. 잘 들어요."

그리고 침묵이 또다시 시작되었습니다.

내가 막 선잠이 들었을 때 남편이 내 팔을 꽉 잡았습니다. 그리고 휘파람 불듯 쉭쉭거리며 달라진 목소리로 말했습니다.

"저기, 나무 밑에 그놈이 보이오?"

그곳을 바라보았지만 소용없었어요. 아무것도 알아볼 수 없었거든요. 에르베는 나를 뚫어지게 쳐다보면서 천천히 어깨에 총을 대었습니다. 나도 총을 쏠 준비를 하고 있었지요. 그런데 갑자기 우리 앞쪽으로 서른 걸음쯤 떨어진 곳에서 한 남자가 환한 빛을 받으며 나타났습니다. 그는 마치 도망치기라도 하려는 것처럼 몸을 구부린 채 빠른 걸음으로 다가오고 있었어요.

나는 너무나 놀라서 새된 비명을 질렀습니다. 그러나 내가 미처 몸을 돌리기도 전에 불꽃이 내 눈앞을 스쳐 지나갔어요. 총소리에 정신이 얼떨떨해진 채로 그 남자가 총 맞은 늑대처럼 바닥에 구르는 모습을 보았습니다.

나는 공포에 질려 미친 듯이 소리를 질러댔지요. 그때 에르베의 난폭한 손이 내 목을 잡았어요. 내가 쓰러지자 그는 억센 팔로 나를 들어 올려 허공에 치켜들더니 그대로 풀밭에 널브러져 있는 시체를 향해 달려갔습니다. 그리고 마치 내 머리를 부수려는 듯, 나를 그 위로 거칠게 내던졌어요.

어찌할 바를 몰랐습니다. 남편은 나를 죽일 참이었어요. 이미 그는 내 이마 위로 발꿈치를 쳐들고 있었지요. 그런데 그때 누군가 남편을 감싸 안고 넘어뜨렸어요. 나는 여전히 어찌 된 영문인지 알 수가 없었지요.

벌떡 일어나니 남편 위에 올라탄 채 무릎을 꿇고 있는 내 몸종 파키타가 보였어요. 성난 고양이처럼 달라붙어 있는 그녀는 잔뜩 흥분해 미친 듯이 날뛰며 남편의 턱수염과 콧수염, 그리고 얼굴 살갗을 잡아 뜯고 있었어요.

그러더니 갑자기 다른 생각이 났는지 일어나서 시체로 달려들었어요. 그녀는 시체를 품에 안고 눈과 입에 키스를 하면서 자기 입술로 죽은 자의 입술을 벌려 숨결을 찾았습니다. 연인들 사이의 진한 애무였지요.

몸을 일으킨 남편이 그 장면을 바라보고 있었습니다. 그는 그제야 깨닫고 곧 내 발밑에 엎어지더군요.

"아! 용서해 줘요, 여보. 내가 당신을 의심했소. 그 바람에 저 여자의 애인을 죽이고 말았군. 나를 속인 건 경호원이있는네."

나는 죽은 남자와 살아 있는 여자의 기이한 키스를 바라보고 있었습니다. 그리고 그 여자의 오열과 절망에 빠진 사랑이 폭발하는 모습도요.

그리고 그때부터 이제 내가 남편에게 충실하지 않으리라는 것을 깨달았습니다.

 달빛

« Et ce soir-là,
c'est le clair de lune qui fut ton amant vrai. »
"그날 저녁, 언니가 진짜 사랑했던 것은 바로 달빛이야."

쥘리 루베르 부인은 스위스 여행에서 돌아오는 언니 앙리에트 레토레 부인을 기다리고 있었다.

레토레 부부는 5주 전쯤 여행을 떠났었다. 그러다 이해관계가 얽힌 일이 생긴 남편이 칼바도스의 소유지로 먼저 돌아가게 되었고, 앙리에트 부인은 파리의 동생 집에서 며칠 지내기로 한 것이다.

저녁이 되었다. 땅거미가 내려 어두워진 작고 평범한 거실에서 루베르 부인은 건성으로 책을 읽으며 무슨 소리가 들릴 때마다 고개를 들고 시선을 돌렸다.

드디어 초인종이 울렸고 헐렁한 여행복으로 온몸을 감싼 언니가 나타났다. 두 여자는 서로를 확실히 알아보기도 전에 격하게 포옹했고 삼시 떨어졌다가는 곧 다시 꼭 껴안았다.

그리고 두 사람은 건강과 가족, 그 밖의 수많은 것들에 대해 서로 질문을 주고받으며 이야기하기 시작했다. 앙리에트가 베일과 모자를 벗는 동안에도 쉼 없이 수다를 떠느라 다급하게 내뱉은 말들과 앞뒤가 잘린 말들이 잇달아 튀어나왔다.

밤이 되었다. 루베르 부인은 벨을 눌러 등잔을 가져오게 했다. 빛이 들어오자마자 그녀는 또 한 번 껴안으려고 언니를 쳐다보았다. 그러나 충격을 받고 놀라서 할 말을 잃고 굳어 버렸다. 레토레 부인의 양쪽 관자놀이에 흰머리 가닥이 굵직하게 드러나 있었던 것이다. 나머지 머리카락은 모두 새카맣고 윤기가 흘렀지만, 유독 양옆으로만 하얗게 센 머리 타래가 은빛 물줄기처럼 두 갈래로 흐르다 검은 머리카락 속으로 사라졌다. 레토레 부인은 이제 겨우 스물네 살이었다. 흰머리는 스위스 여행 이후로 갑자기 생긴 것이었다. 루베르 부인은 망연자실하여 꼼짝도 하지 않고 언니를 바라보았다. 그리고 마치 어떤 끔찍하고 불가사의한 불행이 언니를 덮치기라도 한 것처럼 울상이 되어 물었다.

"언니, 무슨 일 있어?"

레토레 부인은 쓸쓸하고 희미한 미소를 지으며 대답했다.

"아무 일 없어, 정말이야. 흰머리를 보고 그러는 거니?"

그러나 루베르 부인은 언니의 어깨를 세차게 움켜잡고 두 눈으로 언니를 살피며 다시 말했다.

"무슨 일이야? 말해 봐. 거짓말해도 소용없어. 난 다 알아."

두 여자는 서로를 마주한 채 가만히 서 있었다. 앙리에트 부인은 금방이라도 기절할 듯 창백했고 아래로 떨군 두 눈가에는 눈물이 맺혔다.

동생이 재촉했다.

"무슨 일이 생긴 건데? 무슨 일이야? 대답해 봐, 응?"

그러자 언니는 체념 섞인 목소리로 중얼거렸다.

"나한테…… 나한테 애인이 생겼어."

그리고 그녀는 동생의 어깨에 얼굴을 묻고 흐느껴 울었다.

마음의 동요가 가라앉고 조금 진정이 되자 레토레 부인은 자신의 비밀을 털어 버리고 사랑하는 동생의 마음에서 근심을 덜어 주려는 듯 갑자기 이야기를 꺼내 놓기 시작했다.

그리하여 두 여인은 서로의 손을 꼭 붙잡고 거실의 어두운 구석에 놓인 소파에 털썩 주저앉았다. 동생은 언니를 품에 안고 언니의 목에 팔을 두른 채 귀를 기울였다.

아! 변명의 여지가 없다는 거 알아. 나도 나 자신을 이해할 수 없어. 그날 이후 나는 제정신이 아니야. 조심하렴, 얘야, 너도 조심해. 우리가 얼마나 나약하고, 얼마나 쉽게 굴복하고, 얼마나 빨리 무너지는지 넌 모를 거야! 사소한 것, 정말 아주 사소한 것만으로도 그렇게 돼. 연민이라든가 갑작스럽게 마음속에 스쳐 지나가는 우수라든가 이따금 두 팔을 벌려 사랑하고 입 맞추고 싶은 욕구 같은 것들 말이야. 여자들은 모두 그런 욕구를 가지고 있잖아.

너는 형부를 잘 알지. 내가 얼마나 그를 사랑하는지도 잘 알고. 사려 깊고 이성적이긴 하지만 여자 마음의 온갖 섬세한 동요에 대해서는 아무것도 몰라. 그는 언제나, 언제나 한결같아. 언제나 친절하고, 상냥하고, 너그럽고, 나무랄 데가 없지. 아! 가끔씩 그가 거칠게 나를 끌어당겨 품에 안고 우리 둘을 하나로 만들어 주는, 무언의 고백과도 같은 달콤한 입맞춤을 오래도록 해주기를 일마나 바랬는지 몰라. 의지가 약하고 결점이 있는 사람이었으면, 나를 필요로 하고 내 애무와 눈물을 필요로 하는 사람이었으면 하고 얼마나 바랐는지 몰라!

다 어리석은 소리지. 하지만 우리 여자들은 그래. 그러니 어쩌겠어?

그래도 형부를 배신할 생각은 결코 하지 않았을 거야. 지금은 사랑도, 이유도, 아무것도 없이 배신한 꼴이 되어 버렸지만. 순전히 어느 날 밤, 루체른 호수 위를 비추던 달빛 때문이었어.

우리 부부가 함께 여행한 한 달 동안 남편은 조용한 무관심으로 내 열정을 마비시키고 흥분을 사라지게 만들었어. 네 마리 말이 끄는 승합 마차를 타고 해가 떠오르는 비탈길을 내려갈 때면 창백한 아침 안개 뒤로 보이는 기다란 골짜기와 나무, 강과 마을의 모습에 나는 한껏 황홀해져 손뼉을 치며 남편에게 말했어. "정말 아름답다, 여보, 키스해 줘요!" 그러면 그는 어깨를 살짝 으쓱한 다음 친절하지만 차가운 미소를 지으며 이렇게 대답하곤 했어. "경치가 마음에 든다는 게 키스할 이유는 아니지 않소."

그러면 나는 심장까지 얼어붙는 것 같았어. 나는 사랑하는 사이라면 감동적인 광경 앞에서 서로를 사랑하고픈 욕구가 더 커지는 법이라고 생각해.

그러니까 내 안에서는 시적인 감흥이 들끓고 있는데 남편이 발산하지 못하게 틀어막았던 거야. 뭐랄까, 나는 마치 증기가 가득 찼는데 꽉 막혀 버린 보일러 같았지.

어느 날 저녁(우린 플뤼엘렌의 한 호텔에 나흘 전부터 묵고 있었어) 로베르는 두통이 좀 있다며 저녁 식사를 마치자마자 곧바로 자러 갔고 나 혼자 호숫가를 산책하러 나갔어.

요정의 전설 속에 나오는 것 같은 밤이었어. 동그란 달이 하늘 가운데 떠 있었지. 눈 덮인 높은 산들은 은빛 모자를 쓴 것 같았고 온통 물결 무늬를 이룬 수면은 살짝살짝 흔들리며 반짝거렸어. 공기마저 부드럽고 포근했지. 그런 포근한 날씨는 우리 마음속으로 스며들어 정신을 잃을 것처럼 연약하게 만들고 특별한 이유도 없이 다정하게 만들지. 하지만 바로 그런 순간에 감정은 아주 민감하고 예민해지는 법이야! 얼마나 빨리 마음이 흔들리고 감정에 세차게 휩쓸리게 되는지!

풀밭에 앉아 우수에 차고 매력 넘치는 넓은 호수를 바라보았어. 그때 문득 마음속에서 이상한 일이 일어났어. 채워지지 않은 사랑에 대한 갈증과 활기 없고 단조로운 삶에 대한 반항심이 생겨났던 거야. 뭐야, 결국 나는 사랑하는 남자와 팔짱을 끼고 달빛에 젖은 둑길을 따라 걷는 일을 결코 겪어 보지 못하는 걸까? 달콤한 말들을 나누라고 신께서 만들어 주신 듯한 이 부드러운 밤에 연인들이 나누는 입맞춤을, 그 깊고도 감미롭고 미친 듯한 입맞춤을 한 번도 느껴 보지 못하는 걸까? 절대로 여름날 저녁의 옅은 어둠 속에서 격정적인 남자의 품에 뜨겁게 안겨 볼 수 없는 걸까?

나는 미친 듯이 울기 시작했어.

그런데 뒤에서 무슨 소리가 들렸어. 어떤 남자가 나를 바라보며 서 있었던 거야. 고개를 돌리니까 나를 알아보고 다가왔지.

"부인, 울고 계십니까?"

어머니와 함께 여행 중인 젊은 변호사였는데 몇 번 만난 적이 있는 사람이었어. 그는 종종 나를 유심히 지켜보기도 했었지.

너무 당황해서 뭐라 대답해야 할지, 무슨 생각을 해야 할지 몰랐어. 나는 일어서서 몸이 안 좋다고 말했어.

그는 자연스럽고 정중한 대도로 내 옆에서 걸으면서 여행에 대해 이야기했어. 내가 느꼈던 모든 것을 그가 그대로 표현하더라. 나를 전율시켰던 모든 것을 그는 나처럼, 아니 나보다 더 잘 이해하고 있었어. 갑자기 그가 시를, 뮈세[7]의 시를 읊었어. 나는 형언할 수 없는 감동에 사로잡혀 숨이 막힐 지경이었지. 저 산들이, 호수가, 달빛이 이루 말할 수 없이 달콤한 노래를 불러 주는 것 같았어…….

어떻게 그런 일이 일어났는지는 모르겠지만, 그 이유도 모르겠지만, 환각과도 같은 그런 일이 벌어졌어…….

그 사람은…… 다음 날 떠날 때 본 것이 마지막이었지.

그는 내게 명함을 주었단다……!

그리고 레토레 부인은 동생의 품에서 실신할 듯한 신음을, 거의 울부짖는 소리를 내뱉었다.

그러자 신중하게 생각에 잠겨 있던 루베르 부인이 아주 부드럽게 말했다.

"있잖아, 언니. 우리는 흔히 남자를 사랑하는 것이 아니라 사랑 그 자체를 사랑하지. 그날 저녁 언니가 진짜 사랑했던 것은 바로 달빛이야."

---

7) 19세기 전반 프랑스 낭만파를 대표하는 시인 알프레드 드 뮈세(Alfred de Musset, 1810~1857)를 말한다. 극작가, 소설가로도 활동했으며 '프랑스의 바이런'이라고 불린다.

고해 성사

« Il n'épousera pas Suzanne, jamais !
Il n'épousera personne. Je serais trop malheureuse… »

'그는 쉬잔과 결혼하지 못해, 절대로! 그는 누구하고도 결혼하지 못해.
그렇게 되면 내가 너무 불행할 테니까……'

마르그리트 드 테렐의 임종이 임박했다. 쉰여섯 살밖에 안 되었지만
일흔다섯 살은 족히 되어 보였다. 그녀는 침대보보다 더 창백한 얼굴로
지독한 오한에 떨며 숨을 헐떡이고 있었다. 마치 끔찍한 것을 보기라도
한 것처럼 초췌한 눈으로 얼굴에 경련을 일으켰다.

그녀보다 여섯 살이 더 많은 언니 쉬잔은 침대 옆에 무릎을 꿇고 앉아
흐느끼고 있었다. 죽음을 앞둔 침상 옆, 보자기 덮인 작은 탁자 위에는
불 켜진 초 두 개가 놓여 있었다. 병자 성사와 마지막 영성체를 위해 신
부를 기다리는 중이었다.

죽어 가는 사람의 방에서 느낄 수 있는 음산한 기운이 방 안에 감돌았다. 절망적인 이별의 기운이었다. 가구들 위에는 이런저런 약병이 널려 있었고 방구석에는 발길질이나 비질로 밀쳐놓은 빨랫감이 굴러다녔다. 마치 사방으로 뛰어다닌 것처럼 제멋대로 놓여 있는 의자들까지도 겁에 질린 듯 보였다. 무시무시한 죽음이 그곳에 숨어 기다리고 있었다.

두 자매의 사연은 애처로웠다. 그들의 이야기는 멀리 떨어진 사람들의 입에도 오르내렸고 많은 사람들을 눈물짓게 만들었다.

언니 쉬잔은 예전에 한 청년으로부터 열렬한 사랑을 받았고 그녀도 그를 사랑했다. 그들이 약혼을 하고 결혼식 날만 기다리던 어느 날, 갑자기 앙리 드 상피에르가 죽고 말았다.

쉬잔은 이루 말할 수 없이 절망했고 절대로 다른 남자와 결혼하지 않겠다고 맹세했다. 그리고 그 맹세를 지켰다. 끝까지 상복을 벗지 않았다.

그러던 어느 날 아침, 아직 열두 살이던 동생 마르그리트가 찾아와 언니의 품에 안기며 말했다.

"언니, 언니가 불행해지는 거 싫어. 언니가 평생 우는 거 싫다고. 난 절대로 언니 곁을 떠나지 않을 거야, 절대, 절대로! 나도 결혼하지 않을 거야. 언니 곁에 영원히 남을 거야. 영원히, 영원히 말야."

쉬잔은 어린 동생의 애정에 감동하여 동생을 꼭 끌어안았지만 그 말을 믿지는 않았다.

그러나 동생도 역시 약속을 지켰다. 아무리 부모가 간청하고 언니가 애원해도 한사코 결혼을 마다했다. 그녀는 예뻤다. 정말 예뻤다. 하지만 자신을 사랑하는 수많은 청년들을 거절하고 언니 곁을 떠나지 않았다.

자매는 한 번도 떨어지지 않고 항상 함께 살았다. 어디든지 꼭 붙어 다녔다. 그러나 마르그리트는 늘 슬프고 무언가에 짓눌린 듯 보였다. 마치 숭고한 희생이 그녀를 지치게 만들기라도 한 것처럼 언니보다 더 침울해 보였다. 그녀는 더 빨리 늙었고 서른 살부터 흰머리가 생겼다. 게다가 자주 아팠다. 그녀를 괴롭히는 정체불명의 병에 걸려 있는 듯했다.

그러더니 이제 언니보다 먼저 임종을 맞고 있었다.

마르그리트는 스물네 시간 전부터 더 이상 말을 하지 않고 있었다. 단지 첫 새벽빛이 다가오자 이렇게 말했을 뿐이었다.

"신부님을 모셔 와 줘. 이제 때가 되었어."

그런 다음 경련을 일으키며 자리에 누워 있었다. 마치 가슴에서 뭔가 끔찍한 말이 올라오지만 차마 입 밖에 내지 못하는 것처럼 입술이 실룩거렸으며, 눈은 보기에도 무서울 정도로 공포에 사로잡혀 있었다.

고통으로 가슴이 갈가리 찢어진 언니는 침대 가장자리에 이마를 댄 채 미친 사람처럼 울면서 되뇌었다.

"마르고, 불쌍한 마르고, 내 꼬마!"

그녀는 마르그리트를 항상 '내 꼬마'라고 불렀고 동생도 쉬잔을 항상 이름이 아닌 '우리 언니'라고 불렀다.

계단에서 발소리가 들렸다. 문이 열렸다. 성가대 옷을 입은 소년 복사가 나타났고 흰 사제복 차림의 늙은 신부가 뒤따라 들어왔다. 죽어 가던 여자는 신부를 보자마자 자리에서 벌떡 일어나 앉더니 입술을 벌리며 두세 마디 중얼거리다가 구멍이라도 팔 것처럼 손톱으로 침대보를 긁기 시작했다.

시몽 신부가 다가가 그녀의 손을 잡고 이마에 입을 맞춘 후 부드러운 목소리로 말했다.

"하느님은 당신을 용서하십니다, 자매님. 용기를 내세요. 이제 때가 되었으니 말씀하세요."

그러자 마르그리트는 머리끝부터 발끝까지 부들부들 떨면서 중얼거렸다. 발작 같은 움직임 탓에 침대가 뒤흔들렸다.

"앉아서 들어 줘, 언니."

신부는 몸을 굽혀 여전히 침대 발치에 쓰러져 있는 쉬잔을 일으켜 세운 다음 안락의자에 앉혔다. 그는 양손에 두 자매의 손을 하나씩 잡고 말했다.

"우리 주 하느님! 이들에게 힘을 주소서. 이들에게 자비를 베푸소서."

마르그리트가 말하기 시작했다. 기진맥진한 듯 쉰 소리로 하나씩 하나씩, 목구멍에서 단어들이 흘러나왔다.

"용서해 줘, 용서해 줘. 언니, 나를 용서해 줘! 아! 내가 평생 동안 이 순간을 얼마나 두려워했는지 언니는 모를 거야……!"

쉬잔이 울면서 중얼거렸다.

"뭘 용서해, 동생아? 너는 내게 모든 것을 주었고 모든 것을 희생했는데. 넌 천사야……."

그러나 마르그리트가 쉬잔의 말을 가로막았다.

"그만해, 그만! 내 말을 들어 봐줘…… 막지 말고……. 정말 끔찍한 일이야……. 모두 다 말하게 해줘……. 끝까지, 움직이지도 말고……. 들어줘……. 언니 기억하지……? 기억하지…… 앙리……."

쉬잔은 소스라치며 동생을 쳐다보았다. 동생이 계속 말을 이었다.

"이해하려면 모두 다 들어야 해. 나는 그때 열두 살, 겨우 열두 살이었어. 언니도 기억할 거야, 그렇지? 나는 버릇없는 아이였고 원하는 건 뭐든 했어……! 내가 얼마나 응석받이로 컸는지 언니도 기억하지……? 들어 봐……. 그 사람은 처음 우리 집에 왔을 때 윤이 나는 장화를 신고 있었어. 현관 층계 앞에서 말에서 내리더니 자기 옷차림에 대해 사과했지. 아빠에게 전할 소식이 있어서 왔다고 했어. 언니도 기억나지……? 아무 말도 하지 말고…… 들어 봐. 그 사람을 봤을 때 첫눈에 반했어. 정말 잘생겼다고 생각했지. 그가 말하는 내내 거실 한구석에 서 있었어. 아이들이란 참 기묘해…… 끔찍하기도 하고……. 아! 정말이야……. 난 아이들에 대해 곰곰이 생각해 봤어!

그는 여러 번…… 다시 찾아왔지……. 나는 온 마음을 담아 그를 뚫어져라 쳐다보곤 했어……. 나는 나이에 비해 성숙했던 데다…… 사람들이 생각하는 것보다 더 영악했어. 그는 자주 왔고…… 나는 그 사람만 생각했지. 아주 작은 소리로 '앙리……, 앙리 드 상피에르!'라고 불러 보기도 했어.

그런데 사람들 말이 앙리가 언니랑 결혼한다는 거야. 너무 슬펐지……. 아! 언니…… 슬펐어……. 정말 슬펐어! 난 잠도 자지 않고 사흘 밤을 내내 울기만 했어. 그는 날마다 우리 집에 왔어. 점심 식사 후에, 오후에……. 언니도 기억나지? 아무 말도 하지 말아 줘……. 그냥 듣기만 해. 언니는 그 사람에게 케이크를 만들어 주곤 했고 그는 그 케이크를 아주 좋아했어……. 밀가루와 버터, 우유로 만든 그 케이크……. 아! 나는 어떻게 만드는지 잘 알아……. 필요하다면 지금도 만들 수 있어. 앙리는 케이크를 한입에 넣고 포도주를 한 모금 마시고는…… '정말 맛있어요.'라고 말했어. 그가 어떤 식으로 그 말을 했는지 기억나?

나는 질투가 났어, 질투가……! 언니의 결혼식 날이 다가왔어. 보름밖에 안 남았었지. 나는 미칠 것 같았어. 그리고 혼자 중얼거렸지. '그 사람은 쉬잔과 결혼하지 않을 거야. 안 돼, 절대로……! 앙리는 내가 크면 나와 결혼할 거야. 난 앞으로 그 사람만큼 사랑하는 사람을 절대 만

날 수 없을 거야……' 그런데 결혼식이 거행되기 열흘 전날 저녁, 언니가 그 사람과 함께 성 앞을 산책했어. 달빛 아래서……. 그리고 거기…… 전나무 밑, 그 커다란 전나무 밑에서…… 그가 언니에게 키스를 했어……. 키스를…… 언니를 품에 안고서…… 아주 오랫동안……. 언니도 기억하지? 아마 첫 키스였을 거야……. 그래……. 언니가 거실로 돌아왔을 때 얼굴이 너무도 창백했거든!

그때 나는 두 사람을 봤어. 거기, 덤불 속에 있었으니까. 화가 나서 미칠 것 같았어! 할 수만 있었다면 두 사람을 죽여 버렸을 거야!

나는 마음속으로 말했지. '그는 쉬잔과 결혼하지 못해, 절대로! 그는 누구하고도 결혼하지 못해. 그렇게 되면 내가 너무 불행할 테니까……' 그러다가 갑자기 앙리가 지독히 미워지기 시작했어.

그래서 내가 어떻게 했는지 알아……? 들어 봐. 전에 들개를 죽인다며 정원사가 고기 완자 만드는 걸 본 적이 있었어. 유리병을 돌로 빻아서 그 가루를 고기 완자 안에 넣었지.

엄마 방에서 작은 약병을 가져다가 망치로 빻아서 유리 가루를 만들었어. 그리고 그 반짝이는 가루를 주머니 안에 숨겼지……. 다음 날 언니가 작은 케이크를 몇 개 구워 놓았을 때 칼로 케이크를 갈라 그 안에 유리 가루를 넣었어……. 그는 케이크를 세 개 먹었어……. 나도 한 개를 먹었고……. 나머지 여섯 개는 연못에 던졌는데…… 사흘 후 백조 두 마리가 죽었지……. 기억나? 아! 아무 말 하지 말고…… 들어, 들어 줘……. 나만 혼자 죽지 않았지……. 하지만 난 항상 아팠어……. 들어 봐……. 앙리는 죽었어……. 언니도 알다시피……. 그런데 그건 아무것도 아니야……. 가장 끔찍한 건…… 그다음, 더 나중이야……. 그 후 내내…… 계속 들어 줘…….

내 삶은, 내 평생은…… 그야말로 고문이었어! 나는 결심했지. '절대로 언니 곁을 떠나지 않을 거야. 그리고 죽는 순간에 모든 걸 말할 거야……'라고. 그 후 언제나 이 순간을 상상해 왔어. 언니에게 모든 걸 말하는 순간을……. 이제 그 순간이 온 거야……. 끔찍해……. 아……! 언니!

나는 아침저녁으로, 밤낮으로 항상 생각했어. 언니에게 한 번은 말해야 한다고……. 그리고 기다렸어……. 얼마나 괴로웠는지 몰라……! 이제 끝났어……. 아무 말도 하지 마……. 지금 나는 두려워…… 두려워……. 아! 정말 두려워! 이제 내가 죽으면 그 사람을 다시 만나게 될 텐데. 그를 다시 본다니……. 상상할 수 있겠어? 그것도 언니보다 먼저……! 나는 감히 그럴 용기가 없어……. 하지만 어쩔 수 없네…… 나는 곧 죽을 테니……. 언니가 나를 용서해 줬으면 해. 그렇게 해줘……. 그렇지 않으면 나는 그 사람 앞에 설 수가 없어. 아! 신부님, 언니에게 저를 용서하라고 말씀해 주세요, 말씀해 주세요……. 제발 부탁이에요. 그렇지 않으면 전 죽을 수가 없어요……."

마르그리트는 입을 다물었고 숨을 헐떡거리면서 오그라진 손톱으로 계속해서 침대보를 긁었다…….

쉬잔은 두 손으로 얼굴을 감싼 채 꼼짝도 하지 않고 있었다. 그녀는 오래도록 사랑할 수 있었을 그 사람에 대해 생각했다! 얼마나 행복한 생활이었을까! 그녀는 사라진 옛날 속에서, 영원히 스러져 버린 저 오래된 과거 속에서 그를 다시 보았다. 사랑하는 망자들이여! 그대들은 어찌 이리도 우리의 가슴을 찢어 놓는단 말인가! 아! 그 키스, 단 한 번의 키스! 그녀는 마음속에 그것을 간직하고 살아 왔다. 그리고 그 후로는 더 이상 아무것도, 평생 동안 아무것도 없었다……!

갑자기 신부가 몸을 일으키더니 떨리는 목소리로 힘주어 소리쳤다.

"쉬잔 양, 동생 분이 임종하십니다!"

그러자 쉬잔은 얼굴에서 두 손을 떼고 눈물로 흥건한 얼굴을 드러냈다. 그녀는 서둘러 동생에게 가서 있는 힘껏 입을 맞추며 중얼거렸다.

"용서할게. 용서해, 꼬마야……."

의자 고치는 여인

Et toute sa vie s'écoula ainsi.
Elle rempaillait en songeant à Chouquet.
Tous les ans, elle l'apercevait derrière ses vitraux.

그녀의 삶은 한평생 그렇게 흘러갔습니다. 그녀는 슈케를 생각하며
의자를 수선했고, 해마다 유리창 너머로 그를 바라보았지요.

베르트랑 후작의 집에서 열린 사냥 개시 축하 만찬이 끝나 가고 있었
다. 환하게 밝힌 조명 아래 과일과 꽃으로 덮인 커다란 식탁 주위에 사
냥꾼 열한 명, 젊은 여자 여덟 명, 그리고 그곳의 지역 의사가 둘러앉아
있었다.

사랑에 관한 이야기에 이르자 열띤 논쟁이 벌어졌다. 진정한 사랑은
단 한 번뿐인지 아니면 여러 번일 수 있는지에 대한 끝없는 논쟁이 계속
되었다. 진지한 사랑을 단 한 번 했던 이들을 예로 드는 사람들이 있는
가 하면 여러 차례 열렬한 사랑을 겪은 이들을 예로 드는 사람도 있었

다. 대체로 남자들은 열정이 질병과도 같아서 한 사람이 여러 번 앓을 수 있으며 열정을 가로막는 방해물이 생기면 그로 인해 죽을 수도 있다고 주장했다. 이런 견해에는 다른 의견이 없었다. 하지만 관찰보다는 시적인 감성에 생각이 기우는 여자들은 사랑이란, 진정한 사랑이란, 위대한 사랑이란 한 사람에게 오직 단 한 번만 주어질 수 있는 것이라고 단언했다. 그런 사랑은 벼락과도 같아서 그 벼락을 맞은 마음은 불에 타 황폐해지고 공허해지는 까닭에 그 어떤 강렬한 감정도, 그 어떤 꿈조차도 다시 싹틀 수 없다는 말이었다.

사랑을 많이 경험한 후작은 이런 신념을 강하게 반박했다.

"저는 사랑이란 온 힘을 다해, 온 마음을 바쳐 여러 번 할 수 있는 거라고 말씀드립니다. 여러분은 두 번째 사랑이 불가능하다는 증거로 사랑 때문에 자살한 사람들의 예를 드셨는데, 저는 이렇게 대답하고자 합니다. 만약 그들이 바보같이 자살하지 않았다면, 열정이 재발할 모든 기회를 앗아가 버린 그런 짓을 저지르지 않았다면, 그들은 회복되었을 거라고 말입니다. 그래서 그들은 죽기 전까지 계속해서 다시 시작했을 겁니다. 사랑하는 사람은 술꾼과 같아요. 술도 마셔 본 사람이 마시듯이 사랑도 해본 사람이 하는 법이지요. 그것은 기질의 문제예요."

사람들은 은퇴해서 시골로 온 파리 태생의 늙은 의사를 중재자로 삼아 그에게 의견을 말해 달라고 청했다.

정확히 말하면 그에게는 자신만의 의견이 없었다.

"후작님 말씀처럼 그건 기질 문제입니다. 저는 말이지요, 하루도 쉬지 않고 55년 동안 계속되다가 죽어서야 끝난 사랑 이야기를 하나 알고 있습니다."

후작 부인이 손뼉을 쳤다.

"아름다운 이야기네요! 그렇게 사랑받다니 얼마나 꿈 같은 이야기인가요! 그토록 강렬하고 열정적인 애정에 에워싸여 55년을 살다니 얼마나 행복할까! 그런 사랑을 받은 남자는 얼마나 큰 행복 속에서 인생을 찬양했을까요!"

의사는 미소를 지었다.

"부인께서 사랑을 받은 사람이 남자라고 하셨는데 사실 그 점에 있어서는 틀리지 않으셨어요. 부인도 아시는 마을 약제사 슈케 씨입니다. 여자도 부인께서 아는 사람인데 해마다 성에 찾아오는 의자 고치는 노파랍니다. 제 이야기를 더 잘 이해하시도록 설명해 드리지요."

여자들의 열의가 식어 버렸다. 마치 세련되고 우아한 사람들만 사랑에 사로잡혀야 하고 오직 그들만이 품위 있는 사람들의 관심을 받을 만하다는 듯 그녀들의 얼굴은 "쳇!" 하는 불쾌감과 경멸의 표정을 드러내고 있었다.

의사가 이야기를 계속했다.

석 달 전, 저는 그 노파의 임종에 불려갔습니다. 노파는 자신의 집으로 사용하는 마차를 타고 그 전날 도착했지요. 여러분도 보셨겠지만 늙은 말이 이끌고 노파의 친구이자 보호자인 커다란 검은 개 두 마리가 따라다니는 마차 말이에요. 신부님은 벌써 와 계시더군요. 노파는 우리를 유언 집행인으로 삼고 유언의 뜻을 밝히려고 자신의 전 생애를 우리에게 이야기해 주었습니다. 저는 그보다 더 기이하고 가슴 아픈 이야기를 들어 본 적이 없습니다.

그녀의 아버지와 어머니는 의자 고치는 사람들이었어요. 그녀는 단한 번도 땅에 뿌리내린 집에서 살아 본 적이 없었답니다.

이주 어렸을 때, 그녀는 더럽고 이가 들끓는 누더기를 걸치고 돌아다 녔습니다. 그들은 마을 입구 도랑가에 마차를 세우고 말을 풀어 주었어요. 그러면 말은 풀을 뜯고 개는 두 발에 얼굴을 올려놓은 채 잠이 들곤 했지요. 아버지와 어머니가 길가 느릅나무 그늘에서 동네의 온갖 낡은 의자를 수선하는 동안, 어린 그녀는 풀밭을 뒹굴었습니다. 이동 숙소에서는 거의 말들이 없었어요. 귀에 익은 그 소리, "의자아아, 고치세요!"라고 외치며 마을을 돌아다닐 사람을 결정하기 위해 필요한 말을 몇 마디 한 후에는 서로 마주 앉거나 나란히 앉아 새끼를 꼬기 시작했지요. 아이가 너무 멀리 가거나 마을의 어떤 개구쟁이와 어울리기라도 할 것 같으면 아버지의 화난 목소리가 아이를 불러들였습니다. "이리 돌아와, 이 계집애야!" 이것이 그녀가 들은 유일한 애정의 말이었어요.

그녀가 좀 자라자 부모는 망가진 의자의 뼈대를 모아 오라고 내보냈습니다. 그래서 여기저기 돌아다니며 몇몇 아이들과 사귀게 되었지요. 그런데 이번에는 새 친구들의 부모가 자기 아이들을 사납게 불러들였어요. "이리 와, 이 녀석! 거지 애하고 얘기하다니……!"

때로는 꼬마 녀석들이 그녀에게 돌을 던지기도 했지요.

부인들이 그녀에게 푼돈을 조금 주기도 했는데 그러면 그녀는 그 돈을 조심스럽게 간직했습니다.

그녀가 열한 살 때 이 고장을 지나가다가 친구에게 동전 두 닢을 빼앗기고 묘지 뒤에서 울고 있는 어린 슈케를 만났습니다. 부잣집 아이가 우는 모습에 충격을 받았습니다. 불우하고 허약했던 그녀는 부잣집 아이들은 항상 모든 일에 만족하고 즐거워할 거라고 상상했거든요. 다가가 소년이 우는 이유를 알게 되었고 아껴 두었던 35상팀을 몽땅 소년의 손에 쥐어 주었지요. 소년은 눈물을 닦으며 자연스럽게 돈을 받았어요. 그러자 그녀는 너무 기뻐서 대담하게 소년을 끌어안고 입을 맞추었습니다. 소년은 돈을 주의 깊게 바라보느라고 그녀가 하는 대로 가만히 있었어요. 소년이 떠밀지도 때리지도 않자 그녀는 그를 다시 껴안고 입을 맞췄지요. 두 팔을 벌려 마음껏 소년을 안아 본 다음 그곳을 떠났습니다.

불쌍한 그녀의 머릿속에서 어떤 일이 일어났을까요? 떠돌아다니며 모은 돈을 몽땅 주었기 때문에, 아니면 다정한 첫 키스를 했기 때문에 그 어린 소년에게 애착을 갖게 된 것일까요? 불가사의한 일이 일어나는 건 어른에게나 아이들에게나 마찬가지랍니다.

여러 달 동안 그녀는 그 묘지 귀퉁이와 소년을 떠올렸습니다. 소년을 다시 보고 싶은 마음에 부모의 돈을 훔쳤습니다. 여기서 한 푼, 저기서 한 푼, 의자에 밀짚을 갈아 넣고 받은 데서 또는 생필품을 사오는 데서 돈을 챙겼지요.

그녀가 다시 돌아왔을 때는 주머니 속에 2프랑이 들어 있었습니다. 그러나 그녀는 소년의 아버지가 경영하는 약국의 유리창 너머로 붉은 약병과 기생충 표본병 사이에 서 있는, 아주 말쑥하고 어린 약제사의 모습을 그저 바라볼 수밖에 없었습니다.

울긋불긋한 약물의 후광과 반짝이는 유리병의 찬란함에 감동받아 넋을 잃고 현혹된 그녀는 소년을 더욱더 사랑하게 되었습니다.

마음속에 지울 수 없는 추억을 간직하게 된 것이죠. 이듬해 학교 뒤에서 친구들과 구슬치기를 하는 소년을 만났을 때, 그녀는 소년에게 달려들어 두 팔로 꼭 껴안았습니다. 그녀가 어찌나 격렬하게 입을 맞추었는지 소년이 겁에 질려 울기 시작했어요. 그러자 그녀는 소년을 달래려고 돈을 주었습니다. 3프랑 20상팀, 정말로 큰돈이었죠. 소년은 눈이 휘둥그레져서 돈을 쳐다보았습니다.

소년은 돈을 받고 그녀가 원하는 만큼 자신을 어루만지도록 내버려두었습니다.

그 뒤 4년 동안 그녀는 자기가 모은 돈을 모두 소년의 손에 쥐어 주었고 소년은 키스를 허락하는 대가로 양심의 거리낌 없이 돈을 받았습니다. 한 번은 1프랑 50상팀, 한 번은 2프랑, 또 한 번은 60상팀(그녀는 마음이 아프고 창피해서 울었지만 그해는 경기가 나빴거든요), 그리고 마지막에는 5프랑이었어요. 크고 동그란 5프랑짜리 동전을 보며 소년은 만족스러운 웃음을 지었지요.

그녀는 오직 소년만 생각했습니다. 소년도 그녀가 돌아오기를 초조하게 기다리다가 그녀를 보면 마중하러 달려왔어요. 이 모습이 소녀의 가슴을 뛰게 만들었습니다.

그 후 소년의 모습은 보이지 않았습니다. 중학교에 들어간 것이었어요. 그녀는 교묘한 수소문 끝에 그 사실을 알아냈지요. 그리하여 그녀는 방학에 맞춰 이곳을 지나가도록 부모의 여정을 바꾸느라 온갖 수단을 동원했습니다. 1년간의 계략 끝에 성공할 수 있었어요. 그러니까 2년 동안 소년을 보지 못하고 지낸 것이었지요. 그녀는 소년을 거의 알아볼 수 없었습니다. 소년은 너무도 많이 변해 있었고, 큰 키에 금단추가 달린 교복을 입은 모습은 당당하고 아름다웠거든요. 소년은 그녀를 못 본 척하며 거만하게 지나쳤습니다.

이 일로 그녀는 이틀 동안 울었습니다. 그 후로 그녀의 마음은 한없이 괴로웠지요.

그녀는 해마다 다시 돌아왔지만 소년의 앞을 지나가면서도 감히 인사조차 하지 못했습니다. 소년은 눈길조차 주지 않았어요. 그녀는 소년에 대한 사랑으로 미칠 것 같았습니다. 그녀가 제게 이런 말을 하더군요.

"의사 선생님, 그는 제가 이 세상에서 본 유일한 남자였어요. 저는 다른 남자들이 존재하는지조차 알지 못했답니다."

부모가 세상을 떠나자 그녀는 부모의 직업을 물려받았습니다. 개만은 한 마리에서 두 마리로 늘렸는데 아무도 감히 맞서지 못할 만큼 무시무시한 녀석이었지요.

어느 날, 늘 마음에 두고 있던 이 마을에 다시 왔을 때 그녀는 한 젊은 여자가 사랑하는 사람의 팔을 붙잡고 슈케 약국에서 나오는 모습을 보았습니다. 그의 부인이었지요. 그가 결혼을 한 것입니다.

바로 그날 저녁 그녀는 면사무소 광장 앞 연못에 몸을 던졌습니다. 술에 취해 밤늦게 귀가하던 어떤 사람이 그녀를 물에서 건져 약국으로 데려갔습니다. 아들 슈케가 잠옷 바람으로 내려와 그녀를 보살펴 주었지요. 그는 그녀를 알아보지 못하는 체하며 그녀의 옷을 벗기고 몸을 문질러 주었습니다. 그리고 무뚝뚝한 목소리로 말했어요. "당신 미쳤군요! 이렇게 바보 같은 짓을 하면 안 돼요!"

회복하는 데에는 그것으로 충분했습니다. 그가 그녀에게 말을 하다니요! 그녀는 오랫동안 행복했습니다.

그녀가 한사코 돈을 내겠다며 고집을 부렸지만 그는 치료비를 받으려 하지 않았습니다.

그녀의 삶은 한평생 그렇게 흘러갔습니다. 슈케를 생각하며 의자를 수선했고, 해마다 유리창 너머로 그를 바라보았지요. 약국에서 자질구레한 약들을 사는 것이 그녀의 습관이 되었습니다. 그런 식으로 그를 가까이에서 보고, 그에게 말을 걸고, 그에게 또 돈을 주었던 것입니다.

제가 처음에 말씀드렸다시피 그녀는 올봄에 죽었습니다. 이 슬픈 이야기를 저에게 전부 들려준 후, 그토록 끈질기게 사랑했던 사람에게 자기기 평생 모은 재산을 전해 달라고 간청했습니다. 오직 그 사람을 위해서만 일을 했고, 자기가 죽었을 때 단 한 번만이라도 그가 자기를 생각해 주리라 확신하면서 끼니를 굶어 가며 저축을 했다고 말하더군요.

그녀가 제게 준 돈은 2천 3백 27프랑이었어요. 그녀가 숨을 거두자 저는 장례비로 신부님에게 27프랑을 주고 나머지 돈은 가져갔습니다.

다음 날 저는 슈케 씨 집으로 찾아갔습니다. 뚱뚱하고 혈색 좋은 그들 부부는 막 점심 식사를 마치고 약품 냄새를 풍기면서 거만하고 만족스러운 태도로 마주 앉아 있더군요.

그들은 저에게 자리를 권하고 버찌술을 한 잔 주었습니다. 저는 술을 마신 다음 그들이 눈물을 흘릴 것이라 확신하면서 감동 섞인 목소리로 이야기를 시작했습니다.

여기저기 돌아다니며 의자를 고치는 떠돌이 여자에게 사랑받았다는 것을 깨닫자 슈케 씨는 펄쩍 뛰며 화를 내더군요. 마치 그녀가 자신의 명성을, 교양인으로서의 평판과 개인적인 명예와 목숨보다 더 소중하고 고결한 무언가를 훔쳐가기라도 한 것 같았어요.

그의 부인도 똑같이 화를 내며 같은 말을 반복했어요. "그 거지 년이! 그 거지 년이! 그 거지 년이……!" 다른 말은 생각해 내지 못하더군요.

슈케 씨는 자리에서 일어나더니 한쪽 귀 위로 그리스 모자를 기울여 쓴 채 탁자 뒤를 성큼성큼 걸어 다녔습니다. 그는 이렇게 중얼거렸어요. "의사 선생님, 이해가 되십니까? 남자로서 정말 끔찍한 일이네요! 어떻게 하지? 아! 그 여자가 살아 있을 때 알았더라면 경찰을 불러 체포하고 감옥에 처넣었을 텐데. 장담하건대 그 여자는 감옥에서 절대 못 나왔을 겁니다!"

신의를 지킨 제 행동이 초래한 결과에 어이가 없었습니다. 무슨 말을 해야 할지, 어떻게 해야 할지 모르겠더군요. 하지만 임무를 완수해야 했어요. 그래서 다시 말했습니다. "그 여자가 자신이 모아 놓은 돈을 당신에게 전해 달라고 제게 맡겼는데요, 2천 3백 프랑이나 됩니다. 방금 당신에게 알려 드린 사실이 몹시 불쾌하신 듯하니 그러면 그 돈은 가난한 사람들에게 주는 것이 제일 좋을 것 같군요."

그들 부부는 충격을 받아 꼼짝도 하지 못하고 저를 쳐다보더군요.

주머니에서 돈을 꺼냈습니다. 온 지방의 갖가지 표식이 다 있고 금화와 동전이 섞여 있는 눈물겨운 돈이었지요. 저는 "어떻게 하시겠습니까?"라고 물어보았습니다.

슈케 부인이 먼저 말했습니다. "그런데 그 여자의 유언이라니…… 거절하기도 어려울 것 같네요."

남편은 살짝 부끄러워하면서 말을 이었습니다. "어쨌든 그것으로 우리 아이들에게 뭔가 사줄 수 있겠군요."

저는 퉁명스럽게 대꾸했습니다. "좋을 대로 하세요."

그가 다시 말했습니다. "그 여자가 당신에게 맡긴 돈이니 어쨌든 주세요. 우리가 뭔가 좋은 일에 그 돈을 쓸 방법을 찾아보죠."

저는 돈을 주고 인사를 한 후 그 집에서 나왔습니다.

다음 날 슈케 씨가 저를 찾아와서 불쑥 이렇게 말했습니다.

"그런데 그…… 그 여자의 마차가 있었는데요. 그 마차를 어떻게 하셨습니까?"

"그대로 있습니다. 원한다면 가져가세요."

"좋습니다. 제가 가져가지요. 그걸로 채소밭에 오두막을 만들어야겠어요."

그는 밖으로 나갔습니다. 저는 그를 다시 불렀지요. "그 여자가 늙은 말과 개 두 마리도 남겼는데요. 그것도 가져가시겠습니까?" 그는 흠칫 놀라서 멈춰 섰습니다. "아! 아닙니다. 천만에요. 그걸로 뭘 하라고요? 마음대로 처분하세요."

그러고는 빙긋 웃더니 제게 손을 내밀었습니다. 저는 그의 손을 잡았지요. 어쩌겠습니까? 한 고장에서 의사와 약사가 적이 되어서는 안 되잖아요.

개 두 마리는 제가 집으로 데려갔습니다. 말은 집에 넓은 안마당이 있는 신부님이 가져갔고요. 마차는 슈케 씨가 오두막으로 사용하고 있고 돈으로는 철도 채권을 다섯 장 샀답니다.

이것이 제가 지금까지 살아오는 동안 알게 된 가장 깊고 유일한 사랑 이야기입니다.

의사는 입을 다물었다.

그러자 후작 부인이 눈가에 눈물을 글썽이며 한숨을 쉬었다. "정말이지, 사랑을 할 줄 아는 것은 여자들뿐이에요!"

두 친구

Un rayon de soleil faisait briller le tas de poisson qui s'agitaient encore.
Et une défaillance l'envahit.
Malgré ses efforts, ses yeux s'emplirent de larmes.

아직도 살아서 파닥거리는 물고기 떼가 햇빛에 반짝였다.
그는 온몸에 힘이 쭉 빠졌다.
아무리 그러지 않으려고 해도 눈에 눈물이 가득 고였다.

파리가 포위되었고 사람들은 굶주림에 허덕였다. 지붕 위에는 참새가 거의 없었고 시궁창의 쥐들도 사라졌다. 사람들은 닥치는 대로 무엇이든 먹었다.

1월의 어느 화창한 아침, 모리소는 제복의 바지 주머니에 손을 찔러 넣은 채 허기진 배로 외곽 도로를 따라 쓸쓸히 걷고 있었다. 그의 직업은 시계상이었지만 요즘은 일이 없어 집에서 한가로이 지내고 있었다. 그는 친구이자 동료인 어떤 사람 앞에 우뚝 멈춰 섰다. 강가에서 알게 된 소바주 씨였다.

전쟁이 일어나기 전 모리소는 매주 일요일이면 대나무 낚싯대를 손에
들고 양철통을 등에 멘 채 새벽부터 길을 나서곤 했다. 그는 아르장퇴유
행 기차를 타고 콜롱브에서 내린 다음 걸어서 마랑트섬까지 갔다. 꿈에
그리던 그곳에 도착하면 곧바로 낚시를 시작하여 밤이 깊을 때까지 물
고기를 낚았다.

일요일마다 그는 거기서 키가 작고 통통하며 쾌활한 남자를 만났다.
그 남자가 바로 또 다른 낚시광, 노트르담 드 로레트 거리에서 잡화점을
하는 소바주 씨였다. 그들은 종종 나란히 앉아 흐르는 물 위로 발을 흔
들며 낚싯대를 손에 쥐고 반나절을 보내곤 했다. 그렇게 서로에게 우정
을 느꼈다.

어떤 날은 한마디도 주고받지 않았다. 때로 이야기를 나누는 날도 있
었지만 그들은 취미와 감정이 같았기에 아무 말 없이도 놀라우리만치
서로를 잘 이해했다.

봄날 아침 10시쯤, 싱그러운 태양이 조용한 강물 위로 물과 함께 흐
르는 엷은 물안개를 감돌게 하고 두 낚시광의 등에 따스한 봄볕을 내리
쪼이면 모리소는 이따금 옆 사람에게 "아, 날씨 참 좋네요!"라고 말하곤
했다. 그러면 소바주 씨는 "이보다 더 좋을 순 없지요."라고 대답했다.
서로를 이해하고 존중하는 데에는 그것으로 충분했다.

가을날 해가 질 무렵, 석양에 물든 하늘이 핏빛 구름을 물속에 드리워
강을 온통 붉게 물들이고, 수평선을 불타오르게 만들고, 두 친구를 불꽃
처럼 빨갛게 물들이고, 이미 갈색으로 변해 겨울 추위에 떨고 있는 나무
들을 금빛으로 물들일 때면, 소바주 씨는 빙그레 웃으며 모리소를 향해
말했다. "정말 장관이군요!" 그러면 모리소는 찌에서 눈을 떼지 않은 채

경탄하여 대답하곤 했다. "시내 거리보다 훨씬 좋지요, 안 그래요?"

그들은 서로를 알아보자마자 너무도 다른 상황에서 다시 만난 것에 감동하여 힘껏 손을 맞잡았다. 소바주 씨가 한숨을 쉬며 중얼거렸다. "참 어수선한 시국이군요!" 모리소는 침울하게 내뱉었다. "게다가 날씨도 참 고약했죠! 올해 들어 오늘 처음으로 날씨가 좋네요."

실제로 하늘은 아주 새파랗고 햇빛으로 가득했다.

두 사람은 생각에 잠겨 서글픈 모습으로 나란히 걷기 시작했다. 모리소가 다시 말을 꺼냈다. "낚시 생각나요? 아! 정말 좋았는데!"

소바주 씨가 물었다. "언제쯤 우리가 다시 갈 수 있을까요?"

그들은 작은 카페로 들어가서 함께 압생트를 한 잔씩 마셨다. 그리고 거리를 다시 걷기 시작했다.

모리소가 갑자기 멈춰 섰다. "한 잔 더 할까요?" 소바주 씨도 동의했다. "좋을 대로." 두 사람은 다른 술집으로 들어갔다.

술집에서 나왔을 때 그들은 몹시 취해 있었다. 빈속에 술로 배를 채운 탓에 더 빨리 취기가 몰려들었다. 날씨는 따뜻했고, 부드러운 산들바람이 그들의 얼굴을 간질였다.

훈풍에 취기가 한껏 더 오른 소바주 씨가 발걸음을 멈추었다.

"거기 갈까요?"

"어디요?"

"낚시하러."

"하지만 어디로?"

"그야 우리 섬이지요. 콜롱브 근처에 프랑스군 최전방 초소가 있어요. 뒤물랭 대령을 내가 알고 있으니까 쉽게 통과할 수 있을 거요."

모리소는 갈망에 사로잡혀 몸을 떨었다. "좋아요. 그럽시다." 그들은 낚시 도구를 챙기려고 잠시 헤어졌다.

한 시간 후, 두 사람은 큰길을 나란히 걷고 있었다. 그리고 대령이 머무는 숙소에 도착했다. 대령은 그들의 요청에 미소 짓더니 엉뚱한 생각을 승낙했다. 통행증을 받은 그들은 다시 걷기 시작했다.

곧 최전방 초소를 지나고 인적 없는 콜롱브를 가로질러 센강 쪽으로 비탈진 작은 포도밭 가장자리에 이르렀다. 11시경이었다.

맞은편의 아르장퇴유 마을은 쥐 죽은 듯 고요했다. 우뚝 솟은 오르주몽 언덕과 사누아 언덕이 그 고장 전체를 굽어보고 있었다. 낭테르까지 이어지는 넓은 평원은 텅 비어 있었다. 앙상한 벚나무와 잿빛 흙덩이뿐이었다.

소바주 씨가 손가락으로 언덕 꼭대기를 가리키며 중얼거렸다. "프로이센 놈들이 저 위에 있어요!" 두 친구는 그 황량한 풍경 앞에서 불안감에 휩싸여 꼼짝도 할 수 없었다.

"프로이센 놈들!"

그들은 프로이센 사람들을 한 번도 본 적이 없었지만 몇 달 전부터 파리 주위에서 그 존재를 느끼고 있었다. 프로이센 사람들은 눈에 보이지 않는 막강한 자들로 프랑스를 파괴하고 약탈하고 학살하고 굶주리게 만들고 있었다. 그들은 승리자인 저 미지의 민족에게 품고 있는 증오에 더해 일종의 터무니없는 공포마저 느꼈다.

모리소가 더듬더듬 말했다. "이런, 그놈들을 만나게 되면 어쩌죠?"

소바주 씨가 어떤 상황에서든 발휘되는 파리 사람 특유의 익살로 대답했다.

"생선 튀김이나 하나 주죠, 뭐."

하지만 그들은 온 지평선을 휘감는 적막함에 겁이 나서 들판으로 감히 나가기를 망설였다.

드디어 소바주 씨가 결심을 했다. "자, 갑시다! 하지만 조심해요." 그들은 불안한 눈초리로 귀를 쫑긋 세운 채, 덤불 뒤로 몸을 숨기고 허리를 직각으로 구부려 포도밭을 기어 내려갔다.

이제 강가에 도착하려면 아무것도 없는 땅 한 뙈기만 건너가면 되었다. 그들은 달리기 시작했다. 그리고 강둑에 이르자마자 마른 갈대 사이로 몸을 웅크렸다.

모리소는 땅에 뺨을 대고 근처에서 발자국 소리가 나는지 들어 보았다. 아무 소리도 들리지 않았다. 오직 그들뿐이었다.

그들은 안심하고 낚시를 시작했다.

맞은편에는 인적 없는 마랑트섬이 반대편 강둑으로부터 그들을 가려 주었다. 섬 안의 작은 식당 건물은 굳게 닫혀 있었는데 몇 년 전부터 버려진 것 같았다.

소바주 씨가 먼저 모래무지 한 마리를 잡았다. 이어 모리소도 한 마리 낚았다. 그리고 줄 끝에서 은빛으로 팔딱이는 작은 물고기를 계속해서 낚아 올렸다. 정말이지 기적과도 같은 낚시였다.

그들은 발밑에 담가 놓은 촘촘한 그물망 속에다 물고기들을 조심스럽게 집어넣었다. 그러자 감미로운 환희가 밀려왔다. 쾌락을 오랫동안 빼앗겼다가 다시 찾을 때 맛볼 수 있는 그런 환희였다.

기분 좋은 햇살이 어깨 사이로 따스한 온기를 전해 주었다. 이제 아무것도 들리지 않았고 두 사람 모두 아무것도 생각하지 않았다. 그들은 세상 모든 것을 잊고 낚시를 했다.

그런데 갑자기 땅 밑에서 올라오는 듯한 둔탁한 소리에 바닥이 흔들렸다. 요란한 대포 소리가 다시 울리기 시작한 것이다.

모리소가 고개를 돌리자 강둑 너머 왼쪽으로 몽발레리앵산의 커다란 윤곽이 보였다. 산꼭대기에 방금 뿜어 낸 화약 연기가 하얀 깃털처럼 매달려 있었다.

곧이어 두 번째 연기 뭉치가 요새 꼭대기에서 솟아올랐다. 그리고 잠시 후 또다시 포성이 요란하게 울렸다.

계속해서 포격이 이어졌다. 산에서는 간간이 죽음의 숨결이 뿜어져 나왔고, 희뿌연 연기는 고요한 하늘로 천천히 올라가 산 위에서 구름을 이루었다.

소바주 씨가 어깨를 으쓱하며 말했다. "저놈들 또 시작이군."

낚시찌가 연신 가라앉는 모습을 초조하게 바라보고 있던 모리소는 불쑥 화를 냈다. 저렇게 열을 올리는 싸움꾼들에 대한 온화한 사람의 분노였다. 그가 투덜거렸다. "저렇게 서로 죽이다니, 어리석기는!"

소바주 씨가 다시 말했다. "짐승만도 못하죠."

막 잉어 한 마리를 잡은 모리소가 선언하듯 말했다. "정부가 존재하는 한 늘 저 모양일 테죠."

소바주 씨가 그의 말을 가로막았다. "공화국이었다면 선전 포고는 하지 않았을 텐데……."

이번에는 모리소가 말을 가로챘다. "왕이 있으면 밖에서 전쟁을 하고 공화국이 되면 안에서 전쟁을 하는 법이죠."

그들은 조용히 토론을 시작했다. 온순하고 식견이 좁은 두 사람은 나름대로 건전한 이성에 의거하여 주요 정치적 문제들을 따져 보다가, 사람은 결코 자유롭지 못하리라는 점에서 의견 일치를 보았다. 몽발레리앵산에서는 쉬지 않고 대포 소리가 울렸다. 포탄은 프랑스의 집들을 파괴하고, 생명을 짓밟고, 사람을 죽이고, 수많은 꿈과 고대하던 기쁨과 바라던 행복을 모두 끝장내고, 저쪽 다른 나라의 아내와 딸과 어머니들의 가슴에 결코 사라지지 않을 고통을 새겨 놓았다.

"그게 바로 삶이라는 것이죠." 소바주 씨가 잘라 말했다.

"차라리 그런 게 바로 죽음이라고 말하지 그래요." 모리소가 웃으면서 대꾸했다.

그 순간, 그들은 뒤에서 들려오는 발소리에 소스라치게 놀랐다. 눈을 돌리자 그들의 어깨 뒤로 서 있는 네 사람의 모습이 보였다. 무장 상태의 키가 크고 수염이 덥수룩한 남자들이었다. 하인들처럼 제복을 입고 납작한 모자를 쓴 남자들은 총부리를 두 친구의 뺨에 갖다 댔다.

낚싯줄 두 개가 그들의 손에서 빠져나와 강물을 따라 떠내려가기 시작했다.

그들은 순식간에 붙잡혀 결박당했고 자그마한 배에 실려 섬으로 끌려갔다. 그리고 비어 있다고 생각했던 건물 뒤에서 독일군 스무 명가량을 보았다.

거인 같은 털보가 의자에 걸터앉아 커다란 도자기 파이프를 피우다 유창한 프랑스어로 물었다.

"그래, 선생들. 고기 많이 잡으셨소?"

그러자 한 병사가 애를 써서 가져온 물고기가 가득한 어망을 장교의 발밑에 내려놓았다. 프로이센 장교는 미소를 지었다.

"이런! 이런! 낚시는 잘됐나 보군. 하지만 다른 게 문제요. 당황하지 말고 내 말을 들어 보시오. 내가 보기에 당신들은 나를 염탐하려고 온 첩자들이오. 내 손에 잡혔으니 당신들을 총살할 거요. 당신들은 계획을 잘 위장하려고 낚시하는 척했겠지만 이제 내 손안에 떨어졌소. 당신들한테는 안된 일이지만 이게 바로 전쟁이오. 그런데 당신들이 최전방 초소에서 빠져나왔을 때는 분명히 돌아가기 위해 필요한 암호도 알아 두었겠지. 암호를 대시오. 그럼 자비를 베풀겠소."

얼굴이 창백해진 두 친구는 나란히 서서 신경증 환자처럼 두 손을 가늘게 떨며 입을 꼭 다물고 있었다.

장교가 다시 말했다.

"아무도 모를 것이오. 당신들은 무사히 돌아갈 거요. 비밀은 당신들과 함께 사라지는 거지. 만약 거절하면 죽음이 있을 뿐이오. 그것도 지금 당장. 선택하시오."

그들은 입도 뻥긋하지 않은 채 꼼짝 않고 있었다.

프로이센 장교는 여전히 침착한 태도로 강을 향해 손을 뻗으며 다시 말했다.

"5분 후면 당신들은 저 물 밑에 있게 될 거요. 잘 생각해 보시오. 5분이오! 당신들도 부모가 있겠지?"

몽발레리앵산에서는 아직도 포격 소리가 울리고 있었다.

두 낚시꾼은 잠자코 서 있었다. 독일인은 자기 나라 말로 명령을 내렸다. 그리고 의자의 위치를 옮겨 포로들한테서 조금 떨어졌다. 그러자 병사 열두 명이 스무 발짝 떨어진 곳에 정렬하더니 세워총 자세를 취했다.

장교가 다시 말했다.

"1분을 주지. 더 이상은 단 1초도 안 돼."

그리고는 갑자기 일어나서 두 프랑스인에게 다가가더니 모리소의 팔을 잡고 한쪽으로 끌고 가서 나지막이 말했다.

"빨리 말하시오. 암호는? 당신 동료는 아무것도 모를 거요. 내가 불쌍히 여기는 척할 테니까."

모리소는 아무 대답도 하지 않았다.

그러자 프로이센 장교는 소바주 씨를 끌고 가서 똑같은 질문을 했다.

소바주 씨도 대답하지 않았다.

그들은 다시 나란히 섰다.

장교가 명령을 내렸다. 병사들은 총을 들었다.

그때 우연히 모리소의 시선이 몇 발짝 떨어진 풀밭 위의 어망을 향했다. 어망 안에는 모래무지가 가득했다.

아직도 살아서 파닥거리는 물고기 떼가 햇빛에 반짝였다. 그는 온몸에 힘이 쭉 빠졌다. 아무리 그러지 않으려고 해도 눈에 눈물이 가득 고였다.

그는 더듬거리며 말했다. "안녕, 소바주 씨."

소바주 씨가 대답했다. "모리소 씨도 안녕."

그들은 억누를 수 없는 공포에 휩싸여 머리부터 발끝까지 바들바들 떨면서 악수를 했다.

장교가 소리쳤다. "발사!"

총알 열두 발이 일제히 발사되었다.

소바주 씨는 단번에 코를 박고 쓰러졌다. 좀 더 키가 큰 모리소는 비틀거리다가 빙그르 돌더니 얼굴을 하늘로 향한 채 친구의 몸 위에 모로 쓰러졌다. 가슴께가 찢어진 윗옷에서 피가 솟아나왔다.

독일인이 다시 명령을 내렸다.

부하들은 흩어졌다가 밧줄과 돌을 가지고 돌아와 두 시체의 발에 돌을 매달았다. 그리고 시체들을 강둑으로 운반했다.

몽발레리앵산은 끊임없이 굉음을 냈고 이제는 산더미 같은 연기에 휩싸여 있었다.

두 병사가 모리소의 머리와 다리를 붙잡았다. 다른 두 병사가 소바주 씨를 똑같은 방식으로 잡았다. 그들은 시체를 잠시 힘차게 흔들다가 멀리 내던졌다. 시체들은 포물선을 그리더니 발에 매단 돌의 무게에 이끌려 똑바로 선 채로 강물로 빠졌다.

강물이 튀어 오르고 거품을 부글거리며 흔들리다 잔잔해졌다. 곧 잔물결이 강가까지 퍼져 나갔다.

물 위에 핏물이 살짝 떠다녔다.

장교가 여전히 침착한 태도로 나지막이 말했다.

"이제 물고기들 차례로군."

그러고는 건물을 향해 돌아섰다.

그 순간 풀밭에 놓인 모래무지 어망이 그의 눈에 들어왔다. 그는 어망을 주워 살펴보더니 미소를 지으며 "빌헬름!" 하고 소리쳤다.

흰 앞치마를 두른 병사 하나가 뛰어왔다. 프로이센 장교는 총살당한 두 사람이 잡은 물고기를 던져 주며 명령했다.

"이 작은 놈들이 아직 살아 있을 때 빨리 튀겨 와. 아주 맛있겠는걸."

그리고 다시 파이프를 피우기 시작했다.

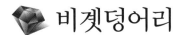

비곗덩어리

Tout le monde semblait affairé, et l'on se tenait loin d'elle
comme si elle eût apporté une infection dans ses jupes.

모두들 바쁜 체했다. 마치 그녀가 치마 속에 전염병이라도 가져온 것처럼
멀리 떨어져 있었다.

패주하는 군대의 일부 병사들이 며칠 동안 계속해서 도시를 가로질러 갔다. 더 이상 군대가 아니라 흐트러진 오합지졸일 뿐이었다. 길고 더러운 수염에 누더기 같은 군복을 걸친 그들은 깃발도 대열도 없이 무기력한 걸음걸이로 나아갔다. 모두들 지치고 기진맥진하여 아무 생각도 결심도 할 수 없는 상태로, 그저 습관처럼 걷고 있었고 걸음을 멈추면 곧바로 피로에 지쳐 쓰러질 것만 같았다. 특히 소집병들이 눈에 띄었다. 원래 평화를 사랑하며 조용하게 살아가던 연금 생활자들이었는데 이제는 총의 무게에 짓눌려 허리를 구부리고 있었다. 민첩하고 나이 어린 유

격대원들도 있었다. 이들은 쉽게 공포에 빠지고 금방 열광했으며 언제든 공격할 준비가 되어 있는 만큼 도망칠 준비도 되어 있었다. 그들 속에서 붉은 바지를 입은 정규 보병들의 모습도 보였는데 이들은 어느 큰 전투에서 궤멸한 사단의 패잔병들이었다. 어두운 색깔의 옷을 입은 포병들이 이 잡다한 보병들과 함께 줄지어 걷고 있었다. 기마병의 반짝이는 투구도 간간이 보였다. 이들은 보병대 병사들의 빠른 행군을 무거운 발걸음으로 힘겹게 따라가고 있었다.

'패배의 복수자', '무덤의 시민', '죽음을 나누어 갖는 자'와 같은 영웅적인 호칭이 붙은 의용군들도 산적 같은 모습으로 차례차례 지나갔다.

의용군 대장은 포목상이나 곡물상, 기름 장사 혹은 비누 장사를 하다가 임시로 차출되어 온 사람들이었다. 돈이 많다거나 수염이 길다는 이유로 장교에 임명된 그들은 무기와 플란넬, 계급장으로 온몸을 휘감은 채 쩌렁쩌렁한 목소리로 말하고 작전 계획을 논하면서 오직 자기들만이 죽어 가는 프랑스를 어깨로 떠받치고 있다고 허풍을 떨었다. 그러나 종종 지나치게 용감하고 약탈과 방탕을 일삼는 극악무도한 졸병들을 두려워하기도 했다.

프로이센 군대가 곧 루앙에 들어온다는 말들이 나돌았다.

두 달 전부터 근처 숲에서 아주 조심스럽게 정찰을 하면서, 때로는 아군 보초에게 총질을 해대고 때로는 덤불 속에서 작은 토끼 한 마리가 움직이기만 해도 전투 태세를 갖추던 국민군은 집으로 돌아가 버렸다. 얼마 전까지만 해도 사방 10여 킬로미터의 국도 주변을 공포에 떨게 했던 그들의 무기와 제복과 모든 살육 도구가 돌연 사라져 버린 것이다.

마침내 프랑스군의 마지막 병사들이 생스베르와 부르아샤르를 거쳐 퐁토드메르로 가기 위해 센강을 건너갔다. 이 행렬의 맨 마지막에는 이

잡다하고 무기력한 병사들을 데리고 아무것도 시도해 볼 수 없어 절망에 빠진 장군이 양옆에 부관을 세우고 나란히 걸어가고 있었다. 승승장구하던 민족이 그 전설적인 용맹함이 무색할 만큼 처참히 무너져 패주한다는 사실에 장군 자신도 얼이 빠져 있었다.

이어서 깊은 정적과 조용하고 겁에 질린 기다림이 도시를 감돌았다. 장사를 하면서 유약해진 배불뚝이 부르주아들은 구이용 꼬챙이나 커다란 식칼이 무기로 취급당할까 불안에 떨면서 초조하게 승리자들을 기다리고 있었다.

삶이 멈춰 버린 것 같았다. 상점은 문을 닫았고 거리는 적막했다. 이따금 이런 정적에 겁을 먹은 주민이 벽을 따라 급히 지나갔다.

기다림이 주는 불안감 때문에 사람들은 차라리 빨리 적군이 오기를 바라고 있었다.

프랑스 군대가 떠나고 난 다음 날 오후, 어디서 왔는지 알 수 없는 창을 갖춘 프로이센 병사 몇 명이 재빠르게 도시를 가로질러 갔다. 그리고 잠시 후 검은 무리 하나가 생트카트린 언덕에서 내려왔고 다르느탈과 부아기욤 거리에서 또 다른 침략군이 두 줄기 물결을 이루며 나타났다. 세 전위대는 같은 시각에 시청 광장에서 합류했다. 그리고 근처의 모든 길을 통해 독일 군대가 딱딱하고 절도 있는 걸음으로 보도의 포석을 울리며 속속 도착했다.

목구멍 소리가 많이 섞인 생소한 목소리로 외치는 구령이 쥐 죽은 듯 인적 없는 집들을 따라 올라왔다. 닫힌 덧창 뒤에서는 주민들이 '전쟁의 권리'에 따라 도시와 재산, 모든 생명의 주인이 된 이 승리자들의 움직임을 살피고 있었다. 어두운 방 안에서 사람들은 온갖 지혜와 힘을 짜내도 소용없는 천재지변이나 살인적인 대재앙을 겪을 때와도 같은 공포에 휩싸여 있었다. 이런 감정은 기존 질서가 뒤집히고 안전이 보장되지 않을 때마다, 인간의 규범이나 자연의 법칙이 보호하는 모든 것이 분별없고 잔인한 폭력의 손아귀에 놓이게 될 때마다 똑같이 나타나게 마련이다. 무너지는 집 더미 아래로 모든 사람들을 짓눌러 버리는 지진, 소의 사체나 지붕에서 뽑힌 들보와 함께 익사한 농부들을 휩쓸어 가는 홍수, 또는 저항하는 사람들을 학살하거나 포로로 끌고 가면서 검의 이름으로 약탈하고 대포 소리로 신에게 기도하는 거만한 군대, 이 모두가 끔찍한 재앙이었다. 이것들은 영원한 정의에 대한 신념과 하늘의 가호와 인간의 이성에 대해 우리가 배워 온 신념 일체를 뒤흔들어 놓는다.

소규모 분견대가 집집마다 문을 두드리더니 집 안으로 사라졌다. 침략 후의 점령이었다. 승자에게 친절한 태도를 보여야 하는 패자의 의무가 시작된 것이다.

얼마 후 처음의 공포가 일단 사라지자 새로운 고요가 자리 잡았다. 수많은 가정에서 프로이센 장교가 식탁에 앉아 식사를 했다. 이따금 점잖은 장교인 경우에는 예의상 프랑스를 동정하며 이 전쟁에 참전한 것에 반감을 드러내기도 했다. 그러면 사람들은 프로이센 장교의 생각에 감사를 표했다. 게다가 언젠간 그의 보호가 필요할 수도 있었다. 장교의 비위를 맞춰 줌으로써 어쩌면 음식을 제공해 주어야 할 군인의 숫자가 줄어들지도 모를 일이었다. 게다가 무엇하러 공연히 자신들의 생사를 쥐고 있는 사람의 기분을 망치겠는가? 그런 행동은 용기가 아니라 만용일 뿐이다. 이제 루앙의 부르주아들은 이 도시의 이름을 빛내며 영웅처럼 방어하던 시절의 만용을 더 이상 부리지 않는다. 그들은 외국 군인과 가까운 사이라는 것을 공개적으로 드러내지만 않는다면 집 안에서는 얼마든지 그들을 예의 바르게 대해도 된다고 생각했다. 프랑스식의 세련된 예의에서 끌어낸 최고의 논리였다. 그래서 밖에서는 서로 모르는 사이처럼 굴지언정 집 안에서는 기꺼이 함께 이야기를 나누었다. 그리하여 독일 군인이 저녁마다 민가에 머물며 몸을 녹이는 시간이 점점 더 길어졌다.

도시는 차츰 제 모습을 되찾아 갔다. 프랑스인들은 아직 외출을 삼갔지만 프로이센 병사들이 거리에 나와 우글거렸다. 게다가 거드름을 피우며 살상 무기를 길 위로 끌고 다니는 푸른 제복의 무장한 기마병 장교들이 지난해 같은 카페에서 술을 마시던 프랑스 장교들보다 특별히 더 일반 시민들을 경멸하는 것 같지도 않았다.

그러나 공기 중에는 분명 무언가가, 미묘하고 알 수 없는 어떤 것이 떠돌고 있었다. 널리 퍼져 나간 냄새 같고 참을 수도 없는 기이한 분위기, 바로 침략의 냄새였다. 그 냄새는 집과 광장을 가득 채우고 음식의 맛을 변하게 했으며 저 멀리 위험한 야만족의 나라를 여행하는 느낌을 주었다.

승자들은 돈을, 아주 많은 돈을 요구했다. 주민들은 늘 요구대로 돈을 주었다. 하기야 그들은 부자였다. 그러나 노르망디 상인들은 부유하면 할수록 모든 손해를 가슴 아파하고 한 푼이라도 자기 돈이 남의 손에 넘어가는 것을 힘들어한다.

그런데 루앙에서 강을 따라 크루아세나 디에프달 또는 비에사르 쪽으로 10여 킬로미터 내려간 곳에서 선원과 어부들이 독일군의 시체를 강물 밑에서 건져 올리는 일이 종종 생기곤 했다. 칼에 찔리거나 발에 차여 죽은 시체, 혹은 돌에 얼굴이 으깨어지거나 다리 위에서 떠밀려 물에 빠져 죽은 시체들은 제복 속에서 퉁퉁 불어 있었다. 이 보잘것없고 야만적이며 정당한 복수가, 알려지지 않는 영웅적 행위가, 대낮의 전투보다 더 위험하지만 영예의 평판을 얻지 못하는 무언의 공격이 강바닥의 진흙 속에 파묻혀 있던 것이다.

사실 외국인에 대한 증오는 사상을 위해 죽을 각오가 되어 있는 몇몇 용감한 이들로 하여금 무기를 들게 만드는 법이다.

침략자들은 엄격한 규율로 도시를 구속하긴 했지만 그들이 개선 행진을 하는 내내 소문이 자자했던 잔악한 행위는 전혀 저지르지 않았다. 그러자 결국 사람들은 점점 대담해졌고 지역 상인들의 마음속에 장사에 대한 욕구가 되살아났다. 몇몇 상인들은 프랑스군이 점령하고 있는 르아브르에 큰 이해관계가 걸려 있었다. 그래서 그들은 육로로 디에프까지 간 다음 거기서 배를 타고 이 항구 도시에 가보려고 했다.

사람들은 친분 있는 독일 장교들의 영향력을 동원하여 총사령관에게 출발 허가증을 얻어 냈다.

그리하여 말 네 마리가 끄는 승합 마차 한 대가 이 여행을 위해 준비되었고 총 열 사람이 마부에게 예약을 했다. 그리고 사람들이 몰려드는 것을 피하기 위해 화요일 아침 동이 트기 전에 출발하기로 결정했다.

얼마 전부터 영하의 날씨가 계속되어 땅은 이미 얼어붙어 있었다. 월요일 3시경부터는 북쪽에서 커다란 먹구름이 몰려오더니 저녁 내내, 그리고 밤새도록 쉬지 않고 눈이 내렸다.

새벽 4시 반, 여행객들은 마차를 타기로 한 노르망디 호텔 안마당에 모여들었다.

그들은 아직 잠에 취해 담요를 두른 채 추위에 떨고 있었다. 어두워서 서로 잘 보이지도 않았는데 두꺼운 겨울옷을 껴입어서 다들 기다란 법의를 걸친 뚱뚱한 신부처럼 보였다. 그러다 두 사람이 서로를 알아보았고 또 다른 사람이 그들에게 다가가서 이야기를 나누었다. "저는 아내를 데리고 갑니다." 한 사람이 말했다. "저도 그렇습니다." "저도요." 그러자 첫 번째 사람이 덧붙였다. "우리는 루앙으로 돌아오지 않을 겁니다. 만약 프로이센 군대가 르아브르에 근접해 오면 우린 영국으로 갈 거예요." 모두 비슷한 성향의 사람들이라 똑같은 계획을 세우고 있었다.

그러는 사이에도 마차에 말을 매러 오는 사람이 없었다. 이따금 작은 등불을 든 마구간 하인이 어두운 문에서 나와 곧바로 다른 문으로 사라지곤 했다. 말들이 발로 땅을 찼지만 짚무지 덕분에 둔탁한 소리만 났다. 그리고 안에서 누군가 말에게 뭔가를 말하고 욕설을 퍼붓는 소리도 들렸다. 가벼운 방울 소리가 나는 것으로 보아 마구를 다루고 있는 게 분명했다. 그 소리는 곧 말의 움직임에 맞춰 연달아 이어지는 낭랑한 울림으로 변했고, 이따금 멈췄다가 편자를 박은 말굽으로 바닥을 차는 둔탁한 소리와 함께 갑작스럽게 방울이 흔들리며 다시 시작되었다.

갑자기 문이 닫히고 모든 소리가 뚝 그쳤다. 추위에 몸이 언 사람들은 입을 다물고 꼼짝도 하지 않은 채 뻣뻣하게 서 있었다.

하얀 눈송이가 장막이 펼쳐지듯 끊임없이 땅으로 내려오며 반짝였다. 눈송이는 사물의 형태를 지우고 그 위에 얼음 거품을 흩뿌렸다. 겨울에 파묻힌 고요한 도시의 거대한 정적 속에서 들리는 것이라곤 눈 내리는 소리뿐이었다. 말로 표현할 수 없이 희미하게 바스락거리며 떠도는 그 소리는 소리라기보다는 차라리 느낌이었다. 가벼운 원자들이 서로 뒤섞여 대기를 가득 채우고 세상을 뒤덮는 느낌이었다.

등불을 든 사람이 순순히 나오려고 하지 않는 침울한 말의 고삐를 잡아당기며 다시 나타났다. 그는 말을 수레의 축에 맞춰 세우고 수레 끄는 줄을 묶은 뒤, 오랫동안 주위를 돌며 마구가 제대로 매였는지 확인했다. 한 손에 등불을 들고 있어서 다른 쪽 손밖에 사용할 수 없었기 때문이다. 두 번째 말을 데리러 가려던 그는 여행객들 모두가 이미 하얗게 눈을 뒤집어쓴 채 꼼짝 않고 있는 모습을 발견하고 말했다. "왜 마차에 타지 않고 계세요? 적어도 눈은 피할 수 있을 텐데요."

미처 그 생각을 하지 못했던 여행객들은 서둘러 마차에 올랐다. 조금 전의 세 남자는 아내들을 먼저 마차 안쪽에 자리 잡게 한 다음 뒤따라 올라탔다. 흐릿하고 분명치 않은 모습의 다른 사람들도 말없이 나머지 자리를 채웠다.

사람들은 바닥에 깔린 짚 안에 발을 파묻었다. 구리로 된 소형 난로와 가공 석탄을 챙겨 왔던 안쪽의 부인들은 불을 붙였다. 그런 다음 나직한 목소리로 이미 오래전부터 알고 있던 사실들을 되풀이하며 이 기구의 이점을 한동안 열거했다.

드디어 마차에 말을 다 맸다. 이런 날씨에는 마차 끌기가 더 힘든 까닭에 네 마리가 아닌 여섯 마리 말이 매였다. 밖에서 누군가 물었다. "모두 탔나요?" 그러자 안에서 누군가 대답했다. "네." 그들은 출발했다.

마차는 아주 조금씩 움직이며 천천히, 매우 천천히 나아갔다. 바퀴가 눈 속에 빠졌고 차체 전체가 삐걱거리며 둔탁한 소리를 냈다. 말들은 미끄러지고 숨을 헐떡이며 김을 내뿜었다. 마부의 거대한 채찍이 쉬지 않고 철썩거리며 사방을 날아다녔다. 가느다란 뱀처럼 감겼다 풀렸다 하던 채찍이 통통한 말 엉덩이를 불쑥 때리면 엉덩이는 더 강한 힘을 내느라 팽팽하게 긴장하곤 했다.

그러는 사이 서서히 날이 밝아 왔다. 루앙 토박이인 한 여행객이 '솜의 비'에 비유했던 가벼운 눈송이는 이제 더 이상 내리지 않았다. 어둡고 묵직한 구름 사이로 칙칙한 한 줄기 빛이 새어 나오자 하얀 들판이 더 선명해졌다. 때로는 서리로 뒤덮인 채 줄지어 늘어선 커다란 나무들이 나타나기도 하고, 때로는 눈 두건을 뒤집어쓴 초가집도 보였다.

이 음산한 새벽빛 속에서 마차 안의 사람들은 호기심 어린 눈길로 서로를 쳐다보았다.

가장 안쪽 제일 좋은 자리에서는 그랑퐁 거리의 포도주 도매상 루아조 부부가 서로 마주 앉아 졸고 있었다.

원래 점원이던 루아조는 주인이 사업에 실패하자 영업권을 사들여 큰돈을 벌었다. 그는 시골의 소매상인들에게 최하급의 포도주를 아주 싼값에 팔아넘긴 덕에 지인들과 친구들 사이에서는 전형적인 노르망디인, 교활한 사기꾼이자 술책에 능하고 쾌활한 사람으로 통했다.

그가 사기꾼이라는 것은 모두가 다 아는 사실이었다. 그래서 신랄하고 예리한 정신을 갖춘 인물로 그 지역 자랑거리였던 우화 작가 겸 샹송 작사가 투르넬 씨가 도지사 관저의 어느 저녁 모임에서 부인들이 졸고 있는 모습을 보고 '루아조 볼[8]' 게임을 제안했을 때 그 단어는 관저 거실 너머로 날아올라 도시 전체로 퍼졌다. 그리고 지역의 모든 사람들은 한 달 동안 웃었다.

게다가 루아조는 온갖 종류의 익살과 유쾌한 것이든 불쾌한 것이든 농담을 잘 던지는 성격으로 유명했다. 그래서 사람들은 그에 대해 이야기할 때는 언제나 말끝에 곧바로 "그 루아조, 웃기는 사람 말이야."라고 덧붙이곤 했다.

그는 작은 키에 공처럼 둥근 배를 불쑥 내밀고 불그스름한 얼굴 양쪽

---

8) 작중 인물의 이름인 루아조(Loiseau)는 발음상 '새'를 뜻하고 볼(vole)은 '날다'라는 뜻의 동사이다. 따라서 '루아조 볼(새가 난다)'은 날 수 있는 것과 날지 못하는 것을 차례로 말하는 게임이라는 의미가 된다. 그런데 '볼'이라는 동사에 '훔치다'라는 뜻도 있으므로, 이 말은 '루아조가 훔치다'라는 의미로도 받아들일 수 있다.

으로 희끗희끗한 구레나룻을 기르고 있었다.

큰 키에 힘이 세고 단호한 그의 아내는 시원시원한 목소리와 신속한 결단력을 갖추어서 남편이 쾌활한 행동으로 상점에 활기찬 분위기를 불어넣으면 그 안에 질서를 잡고 계산을 도맡았다.

그 옆에는 신분이 더 높고 품위를 갖춘 카레 라마동 씨가 앉았다. 그는 면직 업계에서 평판이 높은 인물로 방적 공장을 세 개나 소유했다. 또한 레지옹 도뇌르 훈장 수훈자이자 도의회 의원이기도 했다. 그는 제정 시대 내내 온건 야당의 당수를 지냈다. 그 이유는 오로지 자신이 반대하던 입장에, 그의 표현에 따르자면 '예의 바른 무기'를 사용해 반대하던 입장에 찬성하게 될 때 더 비싼 대가를 얻어 내기 위해서였다. 남편보다 훨씬 더 젊은 카레 라마동 부인은 루앙에 주둔하는 명문가 장교들의 위안거리였다. 무척이나 귀엽고 예쁜 그녀는 모피 속에 몸을 웅크린 채 남편과 마주 앉아 마차 안의 초라한 모습을 침통한 눈으로 바라보고 있었다.

그녀의 옆에 있는 위베르 드 브레빌 백작 부부는 노르망디에서 가장 유서 깊은 귀족 가문이었다. 백작은 대단한 풍채의 노신사로 옷차림에 기교를 부려 자신이 앙리 4세와 닮았다는 것을 강조하려고 애썼다. 이 가문에 전해 내려오는 영광스러운 전설에 의하면, 앙리 4세가 브레빌 집안의 어떤 부인을 임신시켰고 그로 인해 그녀의 남편이 백작이 되고 도지사가 되었다고 한다.

카레 라마동 씨와 마찬가지로 도의회 의원인 위베르 백작은 오를레앙 당을 대표하고 있었다. 그가 낭트의 하찮은 선주(船主)의 딸과 결혼한 이야기는 여전히 불가사의한 사건으로 남아 있었다. 하지만 백작 부인은 풍채가 당당했고 누구보다 손님들을 잘 접대했다. 심지어 과거에 루이 필리프 왕의 아들에게 사랑을 받았다고도 알려져 있었기에, 모든 귀족이 그녀를 환대했고 그녀의 살롱은 줄곧 그 지방 제일로 손꼽혔다. 옛날처럼 여자의 환심을 사려는 친절이 그대로 유지되는 유일한 곳이었고 출입도 어려웠다. 브레빌 가문의 재산은 모두 부동산으로 수입이 50만 리브르[9]에 달한다고들 했다.

이 여섯 사람이 마차 안쪽에 자리 잡은 사람들이었다. 이들은 연금을 받는 평온한 세력가이자 종교와 규칙을 갖춘 권위 있는 신사들이었다.

공교롭게도 여자들은 모두 같은 쪽 의자에 앉았다. 그리고 백작 부인 옆에는 주기도문과 아베 마리아를 중얼거리고 기다란 묵주를 돌리며 기도를 올리는 수녀 두 사람이 더 있었다. 그중 한쪽은 천연두 때문에 얼굴이 우묵우묵해 마치 바로 앞에서 한가득 총탄을 맞은 것처럼 보이는 늙은 수녀였다. 매우 허약해 보이는 다른 수녀는 예쁜 얼굴에 병색이 짙었다. 순교자와 광신자를 만드는 극심한 신앙심에 시달리다 결핵 환자처럼 폐가 망가진 듯했다.

두 수녀의 맞은편에 앉아 있는 한 남자와 여자가 모든 사람들의 시선을 끌었다.

남자는 저명인사들을 공포에 떨게 만든 유명한 민주주의자 코르뉘데였다. 20년 전부터 그는 모든 공화당 카페의 맥주잔에 다갈색 수염을 적셔 왔다. 코르뉘데는 제과점 주인이었던 아버지에게 물려받은 상당한 재산을 동지 및 친구들과 함께 탕진했다. 그토록 혁명적으로 먹고 즐기고 마신 사람으로서 마땅히 누려야 할 자리를 얻기 위해 공화정을 초조하게 기다리고 있었다. 9월 4일[10]에는 어쩌면 누군가의 짓궂은 장난이

---

9) 프랑스 혁명 전의 화폐 단위. 3리브르가 5프랑 은화에 해당되었다.
10) 프랑스 제3공화국이 선포된 1870년 9월 4일을 말한다.

었는지도 모르지만 자신이 도지사로 임명되었다고 생각했다. 그러나 취임하려 하자 유일하게 자리를 지키고 있던 사무실의 사환들이 인정하지 않는 바람에 부득이 물러날 수밖에 없었다. 대단한 호인(好人)인데다 악의가 없고 남을 잘 돕는 성격인 코르뉘데는 도시를 방어하는 데 매우 열성적으로 전념했다. 들판에 구멍을 파고 근처 숲의 어린 나무들을 전부 베어 버렸으며 모든 도로에 함정을 설치했다. 그리고 적이 다가오자 자신의 준비에 만족하며 재빨리 도시로 후퇴해 버렸다. 이제 그는 새로운 방어 진지가 필요할 르아브르로 가서 좀 더 유용한 존재가 되겠다는 생각을 품고 있었다.

여자는 매춘부로 불리는 부류로 젊은 나이에 뚱뚱한 몸집으로 유명했다. 그 덕분에 비곗덩어리라는 별명으로 불렸다. 그녀는 키가 작고 몸의 모든 부분이 통통했다. 몹시 살이 찌고 부풀어 오른 손가락은 잘록한 마디마디가 마치 작은 소시지를 묵주처럼 꿰어 놓은 모양이었다. 피부는 팽팽하고 윤기가 흘렀다. 거대한 젖가슴이 옷 밑에서 불룩 튀어나와 있었다. 하지만 그녀는 변함없이 매력이 넘쳤고 인기도 많았다. 그 싱싱한 모습이 보기에 즐거웠던 것이다. 얼굴은 붉은 사과 같았고 막 피어나려는 모란꽃 봉오리 같았다. 얼굴 위쪽으로는 길고 진한 속눈썹이 드리우는 그늘 아래 까맣고 멋진 두 눈이 돋보였다. 아래쪽으로는 키스를 부르듯 촉촉이 젖은 작고 매력적인 입술 사이로 조그맣게 반짝이는 치아가 보였다.

사람들은 그녀에게 이 밖에도 소중한 장점들이 더 많다고 말했다.

그녀를 알아본 정숙한 여자들 사이에서 수군대는 소리가 퍼져 나갔다. '창녀', '공공의 수치'와 같은 단어들이 너무 크게 들리는 바람에 비곗덩어리는 고개를 들었다. 그녀가 옆 사람들에게 매우 도전적이고 대담한 시선을 던지자 모두들 곧장 입을 다물고 눈을 내리깔았다. 오직 루아조만 흥겨운 태도로 그녀를 살펴보고 있었다.

그러나 잠시 후 세 부인들 사이에서 다시 대화가 시작되었다. 매춘부의 존재가 셋을 갑자기 친구로 만들고 이제는 친밀감까지 느끼게 한 것이다. 그녀들은 수치를 모르는 이 매춘부 앞에서 아내의 위엄으로 뭉쳐야 한다고 생각하는 듯했다. 합법적인 사랑은 언제나 자유분방한 사랑 앞에서 거만하게 굴기 마련이다.

세 남자들도 코르뉘데를 본 뒤부터 보수주의자의 본능으로 뭉쳐서 가난한 사람들을 무시하는 말투로 돈에 대해 이야기했다. 위베르 백작은 프로이센 사람들 때문에 당한 피해, 도둑맞은 가축과 망친 수확으로 인한 손실에 대해 이야기했다. 그러면서 그런 피해쯤은 1년 안에 회복할 수 있는 어마어마한 대부호처럼 자신만만한 태도를 보였다. 면직 산업에서 심한 피해를 본 카레 라마동 씨는 만일의 사태에 대비해 비상금 60만 프랑을 조심스레 영국으로 보내 놓았다. 루아조로 말할 것 같으면 지하실에 남아 있던 하급 포도주를 전부 프랑스군 경리부에 팔았다. 그래서 국가가 그에게 막대한 빚을 지게 되었고 그는 르아브르에서 그 돈을 받을 생각이었다.

세 사람은 재빨리 우정 어린 시선을 주고받았다. 신분은 달랐지만 돈으로 맺어진 형제애를 느낀 것이다. 그것은 바지 주머니에 손을 집어넣고 금화 소리를 쩔렁이는, 가진 자들의 위대한 동지 의식이었다.

마차가 너무 천천히 가는 바람에 10시가 되도록 16킬로미터도 채 가지 못했다. 남자들은 세 번이나 내려서 비탈길을 걸어 올라갔다. 사람들은 불안해지기 시작했다. 토트에서 점심을 먹어야 했는데 밤이 되어도 도착할 가망이 없어 보였기 때문이다. 모두들 길가에 선술집이라도 있느지 살피고 있을 때 쌓인 눈 더미에 마차가 빠지는 바람에 이를 끌어내느라 두 시간을 더 허비했다.

시장기가 커지자 사람들의 마음이 심란해졌다. 하지만 싸구려 식당이나 술집 하나 보이지 않았다. 프로이센군이 다가오고 굶주린 프랑스 군대가 지나가는 것에 상인들이 죄다 겁을 먹은 탓이었다.

남자들이 길가의 농장으로 식량을 구하러 갔지만 빵 한 조각 구할 수 없었다. 군량이 바닥나 무엇이든 닥치는 대로 빼앗아 가는 병사들 눈을 피해 경계심 많은 농부들이 비상식량을 숨겨 놓았기 때문이다.

오후 1시경, 루아조가 배가 고파 위가 움푹 팬 것 같다고 했다. 모두들 오래전부터 루아조와 같은 고통에 시달리고 있었다. 음식에 대한 격렬한 욕망이 점점 커지면서 대화도 끊겨 버렸다.

이따금 누군가 하품을 하면 거의 곧바로 다른 사람도 따라 했다. 각자의 성격이나 예의범절 또는 사회적 지위에 따라 저마다 차례로 거칠게 입을 쩍 벌리거나 혹은 하품이 새어 나오려고 벌어지는 입가에 재빨리 손을 갖다 대며 얌전하게 입을 벌렸다.

비곗덩어리는 치마 밑에서 뭔가를 찾는 듯 여러 번 몸을 굽혔다. 그리고 잠시 망설이며 옆 사람들을 쳐다보다가 조용히 몸을 다시 일으켰다. 사람들의 얼굴은 창백했고 온통 일그러져 있었다. 루아조는 햄 하나에 1천 프랑을 내겠다고 단언했다. 그의 아내가 반박하려는 듯한 몸짓을 하다가 그만두었다. 그녀는 돈을 낭비하려는 말만 들어도 언제나 속이 상했고 돈 문제에 관해서는 농담조차 이해하지 못했다. 백작이 말했다. "사실 나도 기분이 좋지 않군. 어떻게 음식을 가져올 생각을 못 했을까?" 모두들 똑같은 자책을 하고 있었다.

그런데 코르뉘데에게 럼주가 가득 든 수통이 있었다. 그가 럼주를 권하자 사람들은 냉정하게 거절했다. 오직 루아조만 두어 모금 마시고 수통을 돌려주며 고맙다고 말했다. "어쨌든 좋군요. 몸을 덥혀 주고 허기를 달래 주니까요." 술기운에 기분이 좋아진 루아조는 노래 가사 속 작은 배 이야기에서처럼 여행객 중 가장 살찐 사람을 잡아먹자고 했다. 비곗덩어리를 향한 이 간접적 암시에 교양 있는 사람들은 기분이 상했다. 아무도 대꾸하지 않았다. 다만 코르뉘데만이 미소를 지었다. 두 수녀는 묵주 기도를 멈추고 두 손을 커다란 소매 안에 찔러 넣더니 두 눈을 고집스레 내리깔고 꼼짝도 하지 않았다. 아마도 자신들에게 내린 고통을 하늘에 봉헌하는 듯했다.

마침내 오후 3시경, 마을 하나 보이지 않고 끝없이 이어지는 들판 한가운데에 이르렀을 때 비곗덩어리는 재빨리 몸을 굽혀 의자 밑에서 하얀 수건에 덮인 커다란 바구니를 끄집어냈다.

그녀는 먼저 바구니에서 작은 도자기 접시 하나와 멋진 은잔을 꺼낸 후, 토막 내고 젤리 소스에 절인 닭 두 마리가 들어 있는 커다란 단지를 꺼냈다. 바구니 안에는 먹음직스럽게 싸놓은 다른 음식들도 보였다. 고기 파이, 과일, 과자 등 여행하는 사흘 동안 여인숙 음식에 손대지 않으려고 준비한 식량이었다. 병 주둥이 네 개가 음식물 꾸러미 사이로 비죽 나와 있었다. 그녀는 닭 날개를 집어서 노르망디에서 '레장스'라고 부르는 작은 빵 하나와 함께 얌전히 먹기 시작했다.

모두의 시선이 그녀를 향했다. 음식 냄새가 퍼지자 콧구멍이 벌름거려지고 귀밑의 턱뼈가 고통스럽게 수축되면서 입 안 가득 침이 고였다. 이 여자를 향한 부인들의 멸시는 사나운 적의로 변했다. 그녀를 죽여 버리거나 잔과 바구니, 음식들과 함께 눈 덮인 마차 밖으로 던져 버리고 싶을 지경이었다.

하지만 루아조는 닭이 들어 있는 단지를 탐욕스럽게 비라보았다. 그가 말했다. "잘하셨군요. 부인은 우리보다 준비성이 있으셨네요. 언제나 모든 것을 철두철미하게 생각할 줄 아는 사람들이 있게 마련이죠." 그녀가 루아조를 향해 고개를 들었다. "좀 드시겠어요? 아침부터 아무것도 안 드셨으니 힘드실 거예요." 그가 인사를 했다. "정말이지, 솔직히 거절할 수가 없군요. 더 이상 참을 수가 없습니다. '전시에는 전시에 맞도록'이라는 말도 있잖습니까, 부인?" 그리고 주위를 둘러보며 덧붙였다. "이런 순간에 은혜를 베푸는 사람을 만난다는 건 매우 기쁜 일이지요." 그는 바지를 더럽히지 않으려고 가지고 있던 신문을 펼친 다음, 늘 주머니에 넣고 다니는 칼을 꺼내서 젤리로 번들거리는 닭 다리를 칼끝으로 들어 올렸다. 그리고 이로 한입 베어 문 뒤 아주 만족스럽게 씹기 시작했다. 그러자 마차 안에서는 비탄에 잠긴 긴 한숨이 새어 나왔다.

비곗덩어리는 부드럽고 겸손한 목소리로 수녀들에게도 음식을 권했다. 수녀들은 즉각 수락하고 감사의 말을 중얼거린 다음 눈도 들지 않고 허겁지겁 먹기 시작했다. 코르뉘데 역시 옆자리 여자의 권유를 거절하지 않았다. 그는 수녀들과 함께 무릎 위에 신문을 펼쳐서 식탁 대용으로 삼았다.

입들이 끊임없이 열리고 닫히며 미친 듯이 집어넣고 씹고 삼켰다. 루아조도 자기 자리에서 열심히 먹어대다가 작은 소리로 아내에게도 먹으라고 권했다. 그녀는 한참 동안 거절했지만 창자가 경련을 일으키자 굴복하고 말았다. 그녀의 남편은 한껏 부드러운 표현으로 비곗덩어리를 '매력적인 동행인'이라고 부르며 루아조 부인에게도 한 조각 줄 수 있는지 물었다. 비곗덩어리가 상냥한 미소를 지으며 말했다. "그럼요, 물론이죠." 그리고는 단지를 내밀었다.

첫 번째 포도주 병을 땄을 때 곤란한 문제가 생겼다. 잔이 하나밖에 없었던 것이다. 사람들은 잔을 닦은 후 넘기기로 했다. 아마도 여자의 환심을 사려는 친절에서였는지, 오직 코르뉘데만이 비곗덩어리의 입술이 닿아 아직 물기가 남아 있는 자리에 자기 입술을 대고 마셨다.

한편 음식을 먹는 사람들에게 둘러싸이고 음식 냄새에 숨이 막힐 지경인 브레빌 백작 부부와 카레 라마동 부부는 탄탈로스[11]와도 같은 끔찍한 형벌의 고통에 시달리고 있었다. 공장주의 젊은 아내가 갑자기 한숨을 내쉬는 바람에 모두들 고개를 돌렸다. 그녀의 안색이 밖에 쌓인 눈처럼 창백해지더니 곧 눈이 감기고 고개가 떨어졌다. 정신을 잃은 것이다. 몹시 당황한 그녀의 남편이 사람들에게 도움을 청했다. 모두들 어찌할 바를 몰라 허둥대고 있을 때 나이 많은 수녀가 환자의 머리를 떠받친 후 비곗덩어리의 잔을 환자의 입술 사이로 밀어 넣어 포도주 몇 방울을 마시게 했다. 예쁜 부인은 몸을 움직이며 눈을 뜨더니 미소를 지으면서 다 죽어 가는 목소리로 이제 괜찮다고 말했다. 하지만 그런 일이 또다시 일어나지 않도록 수녀는 포도주를 한 잔 가득 마시게 했다. 그리고 덧붙여 말했다. "허기 때문이지, 다른 게 아니에요."

그러자 난처함에 얼굴이 붉어진 비곗덩어리는 아무것도 먹지 않고 있는 네 사람을 보며 중얼거렸다. "어쩌나, 저 신사 숙녀분들께도 드리면 좋을 텐데……." 그녀는 모욕당할까 두려워서 입을 다물었다. 루아조가 말을 받았다. "그야 물론이죠. 이런 경우에는 모두가 형제이고 서로 도와야 합니다. 자, 숙녀분들, 체면 차리지 말고 받아들이세요. 오늘 밤

---

11) 그리스 신화의 인물로, 신들의 노여움을 사 형벌을 받았다. 물속에 목까지 잠긴 채 머리 위로는 과일이 가득 매달린 가지가 늘어져 있는데, 물을 마시려고 고개를 숙이면 물이 마르고 과일을 따려고 손을 뻗으면 나뭇가지가 높이 올라가 버려 영원한 갈증과 배고픔에 시달리게 된다는 형벌이다.

묵을 곳을 찾을 수 있을지도 모르지 않습니까? 지금 같은 속도로는 내일 정오가 다 되어도 토트에 도착하지 못할 겁니다." 사람들은 망설였다. 아무도 감히 "네."라고 대답하는 책임을 지려 하지 않았다.

그런데 백작이 문제를 해결했다. 그는 겁에 질린 뚱보 여자를 향해 고개를 돌리고 위엄을 갖춘 귀족의 태도로 말했다. "고맙게 받아들이겠소, 부인."

첫걸음 떼기가 어려울 뿐이다. 일단 루비콘강을 건너자 사람들은 드러내 놓고 즐겁게 먹기 시작했다. 바구니가 비어 갔다. 그래도 아직 거위 간 파이, 종달새 고기 파이, 훈제한 소 혀 한 조각, 크라산 배 몇 개, 퐁레베크 치즈 덩어리, 과자가 남아 있었다. 잔 하나에는 식초에 절인 오이와 양파가 가득 들어 있었다. 여자들이 다들 그렇듯이 비곗덩어리 역시 생야채를 좋아했다.

비곗덩어리에게 말도 걸지 않고 그녀의 음식을 먹을 수는 없는 노릇이었다. 그래서 이야기가 시작되었는데 처음에는 조심스럽던 대화가 그녀의 예의 바른 태도 덕분에 점차 활발해졌다. 처세술이 뛰어난 브레빌 백작 부인과 카레 라마동 부인은 세련되고 상냥한 태도를 보였다. 특히 백작 부인은 그 어떤 교제에서도 품위를 잃지 않는 고결한 귀족 부인답게 다정한 친절을 베풀었고 상냥하게 굴었다. 다만 심성이 거칠고 건장한 루아조 부인만이 여전히 무뚝뚝했다. 거의 말도 하지 않고 그저 열심히 먹기만 했다.

자연스레 전쟁에 대한 이야기가 나왔다. 사람들은 프로이센인의 잔혹한 행위와 프랑스인의 용감한 행동에 대해 이야기했다. 이 도망자들은 모두 다른 사람들의 용기에 경의를 표했다. 그리고 개인적인 이야기가 시작되었다. 비곗덩어리는 때때로 매춘부들이 격앙된 감정을 표현할 때

내보이는 열정적인 말투와 진실한 감정으로 자신이 어떻게 루앙을 떠나게 되었는지 이야기했다.

"처음에는 남아서 지낼 수 있을 거라고 생각했어요. 집에 식량도 잔뜩 있겠다 어딘지도 모를 곳으로 떠나느니 차라리 군인 몇 명을 먹여 주는 편이 더 나을 것 같았지요. 하지만 그들, 그 프로이센 놈들을 보자 참을 수가 없었어요! 화가 나서 피가 끓어올랐고 치욕스러워서 하루 종일 울었어요. 아! 제가 남자였다면, 그냥! 창문 너머로 뾰족한 철모를 쓴 그 뚱뚱한 돼지들이 보였는데 하녀가 제 손을 붙잡아 말리지 않았더라면 아마 그들의 등짝에다가 가구를 집어던졌을 거예요. 그런데 그놈들이 우리 집에 묵으려고 온 거예요. 그래서 저는 제일 처음 들어오는 놈의 목으로 달려들었지요. 그놈들이라고 목 졸라 죽이는 게 다른 사람들보다 특별히 더 어려울 건 없잖아요! 누군가가 제 머리채를 잡아당기지만 않았어도 전 그놈을 해치웠을 거예요. 그 일이 있은 후로는 숨어 지내야 했죠. 그러다가 마침내 기회가 생겨서 이렇게 떠나게 된 거예요."

사람들은 그녀를 매우 칭찬했다. 그런 용기를 내본 적이 없었던 동행자들의 존경을 받으며 그녀는 위대해지는 것 같았다. 코르뉘데는 비곗덩어리의 이야기를 듣는 내내 찬동과 호의가 담긴 미소를 짓고 있었다. 예수님의 사도, 혹은 하느님을 찬양하는 신자의 이야기를 경청하는 사제의 미소였다. 신부들이 종교를 독점하듯 애국심에 대해서는 수염을 길게 기른 민주주의자들에게 독점권이 있다고 생각한 까닭이었다. 이번에는 그가 날마다 벽에 나붙는 선언문에서 배운 과장된 표현을 섞어 가며 거드름을 피우는 말투로 말했다. 그러고는 '바댕게의 방탕아'[12]에 대

---

12) 나폴레옹 황제의 조카이자, 전쟁 당시의 황제이던 나폴레옹 3세의 별명이다.

한 신랄한 비판이 담긴 당당한 웅변으로 끝을 맺었다.

그러자 비곗덩어리가 화를 냈다. 그녀는 나폴레옹 가문을 지지하는 보나파르트파(派)였던 것이다. 얼굴이 버찌보다 더 빨개지더니 화를 참지 못해 말까지 더듬었다. "당신들이 그분의 자리에 있었다면 어땠을지 보고 싶네요. 정말 볼만했을 거예요! 그분을 배반한 건 당신들이잖아요! 당신네 같은 건달들이 통치한다면 누구든 프랑스를 떠날 수밖에 없을 거예요!"

태연자약한 코르뉘데는 깔보는 듯 오만한 미소를 지었다. 금방이라도 거친 말이 튀어나올 듯한 순간 백작이 나섰다. 그는 권위 있는 태도로 진지한 의견은 모두 존중받아야 한다고 말함으로써 흥분한 여자를 간신히 진정시켰다. 그러나 백작 부인과 공장주 아내의 마음속에는 지체 높은 사람들이 공화정에 갖는 이유 없는 증오심과 화려한 전제 정치에 대해 모든 여자들이 품고 있는 본능적인 애착이 자리 잡고 있었기 때문에, 자신들과 너무도 흡사한 감정을 지닌 이 위풍당당한 매춘부에게 자기도 모르게 호감을 느끼고 있었다.

바구니가 비었다. 더 큰 바구니가 아닌 것을 아쉬워하면서 열 명이 거뜬히 다 먹어 치운 것이다. 한동안 대화가 계속되었다. 하지만 음식을 다 먹고 난 후로는 대화의 열기도 식었다.

밤이 되고 어둠이 점점 깊어졌다. 소화가 되는 동안 더 예민하게 느껴지는 추위 때문에 비곗덩어리는 지방질이 그렇게 많으면서도 몸을 덜덜 떨었다. 그러자 브레빌 부인이 아침부터 여러 차례 새 석탄을 넣은 자신의 난로를 권했다. 발이 얼어 있었던 터라 비곗덩어리는 단번에 받아들였다. 카레 라마동 부인과 루아조 부인은 수녀들에게 자신들의 난로를 주었다.

마부가 등불을 밝혔다. 등불은 선명한 빛을 뿜으며 땀에 젖은 말 엉덩이 위로 구름처럼 솟아오르는 수증기와 길 양쪽에 쌓인 눈을 비추었다. 마치 흔들리는 반사광 아래로 눈이 펼쳐지는 듯했다.

이제 마차 안에서는 아무것도 분간할 수 없었다. 갑자기 비곗덩어리와 코르뉘데 사이에서 뭔가 움직임이 일었다. 눈으로 어둠 속을 살피던 루아조는 수염이 덥수룩한 코르뉘데가 소리 없이 날아온 뭔가에 얻어맞기라도 한 것처럼 재빨리 비켜 앉는 모습을 본 것 같았다.

작은 불빛들이 길 앞쪽에 나타났다. 토트에 도착했다. 열한 시간을 달려왔고 말에게 귀리를 먹이고 숨을 돌리게 하느라 네 차례 휴식한 두 시간을 합하면 총 열네 시간이었다. 그들은 마을로 들어가 코메르스 호텔 앞에 멈춰 섰다.

마차 문이 열렸다. 귀에 익은 소리에 모든 여행객이 소스라치게 놀랐다. 칼집이 땅바닥에 부딪치는 소리였다. 곧이어 한 독일인이 뭐라고 소리를 질렀다.

마차가 완전히 멈췄는데도 밖으로 나가면 마치 학살당하기라도 할 것처럼 아무도 내리지 않았다. 그러자 마부가 손에 등불 하나를 들고 나타났다. 마차 깊숙한 곳까지 비추는 불빛에 겁에 질린 두 줄의 얼굴들이 홀연히 드러났다. 입은 벌어져 있었고 눈은 놀라움과 공포로 커다랗게 뜬 모습이었다.

마부 옆에는 독일군 장교 하나가 환한 불빛을 받으며 서 있었다. 키가 크고 빼빼 마른 금발의 젊은이가 코르셋을 입은 여자처럼 꼭 끼는 군복을 입고 있었다. 납작한 방수 모자를 비스듬히 쓰고 있어서 영국 호텔의 종업원처럼 보였다. 지나치게 큰 콧수염은 길고 곧은 털들이 양끝으로 갈수록 한없이 가늘어지더니 맨 가장자리에는 너무 가늘어 끝을 분간할 수도 없는 노란색 털 한 가닥만 남아 있었다. 콧수염 때문에 양쪽 입꼬리가 짓눌려 보이는 데다 뺨이 늘어지고 입술에 주름이 진 것처럼 보였다.

그는 억양이 딱딱한 알자스 지방 프랑스어로 여행객들에게 밖으로 나올 것을 종용했다.

"내리시지요, 신사 숙녀 여러분."

무엇에나 순종하는 것에 익숙한 성녀들답게 두 수녀가 제일 먼저 온순하게 복종했다. 그다음에 백작과 백작 부인이 나왔고 공장주와 그의 아내가 뒤를 따랐다. 그리고 루아조가 덩치 큰 아내를 떠밀면서 나왔다. 예의라기보다는 용의주도한 마음에서 루아조는 땅에 발을 디디며 "안녕하십니까?"라고 장교에게 말했다. 장교는 절대 권력을 가진 사람들이 늘 그렇듯이 아무 대답도 없이 무례한 표정으로 그를 쳐다보았다.

비곗덩어리와 코르뉘데는 문 옆에 있었는데도 제일 마지막으로 내렸다. 그러면서 적 앞에서 근엄하고 거만한 태도를 유지했다. 뚱뚱한 여자는 감정을 자제하고 침착해지려고 애썼으며, 민주주의자는 조금씩 떨리는 서글픈 손으로 자신의 긴 다갈색 수염을 만지작거리고 있었다. 이런 만남에서는 누구나 약간씩은 스스로 나라를 대표한다고 생각하기에 위엄을 지키고 싶었던 것이다. 여기에 동행인들의 나약한 모습에 똑같이 분개한 나머지, 여자는 옆에 있는 정숙한 여자들보다 더 오만하게 보이려고 애를 썼고 남자는 모범을 보여야 한다고 느끼며 도로를 파헤칠 때부터 시작된 저항의 사명을 온몸으로 표현하고 있었다.

모두들 여인숙의 널찍한 부엌으로 들어갔다. 독일인은 총사령관이 서명한 출발 허가증을 제출하게 한 다음 거기에 기입된 여행객의 이름과 특징, 직업을 훑어보았다. 오랫동안 서류의 정보와 인물을 대조하면서 모든 이들을 조사하더니 갑자기 "좋아요."라고 말하고는 사라졌다.

그제야 사람들은 안도의 숨을 내쉬었다. 그들은 여전히 배가 고파서 저녁 식사를 주문했다. 준비에 30분 정도가 걸린다며 두 하녀가 식사를 차리는 동안 사람들은 방을 보러 갔다. 방들은 모두 긴 복도 안쪽에 있었고 복도 끝에는 다들 알 만한 번호가 적힌 유리문이 있었다.[13]

마침내 사람들이 식탁에 앉으려는 순간 여인숙 주인이 나타났다. 예전에 말 장사를 하던 그는 뚱뚱한 체구에 천식을 앓고 있었다. 항상 씩씩거리며 쉰 소리를 냈고 목구멍에서는 늘 가래가 끓었다. 그의 아버지는 그에게 폴랑비라는 이름을 물려주었다. 폴랑비가 물었다.

"엘리자베트 루세 양이 누구십니까?"

비곗덩어리가 소스라치게 놀라며 돌아보았다.

"전데요."

"아가씨, 프로이센 장교님이 지금 즉시 할 말이 있답니다."

"저한테요?"

"네, 아가씨가 엘리자베트 루세 양이 맞다면요."

그녀는 당황해서 잠시 생각하다가 단호하게 말했다.

"그렇긴 하지만 전 안 갈래요."

주위에서 사람들이 웅성거렸다. 각자 이 명령의 이유를 찾느라 의견이 분분했다. 백작이 다가왔다.

"그러시면 안 됩니다, 부인.[14] 거절하시면 상당히 곤란한 문제가 생길

---

13) 예전에는 흔히 화장실 문에 100이라는 숫자가 쓰여 있었다.

14) 프랑스어에서 '마담(Madame)'은 기혼 여성을 가리키는 말이지만, 결혼 여부에 관계없이 상당한 지위에 있는 여성에 대한 존칭으로도 사용된다. 여인숙 주인은 비곗덩어리를 '마드무아젤(Mademoiselle)'로 불렀지만 백작은 존칭의 표현으로 '마담'으로 부르고 있다. 여기서는 '마담'을 '부인'으로, '마드무아젤'을 '아가씨'로 옮긴다.

수 있습니다. 부인한테만이 아니라 여기 동행자들 모두한테요. 강지에게 저항해서는 안 됩니다. 이런 조치에 위험이 있을 순 없어요. 아마 뭔가 절차상 빠진 것이 있을 겁니다."

모든 사람이 백작에게 합세해 간청과 재촉과 설교를 한 끝에 결국 그녀를 설복시켰다. 모두들 경솔한 행동이 불러올 수도 있는 복잡한 문제를 두려워하고 있었기 때문이다. 마침내 그녀가 말했다.

"제가 가는 건 순전히 여러분을 위해서예요!"

백작 부인이 그녀의 손을 잡았다.

"우리 모두 고마워하고 있어요."

그녀가 밖으로 나갔다. 사람들은 식사를 하지 않은 채 비곗덩어리를 기다렸다. 각자 거칠고 성마른 여자 대신에 자기가 불려 가지 않은 것을 애통해하면서, 머릿속으로 다음 차례에 자기가 불려 갈 경우를 대비해 진부한 말들을 준비하고 있었다.

10분 후, 그녀가 몹시 화가 나 벌게진 얼굴로 숨이 넘어갈 듯 씩씩대며 다시 나타나 중얼거렸다. "아, 나쁜 놈! 나쁜 놈!"

모두들 무슨 일인지 알고 싶어 했지만 그녀는 아무 말도 하지 않았다. 백작이 계속 다그치자 매우 위엄 있게 대답했다. "아뇨, 여러분과 상관없는 일이에요. 전 말할 수 없어요."

그러자 사람들은 배추 냄새를 풍기는 높다란 수프 그릇 주위에 둘러앉았다. 조금 전의 불안감에도 불구하고 저녁 식사는 즐거웠다. 사과주맛이 좋았다. 루아조 부부와 수녀들은 절약하느라 사과주를 마셨고 다른 사람들은 포도주를 주문했다. 코르뉘데는 맥주를 달라고 했는데 마시는 방식이 독특했다. 먼저 마개를 따서 거품이 나게 따른 다음, 잔을 기울여 바라보다가 색깔을 더 잘 보려고 등불과 자신의 눈 사이로 잔을 들어올렸다. 맥주를 마실 때 좋아하는 술의 빛깔을 띤 커다란 수염이 애정으로 부르르 떨리는 것 같았다. 그러면서 계속 맥주잔을 바라보느라 사팔눈이 되었다. 그는 오직 그것만을 위해 태어난 사람처럼, 자신의 유일한 역할을 이행하는 듯했다. 평생을 지배해 온 두 가지 거대한 열정, 즉 맥주와 혁명 사이에 어떤 연계성이나 공통점 같은 것이 코르뉘데의 마음속에 확고하게 자리 잡은 것 같았다. 확실히 그는 혁명을 떠올리지 않고서는 맥주 맛을 느낄 수 없었다.

폴랑비 부부는 식탁 끝에서 식사를 하고 있었다. 구멍 난 기관차처럼 숨을 헐떡거리는 남편은 음식을 먹으면서 말을 하기엔 숨이 버거웠지만 아내는 결코 입을 다물지 않았다. 그녀는 프로이센인들이 도착했을 때 자신이 받은 인상이며 그들의 언행을 모두 이야기했다. 부인은 프로이센인들을 증오하고 있었다. 첫째로 그들 때문에 돈이 들기 때문이고 다음으로는 아들 둘이 군대에 있기 때문이었다. 그녀는 지체 높은 부인과 이야기하는 것에 기분이 우쭐해서 주로 백작 부인에게 말을 걸었다. 그 후 민감한 문제들을 이야기하느라 목소리를 낮췄다. 때때로 남편이 아내를 제지했다.

"여보, 조용히 있는 게 좋을 텐데." 그러나 그녀는 아랑곳하지 않고 이야기를 계속했다. "네, 부인. 그 사람들은 오로지 감자와 돼지고기만 먹고, 그리고 또 돼지고기와 감자만 먹지요. 게다가 깨끗하지 않아요. 진짜예요! 말하기도 실례되지만 그들은 아무 데서나 볼일을 본다고요. 며칠이고 몇 시간이고 계속 훈련하는 그들의 모습을 부인께서 보신다면! 모두 들판에 모여서 앞으로 갓, 뒤로 갓, 좌향좌, 우향우 하는 꼴이라니. 하다못해 밭이라도 갈든가 아니면 자기네 나라에서 길이라도 놓을 일이지! 하지만 부인, 그 군인들은 아무짝에도 쓸모가 없답니다! 가난한 국민이 고작 사람 죽이는 일이나 배우는 그들을 먹여 살려야 하다니요! 사실 저는 무식한 할망구지만 아침부터 저녁까지 발로 땅을 밟느라고 안달하는 그들을 보면 '유익한 사람이 되기 위해 수많은 발명을 하는 사람들도 있는데, 저들은 해로운 자가 되려고 저 고생을 하다니!'라는 생각이 들어요. 정말이지 프로이센인이든, 영국인이든, 폴란드인이든, 프랑스인이든, 어쨌든 사람을 죽이는 건 흉악한 짓 아니에요? 우리에게 잘못을 저지른 사람한테 우리가 복수한다면 나쁜 짓이지요. 그래서 처벌을 받잖아요. 하지만 우리 아들들을 사냥감처럼 총으로 쏴 죽일 때는 제일 많이 죽인 사람한테 훈장을 주다니, 그럼 그건 잘한 일인가요? 말도 안 돼요. 저는 정말 이해할 수가 없어요!"

코르뉘데가 목소리를 높였다.

"전쟁이란 평화로운 이웃을 공격할 때는 잔인한 행위가 되지만 조국을 수호할 때는 신성한 의무가 됩니다."

늙은 여자가 고개를 숙이며 말했다.

"그래요, 자기 자신을 방어할 때는 얘기가 다르죠. 그렇다면 차라리 자기들의 즐거움을 위해 그런 짓을 하는 모든 왕들을 죽여 버려야 하지 않을까요?"

코르뉘데의 눈이 빛났다.

"브라보, 동지." 그가 말했다.

카레 라마동 씨는 깊은 생각에 잠겨 있었다. 자신이 비록 저명한 장군들을 열렬히 숭배하는 사람이긴 해도 이 시골 아낙네의 일리 있는 말을 듣고 보니 이런 생각이 들었다. 아무 일도 하지 않고 돈만 축내는 이 많은 노동력을, 비생산적으로 유지되는 이 많은 힘들을 완공하려면 몇백 년이 걸릴 거대한 산업 활동에 활용한다면 한 나라에 얼마나 큰 번영이 일어날 것인가.

한편 루아조는 자기 자리를 떠나 여인숙 주인에게 가서 아주 작은 소리로 이야기를 나누었다. 뚱뚱한 주인 남자는 웃다가 기침을 하며 가래침을 뱉었다. 루아조의 농담에 웃음이 터져 나와 그의 거대한 배가 들썩였다. 폴랑비는 봄이 되어 프로이센인들이 떠나고 나면 루아조에게서 포도주 여섯 통을 사기로 했다.

피로에 찌들어 기진맥진해 있던 터라 사람들은 저녁 식사가 끝나자마자 잠자리에 들었다.

그러나 일이 돌아가는 상황을 주시하고 있던 루아조는 아내를 잠자리에 들게 한 후 스스로가 '복도의 비밀'이라고 이름 붙인 것에 대해 알아내기 위해 열쇠 구멍에 때로는 눈을, 또 때로는 귀를 갖다 댔다.

한 시간쯤 지났을 때 무언가 스치는 소리가 들렸다. 재빨리 살펴보니 가장자리를 하얀 레이스로 장식한 푸른 실내복 때문에 더 살쪄 보이는 비곗덩어리의 모습이 보였다. 그녀는 손에 촛대를 들고 복도 맨 끝, 굵은 번호가 적힌 문으로 향했다. 그런데 옆방 문이 반쯤 열리고 몇 분 후 돌아올 때는 셔츠 차림의 코르뉘데가 그녀의 뒤를 따랐다. 둘은 작은 소리로 이야기를 하다 걸음을 멈췄다. 비곗덩어리는 그가 방에 들어오려는 것을 완강히 막는 듯했다. 불행히도 루아조에게는 그들의 말소리가 들리지 않았다. 그러나 마지막에 그들이 언성을 높이는 바람에 몇 마디 알아들을 수 있었다. 코르뉘데가 격한 말투로 고집을 부렸다.

"이런, 바보 같으니. 그게 당신과 무슨 상관이에요?"

그녀는 화가 난 듯 대답했다.

"안 돼요. 그런 일들을 해서는 안 되는 때가 있는 법이에요. 그리고 여기서는 수치스러운 일이 될 거예요."

코르뉘데는 아마도 이해할 수 없었던지 이유를 물었다. 그러자 그녀는 화를 내며 더욱 목소리를 높였다.

"왜냐구요? 정말 그 이유를 몰라요? 집 안에, 어쩌면 바로 옆방에 프로이센인이 있을지도 모르는데요?"

코르뉘데는 잠자코 있었다. 적이 가까이 있는 데서는 애무를 받지 않겠다는 이 창녀의 애국적 수치심이 그의 마음속에서 사라져 가던 품위를 일깨운 모양이었다. 코르뉘데는 그녀에게 키스만 한 다음 살금살금 자기 방으로 돌아갔다.

흥분한 루아조는 열쇠 구멍에서 떨어져 방 안을 껑충껑충 뛰더니 머릿수건을 뒤집어쓰고는 아내의 딱딱한 몸뚱이를 덮고 있는 이불을 들추었다. 그러고는 "여보, 날 사랑해?"라고 중얼거리며 키스를 해 아내를 깨웠다.

여인숙 전체가 조용해졌다. 그러나 곧 어디선가, 지하실인지 다락방인지 알 수 없는 쪽에서 우렁차게 코 고는 소리가 단조로우면서도 규칙적으로 들려왔다. 압력을 받은 보일러에서 나는 소리처럼 길고 둔탁하게 떨리는 소리였다. 폴랑비 씨가 자고 있었다.

다음 날 아침 8시, 출발하기로 약속한 시간에 맞춰 모두들 부엌에 모였다. 그런데 말도 마부도 없이 덮개 위로 눈을 뒤집어 쓴 마차만 마당 한가운데 덩그러니 서 있었다. 마구간과 건초 더미, 창고를 찾아보았지만 마부는 없었다. 남자들이 모두 마을을 뒤져 보기로 하고 밖으로 나갔다. 어느덧 그들은 광장에 이르렀다. 광장 안쪽에는 성당이 있었고 양옆으로는 낮은 집들이 보였는데 그 안에 프로이센 군인들이 있었다. 맨 처음 눈에 띈 군인은 감자 껍질을 까고 있었다. 조금 떨어진 곳에서는 두 번째 군인이 이발소를 청소하고 있었다. 눈 밑까지 수염이 덥수룩한 또 다른 군인은 우는 아이를 무릎 위로 안아 올려 흔들면서 달래고 있었다. 남편들을 '전쟁 부대'에 내보낸 뚱뚱한 아낙네들은 고분고분한 정복자들에게 장작을 패라거나 수프를 준비하라거나 커피를 빻으라는 등 손짓으로 할 일을 지시하고 있었다. 심지어 어떤 군인은 손발을 쓰지 못하는 주인 할머니의 빨래를 하고 있었다.

백작은 깜짝 놀라 사제관에서 나오는 성당지기를 붙잡고 물어보았다. 늙은 성당지기가 대답했다. "아! 저자들은 나쁜 사람들이 아니에요. 사람들 말로는 프로이센 사람이 아니라고 하더군요. 어딘지는 모르겠지만 더 멀리서 왔대요. 모두들 고향에 처자식을 두고 왔답니다. 그들이 좋아서 전쟁을 하는 게 아니지요! 분명 그곳에서도 떠나보낸 남자들 때문에 울고 있을 테고 우리처럼 살기가 몹시 어려울 거예요. 지금으로서는 그리 나쁘지 않아요. 저들이 못된 짓을 저지르지도 않고 마치 제집처럼 일을 해주고 있으니까요. 뭐, 불쌍한 사람들끼리 서로 도와야죠……. 전쟁을 하는 건 높은 사람들이고."

코르뉘데는 승자와 패자 사이에 확립된 다정한 화합에 분개하다가 차라리 여인숙에 틀어박혀 있는 게 낫겠다는 생각에 그냥 돌아가 버렸다.

루아조가 우스갯소리를 했다. "저들이 동네 주민 수를 다시 늘려 주고 있네요." 카레 라마동 씨가 진지하게 말했다. "저들은 속죄하고 있는 겁니다."

그렇지만 여전히 마부를 찾을 수는 없었다. 마침내 마을 카페에서 장교의 당번 병사와 우애 좋게 앉아 있는 마부를 발견했다. 백작이 말을 걸었다.

"8시에 말을 매라는 지시를 받지 않았소?"

"아, 네. 그런데 그 후에 또 다른 지시를 받았거든요."

"어떤 지시요?"

"절대 말을 매지 말라고요."

"누가 그런 지시를 했소?"

"그야 물론! 프로이센 지휘관이지요."

"왜죠?"

"저야 모르지요. 가서 직접 물어보세요. 저는 매지 말라고 해서 매지 않은 것뿐입니다."

"그 사람이 직접 당신한테 말했소?"

"아닙니다. 여인숙 주인이 그 사람 지시를 전해 주었어요."

"언제?"

"어제 저녁, 제가 막 자려고 할 때요."

세 남자는 몹시 불안한 마음을 안고 돌아왔다.

폴랑비 씨를 찾았으나 하녀가 주인은 천식 때문에 10시 이전에는 결코 일어나지 않는다고 대답했다. 게다가 불이 난 게 아니라면 절대 일찍 깨우지 말라고 단단히 못을 박아 놓았다는 것이다.

사람들은 장교를 만나려고 했다. 그러나 그가 여인숙 안에 있다 해도 절대 불가능한 일이었다. 민간의 일에 대해서는 오직 폴랑비 씨만이 지휘관에게 말을 할 수 있었다. 결국 사람들은 기다려야 했다. 여자들은 자기 방으로 올라가 이런저런 일들로 시간을 보냈다.

코르뉘데는 불이 활활 타오르는 부엌의 높은 벽난로 밑에 자리를 잡았다. 그는 작은 탁자 하나와 맥주 한 병을 가져오게 한 후 파이프를 꺼냈다. 민주주의자들 사이에서 그 파이프는 코르뉘데 자신과 거의 맞먹는 명성을 누리고 있었다. 마치 파이프가 코르뉘데에게 요긴하게 쓰임으로써 조국에 봉사한 것으로 여겨지는 듯했다. 담뱃진이 멋지게 밴 고급 파이프로 주인의 이빨만큼 거무스름하지만 향기로웠고, 흰 채 반들반들 광택이 나는 것이 주인 손에 잘 익어 이제는 그의 모습을 완성시켜 주는 일부분과도 같았다.

코르뉘데는 때로는 난로의 불꽃에, 때로는 맥주잔 위 거품에 시선을 고정시킨 채 미동도 없이 앉아 있었다. 그리고 한 모금 마실 때마다 거품이 묻은 수염을 빨아들이면서 만족스럽다는 듯 가늘고 기다란 손가락을 기름진 긴 머리카락 속으로 집어넣곤 했다.

루아조는 저린 다리를 풀어 준다는 핑계로 마을의 소매상에게 포도주를 팔러 갔다. 백작과 공장주는 정치 이야기를 하기 시작했다. 그들은 프랑스의 미래를 예측해 보았다. 한 사람은 오를레앙파를 믿었고 다른 한 사람은 미지의 구원자, 난세의 영웅을 기다리고 있었다. 이를테면 뒤게클랭이나 잔다르크 같은 사람? 아니면 나폴레옹 1세 같은 사람? 아! 황태자가 그토록 어리지만 않았다면! 코르뉘데는 그들의 이야기를 들으며 마치 운명의 해답을 알고 있기라도 한 것처럼 미소를 짓고 있었다. 그의 파이프에서 나온 연기가 부엌을 향기로 가득 채웠다.

시계가 10시를 치자 폴랑비 씨가 나타났다. 사람들이 서둘러 질문을 퍼부었지만 그는 똑같은 말만 두세 차례 되풀이할 뿐이었다. "장교님이 제게 이렇게 말했어요. '폴랑비 씨, 내일 그 여행객들의 마차에 말을 매지 못하게 하시오. 내 명령 없이 떠나서는 안 되오. 알아들었소? 그럼 됐소.'라고요."

그리하여 사람들은 장교를 만나기로 했다. 백작은 그에게 명함을 보냈다. 카레 라마동 씨도 그 명함에다가 자신의 이름과 모든 직책을 써넣었다. 프로이센 장교로부터 점심 식사 후, 그러니까 1시쯤 두 사람의 이야기를 들어 보겠노라는 회답이 왔다.

여자들이 다시 나타났고 사람들은 불안함 속에서도 식사를 조금 했다. 비곗덩어리는 아파 보였고 몹시 당황하는 듯했다.

커피를 다 마셨을 때 당번 병사가 두 사람을 데리러 왔다.

루아조도 두 사람과 합류했다. 세 사람은 자신들의 행동에 무게감을 더하기 위해 코르뉘데도 데려가려고 했지만 그는 독일인들과는 어떤 관계도 맺고 싶지 않다고 거만하게 선언했다. 그러고는 맥주 한 병을 더 주문하며 벽난로 앞 자기 자리로 되돌아갔다.

세 남자는 계단을 올라가 여인숙에서 가장 좋은 방으로 안내받았다. 장교는 벽난로 위에 발을 올려놓고 안락의자에 길게 누운 채 기다란 도자기 파이프를 피우면서 그들을 맞았다. 그는 새빨간 실내복을 입고 있었는데 취향이 저속한 어떤 부르주아의 빈집에서 훔친 것이 틀림없었다. 장교는 일어나지도 않았고 인사도 하지 않았으며 심지어 그들을 쳐다보지도 않았다. 승리한 군인에게서 흔히 볼 수 있는 버릇없는 태도의 전형이었다.

잠시 후 드디어 장교가 말했다.

"원하는 게 뭐요?"

백작이 말했다.

"우리는 떠나고 싶습니다."

"안 되오."

"안 되는 이유를 여쭤도 되겠습니까?"

"내가 원하지 않기 때문이오."

"총사령관께서 디에프까지 가는 출발 허가증을 교부해 주셨다는 것을 다시 한 번 정중히 말씀드립니다. 그리고 우리는 장교님의 가혹한 조치를 받을 만한 일은 아무것도 하지 않았다고 생각합니다."

"내가 원하지 않소…… 그뿐이오……. 내려들 가시오."

세 사람은 모두 머리를 숙여 인사하고 물러났다.

비참한 오후였다. 독일인의 저런 변덕을 도무지 이해할 수 없었다. 희한한 생각들로 머릿속이 혼란스러웠다. 사람들은 부엌에 모여 말도 안 되는 온갖 일들을 상상하며 끝없이 논의를 했다. 혹시 그들을 볼모로 잡아 두려는 것일까? 하지만 무슨 목적에서? 아니면 포로로 데려가려는 것일까? 그것도 아니면 어마어마한 몸값을 요구하려는 것일까? 이런 생각이 그들을 끔찍한 공포로 몰아넣었다. 재산이 많을수록 더욱 무서웠다. 목숨을 구하기 위해 어쩔 수 없이 이 건방진 군인의 손에 금화로 가득한 가방을 건네주는 자신들의 모습이 벌써 눈앞에 선했다. 그들은 자신들의 부를 감추고 가난하고 또 가난하게 보이도록 만들어 줄 그럴듯한 거짓말을 찾아 머리를 쥐어짰다. 루아조는 시곗줄을 빼서 주머니 안에 감추었다. 밤이 다가오자 사람들의 두려움이 더 커졌다. 등불이 켜졌다. 저녁 식사 시간까지는 아직 두 시간이 남아 있었으므로 루아조 부인은 31점 맞추기 카드놀이를 하자고 제안했다. 기분 전환이 될 것 같다는 생각에 모두들 수락했다. 코르뉘데마저도 예의를 갖춰 파이프를 끄고 카드놀이에 참여했다.

백작이 카드를 섞어 돌렸는데 비곗덩어리가 단번에 31점을 만들었다. 곧 카드놀이의 재미가 사람들의 머리를 떠나지 않던 두려움을 가라앉혀 주었다. 하지만 코르뉘데는 루아조 부부가 서로 짜고 속임수를 쓰는 것을 알아차렸다.

사람들이 식탁에 앉으려고 할 때 폴랑비 씨가 다시 나타나서 쉰 목소리로 말했다. "프로이센 장교님이 엘리자베트 루세 양에게 아직도 생각이 바뀌지 않았는지 물어보라는데요."

비곗덩어리는 몹시 창백해진 얼굴로 우두커니 서 있었다. 그러더니 새하얗던 얼굴이 갑자기 새빨개지면서 분노로 숨이 막히는 듯 말을 잇지 못했다. 드디어 그녀의 말이 터져 나왔다.

"그 천박한 놈, 더러운 놈, 그 못된 프로이센 놈한테 말하세요. 난 절대로 그러기 싫다고. 아시겠어요? 절대, 절대, 절대로!"

뚱뚱한 여인숙 주인이 밖으로 나갔다. 그러자 모두들 비곗덩어리를 둘러싸고 그가 찾아온 수수께끼를 풀기 위해 질문하고 간청했다. 처음에 그녀는 말하지 않고 버텼지만 곧 격분해서 소리쳤다.

"그자가 뭘 원하느냐고요? ……뭘 원하느냐고요? ……그자가 저랑 자고 싶대요!"

분노가 워낙 강했던지라 아무도 그 말을 거슬려 하지 않았다. 코르뉘데가 맥주잔을 탁자 위에 너무 세게 내려놓는 바람에 잔이 깨졌다. 마치 그녀가 강요당한 희생양으로서의 수모를 자기가 당하기라도 한 것처럼, 모두들 그 비열하고 난폭한 군인에게 비난과 성토의 목소리를 높였고 분노의 숨을 몰아쉬며 저항의 마음을 한데 모았다. 백작은 그자들이 옛 야만인들처럼 행동한다며 혐오감을 드러냈다. 특히 여자들은 비곗덩어리에게 강하고 다정한 연민을 표했다. 식사 때만 모습을 드러내는 수녀들은 고개를 숙이고 아무 말도 하지 않았다.

그럼에도 처음의 분노가 가라앉자 사람들은 식사를 했다. 하지만 대화는 거의 없이 모두들 생각에 잠겨 있었다.

여자들은 일찍 물러났고 남자들은 담배를 피우면서 카드판을 벌여 폴랑비 씨를 초대했다. 장교의 방해를 물리칠 방법을 넌지시 물어볼 심산이었다. 그러나 그는 아무 말도 듣지 않고 아무 대답도 하지 않은 채 카드에만 골몰했다. 그리고 "카드나 합시다, 여러분. 카드나."라는 말만 되풀이했다. 어찌나 열중했는지 가래를 뱉는 것도 잊어버려서 가슴에선 때때로 오르간 바람 빠지는 소리가 났다. 씩씩 소리를 내는 폐는 낮고 깊은 소리부터 목청을 가다듬는 어린 수탉처럼 날카롭게 쉰 소리까지, 천식 환자가 낼 수 있는 모든 음계를 다 내고 있었다.

심지어 아내가 몰려오는 졸음을 참다못해 남편을 찾으러 왔을 때도 올라가지 않겠다고 버텼다. 결국 그녀 혼자 자러 가야 했다. 아내가 언제나 동이 틀 때 일어나는 '아침형' 인간인 반면, 남편은 늘 친구들과 밤을 보낼 준비가 되어 있는 '저녁형' 인간이었던 탓이다. 폴랑비는 아내에게 "내 에그 밀크[15]는 불 앞에 놔둬."라고 소리치고 다시 게임을 시작했다. 아무것도 알아내지 못하리라는 것을 깨닫게 되자 사람들은 잘 시간이 되었다며 각자 자기 침실로 갔다.

다음 날 사람들은 막연한 기대와 더 커지는 출발에 대한 욕망, 그리고 이 끔찍하고 작은 여인숙에서 하루를 더 보낼 수도 있다는 공포감을 품은 채 아침 일찍 일어났다.

아, 맙소사! 말들은 여전히 마구간에 그대로 있었고 마부는 보이지 않았다. 사람들은 속절없이 마차 주위를 맴돌았다.

점심 식사는 몹시 우울했다. 비곗덩어리를 향해 뭔가 냉랭한 기운이 감돌았다. 새로운 생각을 가져다준다는 밤을 보내고 나니 사람들의 생각이 바뀌었기 때문이다. 잠에서 깨어난 모두에게 깜짝 선물이 될 수 있도록 프로이센인을 몰래 찾아가지 않은 비곗덩어리에게 이제는 거의 원

---

15) 뜨거운 우유에 계란 노른자를 푼 음료이다.

망이 생겨났다. 그보다 더 간단한 일이 어디 있겠는가? 게다가 누가 그걸 알겠는가? 사람들의 고통이 딱해 오게 되었다고 장교에게 말하면 체면도 지킬 수 있었을 텐데. 그녀에게 그런 건 아무 일도 아니지 않은가!

그러나 아직은 아무도 그 생각을 입 밖에 내놓지 못하고 있었다.

오후가 되어 사람들이 지루해서 죽을 지경이 되었을 때 백작이 마을 주변을 산책하자고 제안했다. 불 옆에 남는 것이 더 좋다는 코르뉘데와 성당이나 사제관에서 하루를 보내는 수녀들을 제외하고 모두들 세심하게 몸을 감싸고 길을 나섰다.

날로 혹독해지는 추위가 코와 귀를 지독하게 후벼 팠고 발이 꽁꽁 얼어 한 걸음 디딜 때마다 고통스러웠다. 들판에 당도하니 하얀 눈으로 끝없이 뒤덮인 그 모습이 너무도 음산해서 모두들 얼어붙은 마음과 죄어든 가슴을 안고 서둘러 돌아왔다.

네 여자가 앞장서고 세 남자는 조금 뒤떨어져서 따라갔다.

상황을 이해하고 있는 루아조가 갑자기 '저 창녀'가 이런 곳에 그들을 얼마나 오랫동안 머물게 할 것 같은지 물었다. 항상 예의 바른 백작은 그렇게 고통스러운 희생을 여자에게 강요할 수는 없으며 어쨌든 스스로 결정해야 하는 일이라고 말했다. 카레 라마동 씨는 만일 프랑스 군대가 현재의 쟁점대로 디에프를 거쳐 반격해 온다면 두 군대는 토트에서 맞닥뜨릴 수밖에 없다고 말했다. 이런 생각에 다른 두 사람은 걱정스러워졌다. "걸어서 도망치면 어떨까요?" 루아조가 말했다. 백작이 어깨를 으쓱했다. "이런 눈 속에서 그런 생각을 하시오? 여자들을 데리고? 아마 즉시 추격당해 10분 만에 붙잡혀서 군인들 손에 포로가 되어 끌려올 것이오." 그건 사실이었다. 모두들 입을 다물었다.

여자들은 화장에 대한 이야기를 하고 있었지만 어쩐지 거북한 분위기가 그들을 서먹하게 만들었다.

갑자기 길 끝에서 장교가 나타났다. 지평선 끝까지 펼쳐진 눈밭 위로 키가 크고 허리가 잘록한 군복을 입은 모습이 뚜렷이 드러났다. 그는 정성스럽게 광을 낸 장화를 더럽히지 않으려고 애쓰는 군인들 특유의 몸짓으로 무릎을 벌린 채 걸어오고 있었다.

그는 부인들 옆을 지나갈 때는 목례를 하더니 남자들은 건방진 표정으로 쳐다보았다. 남자들도 모자를 벗지 않으며 자존심을 세웠는데 루아조만 벗으려는 시늉을 살짝 해보였다.

비곗덩어리는 귀까지 빨개졌다. 결혼한 세 여자는 저 군인이 그토록 무례하게 대했던 이 여자와 동행하다 장교와 마주치게 된 것에 심한 모욕감을 느꼈다.

그런 다음 그들은 장교의 생김새와 얼굴에 대해 이야기했다. 장교들을 많이 알고 전문가처럼 그들을 평가하는 카레 라마동 부인은 그 군인이 그다지 나쁘지 않다고 보았다. 심지어 그가 프랑스인이 아닌 것을 애석해했다. 틀림없이 모든 여자들이 열광할 만한 아주 멋진 기마병이 되었을 게 분명하다는 이유였다.

여인숙으로 돌아왔지만 그들은 무엇을 해야 할지 몰랐다. 사소한 일들 때문에 날카로운 말까지 오갔다. 저녁 식사는 조용한 가운데 빨리 끝났고 잠으로 시간을 흘려보내길 바라면서 각자 방으로 올라갔다.

다음 날 사람들은 피곤한 얼굴과 짜증 섞인 마음으로 내려왔다. 여자들은 비곗덩어리에게 거의 말을 걸지 않았다.

종이 울렸다. 세례식을 알리는 종이었다. 비곗덩어리에게는 이브토의 농부 집에서 키우는 아이가 하나 있었다. 그녀는 1년에 한 번 정도밖에 아이를 보지 않았고 아이 생각을 해본 적도 없었다. 그러나 영세받을 아이를 생각하니 마음속에 자식에 대한 강한 애정이 불쑥 솟구쳐서 꼭 세례식을 보고 싶다는 생각이 들었다.

그녀가 떠나자마자 사람들은 서로를 쳐다보다가 재빨리 의자를 당겨 앉았다. 이제는 무언가를 결정해야 한다고 느꼈기 때문이다. 루아조에게 좋은 생각이 있었다. 장교에게 비곗덩어리만 남기고 다른 사람들은 보내 달라고 제안하자는 의견이었다.

여전히 폴랑비 씨가 심부름을 맡았는데 곧장 다시 내려왔다. 인간의 본성을 잘 알고 있는 독일인이 그를 내쫓은 것이다. 독일인은 자기 욕망이 충족되지 않는 한 모든 사람을 붙잡아 둘 작정이었다.

그러자 루아조 부인의 상스러운 성질이 폭발했다. "우리가 여기서 늙어 죽을 수는 없어요. 어떤 남자하고나 그 짓을 하는 게 그 여자의 직업인데 누구는 받아들이고 누구는 거절할 권리 따위는 없다고 생각해요. 세상에나, 그 계집은 루앙에서는 누구든지 받았대요, 심지어 마부들도요! 네, 부인. 도청의 마부 말이에요! 나는 그자를 잘 알아요. 그자가 우리 가게에서 술을 사거든요. 그런데 우리가 곤경에서 벗어나느냐 하는 문제가 걸린 지금은 저렇게 새침을 떨다니, 가증스러운 년! 나는 그 장교가 처신을 아주 잘하고 있다고 생각해요. 아마 오랫동안 여자 구경을 못 했을 거예요. 틀림없이 여기 있는 우리 셋이 더 좋았을 테지요. 하지만 그는 모든 사람이 소유하는 여자로 만족하기로 한 거예요. 유부녀를 존중해 주는 거죠. 생각해 보세요. 그는 이곳의 주인이니 원한다는 말만 하면 군인들을 동원해서 우리를 강제로 범할 수도 있었어요."

다른 두 여자가 살짝 몸을 떨었다. 카레 라마동 부인의 예쁜 눈이 반짝 빛났다. 벌써 장교에게 당했다고 느끼기라도 하는 건지 얼굴이 약간 창백해졌다.

따로 떨어져서 논의를 하던 남자들이 다가왔다. 머리끝까지 화가 난 루아조는 '그 파렴치한 여자'의 손발을 묶어 적에게 넘겨주자고 했다. 그러나 3대째 대사를 지낸 집안 출신으로 외교관 같은 용모를 지닌 백작은 좀 더 교묘한 방법을 선호했다. "그 여자가 결심하게 만들어야죠." 그가 말했다.

그래서 사람들은 계획을 세웠다.

여자들은 자리를 좁혀 앉았다. 목소리를 낮추고 각자 의견을 제시하며 모두가 토론에 참여했다. 어쨌든 매우 예의 바른 토론이었다. 특히 부인들은 가장 외설스러운 것을 말할 때도 세련된 말투와 매력적이고 미묘한 표현을 찾아냈다. 그들의 말이 어찌나 신중했던지 모르는 사람은 그 속뜻을 전혀 이해하지 못했을 것이다. 그러나 세상 모든 사교계 여인을 감싸고 있는 정숙함이라는 얄팍한 단면은 단지 표면만 덮고 있을 따름이다. 그녀들은 이 음란한 모험에 신이 나서 속으로는 매우 즐거워하고 있었다. 그리하여 아무런 거리낌 없이 편안한 마음으로, 식탐 많은 요리사가 다른 사람의 저녁을 준비하면서 느끼는 관능적인 쾌락으로 사랑을 주물렀다.

저절로 흥이 났다. 정말이지 이야기가 재미있게 흘러갔던 것이다. 백작이 다소 음탕한 농담을 했지만 하도 말을 잘해서 모두들 미소를 지었다. 이번에는 루아조가 더 노골적으로 외설적인 이야기를 했는데 아무도 언짢아하지 않았다. 그의 아내가 거칠게 표현했던 생각, '그게 그 여자의 직업인데 왜 다른 사람은 받아들이면서 장교는 거절한단 말인가?' 라는 말이 모두의 마음을 지배하고 있었던 것이다. 심지어 상냥한 카레라마동 부인은 자기라면 다른 사람보다는 차라리 장교가 더 낫겠다고 생각하는 것 같았다.

성채를 포위하듯 사람들은 오랫동안 포위 태세를 준비했다. 각자 맡을 역할을 정하고 근거로 삼을 논지와 실행에 옮길 술책을 결정했다. 비곗덩어리라는 살아 있는 성채가 적을 받아들일 수밖에 없도록 공격 계획과 사용할 전략과 기습 작전을 수립했다.

그러나 코르뉘데는 따로 떨어져 앉아 이 일에 전혀 상관하지 않았다.

사람들은 너무 열중한 탓에 비곗덩어리가 돌아오는 기척도 듣지 못했다. 그러다 백작이 조그맣게 "쉿!" 하는 소리를 듣고 모두들 눈을 들어 보니 그녀가 와 있었다. 사람들은 다급히 입을 다물었다. 처음에는 당황해서 아무도 그녀에게 말을 걸지 못했다. 사교계의 이중적 행태에 다른 사람들보다 한층 더 유연하게 대처하는 백작 부인이 그녀에게 물었다. "영세는 재미있었나요?"

아직도 감동의 여운이 남은 듯 비곗덩어리는 사람들의 표정과 태도, 그리고 성당의 모습까지 모든 것을 이야기했다. 그리고 이렇게 덧붙였다. "가끔 기도를 드리는 것은 참 좋은 일이에요."

그렇지만 점심 식사 전까지 부인들은 그녀를 친절하게 대했다. 그녀가 자신들의 충고에 대해 더 큰 신뢰와 순종을 갖게 만들 생각이었다.

식탁에 앉자마자 공략이 시작되었다. 처음에는 희생에 대한 막연한 대화가 이어졌다. 유디트와 홀로페르네스,[16] 그리고 이치에 전혀 안 맞는 루크레티아와 섹스투스,[17] 적국의 모든 장수들을 잠자리로 끌어들여

---

16) 구약 성서의 외경 〈유디트서〉에 나오는 이야기로, 이스라엘의 젊은 과부 유디트는 조국을 침략한 아시리아의 장수 홀로페르네스를 유혹해 목을 베어 죽였다.
17) 루크레티아는 미모와 정절로 유명한 고대 로마의 전설적 여인이다. 로마 왕 타르퀴니우스의 아들 섹스투스에게 능욕당한 뒤 자살했다.

비굴한 노예로 만들었던 클레오파트라와 같은 옛사람들의 예를 들었다. 이어서 이 무식한 백만장자들의 상상 속에서 만들어진 허무맹랑한 역사 이야기가 펼쳐졌다. 로마의 여자들이 카푸아로 가서 한니발과 그의 장수들 및 용병 부대를 품속에서 잠들게 했다는 이야기였다. 자신의 육체를 전쟁터로, 지배 수단으로, 무기로 삼아 정복자를 저지한 여인들, 영웅적인 애무로 흉측하고 가증스러운 인간들을 정복하고 복수와 헌신을 위해 순결을 바친 여인들의 모든 이름이 오르내렸다.

심지어 나폴레옹 보나파르트에게 무시무시한 전염병을 옮기기 위해 스스로 그 병에 감염되었다는 영국 명문가 출신 여성에 대해서도 에둘러 이야기했다. 비록 나폴레옹은 운명적인 밀회의 순간 갑자기 실신하여 기적적으로 위험을 면했지만.

이 모든 이야기는 예의와 절제를 갖춘 방식으로 전해졌고 경쟁심을 부추기기 위해 때때로 의도적인 찬탄이 터져 나오기도 했다.

마지막에 이르자 이 세상에서 여자의 유일한 역할은 끝없는 자기희생이며 군인들의 변덕에 계속해서 자기 몸을 내맡기는 것뿐이라는 생각이 들 정도였다.

두 수녀는 아무것도 들리지 않는 듯 깊은 생각에 빠져 있었다. 비곗덩어리는 아무 말도 하지 않았다.

사람들은 생각할 시간을 갖도록 오후 내내 그녀를 내버려두었다. 그러나 '부인'이라고 부르던 지금까지의 호칭 대신 이제는 그냥 '아가씨'라고만 불렀다. 아무도 그 이유를 의식하지 못했지만 마치 그녀가 분에 넘치게 누렸던 존중의 지위를 한 단계 끌어내려 자신의 수치스러운 상황을 느끼게 하려는 것 같았다.

수프가 나오자 폴랑비 씨가 다시 나타나 전날 저녁에 했던 말을 되풀이했다. "프로이센 장교님이 엘리자베트 루세 양에게 아직도 생각을 바꾸지 않았는지 물어보라는데요."

비곗덩어리가 무뚝뚝하게 대답했다. "아뇨."

저녁 식사 때는 연합 작전이 신통치 않았다. 루아조가 하찮은 말을 몇 마디 꺼냈다. 각자 새로운 사례를 찾아내려고 헛고생을 했을 뿐, 아무것도 생각나지 않았다. 그때 아마도 미리 계획한 것은 아니었겠지만 백작 부인이 종교를 찬양할 필요가 있겠다는 막연한 생각으로 나이 많은 수녀에게 성인들이 평생 이룬 위업에 대해 물었다.

수녀는 많은 성인들이 사실 지금 우리 눈에 죄악으로 보일 만한 행동을 저질렀지만 신의 영광이나 이웃의 행복을 위한 행동일 때는 설령 중죄라 해도 쉽사리 용서 받았다고 대답했다. 매우 강력한 논법이었고 백작 부인은 그것을 이용했다. 성직자의 옷을 걸치고 있는 사람이라면 으레 은밀하게 남의 환심을 사거나 암묵적인 동의를 표하는 데 뛰어나기 마련인데, 바로 그 덕분인지 혹은 단순히 무지나 아둔함이 운 좋게 도움을 주는 결과를 초래한 것인지 어쨌든 늙은 수녀는 이 공모에 엄청난 도움을 주었다. 사람들은 그녀를 소심하다고 생각했지만 사실 대담하고 수다스러웠으며 과격한 사람이었다. 그녀는 결의론[18]의 신중한 탐색에도 흔들리지 않았다. 수녀의 교리는 강철 같았고 신앙에는 한 치의 망설임도 없었으며 양심에는 일말의 거리낌도 없었다. 그녀는 아브라함의 희생을 아주 단순하게 생각했다. 하늘에서 내려온 명령이라면 자신도 아버지와 어머니를 즉시 죽일 터였기 때문이다. 수녀의 의견에 따르면 의도만 좋다면 주님의 마음을 불쾌하게 만드는 일은 결코 없었다. 백

---

18) 사회적 관습이나 교회와 성서의 율법에 비추어 도덕적인 문제를 해결하려는 윤리학 이론을 말한다.

작 부인은 기대에 없었던 이 공모자가 성스러운 권위를 이용해 '목적이 수단을 정당화한다'는 도덕적 격언에 대해 교훈적인 장광설을 늘어놓도록 만들었다.

백작 부인이 물었다.

"그럼 수녀님, 동기가 순수하다면 하느님은 모든 수단을 인정하시고 행위를 용서하신다고 생각하시나요?"

"누가 그것을 의심할 수 있겠어요, 부인? 그 자체로는 비난받을 행동이라도 행동을 이끈 의도에 따라 칭송받는 경우도 있답니다."

수녀들은 이렇게 신의 의지를 해명하고 신의 결정을 예견하며 실제로는 전혀 상관없는 일에 신을 개입시키면서 이야기를 계속했다.

모든 것은 교묘하고 신중하게 포장되었다. 그러나 수녀 모자를 쓴 성녀의 한마디 한마디는 분개한 창녀의 저항에 균열을 만들고 있었다. 곧 화제가 조금 바뀌었다. 묵주를 늘어뜨린 수녀는 자기 교단의 수녀원과 수녀원장, 자기 자신, 그리고 곁에 있는 사랑하는 생니세포르 수녀에 대해 이야기했다. 그들은 천연두에 걸린 수백 명의 병사들을 돌보기 위해 르아브르의 병원으로 불려 가는 중이었다. 그녀는 그 불쌍한 사람들에 대해 이야기하고 그들의 병을 자세히 설명했다. 저 프로이센인의 변덕 때문에 이곳에 붙잡혀 있는 지금, 어쩌면 구할 수도 있을 수많은 프랑스인이 죽어 가고 있는지 모른다! 병사 간호가 전문 분야인 수녀는 크리미아, 이탈리아, 오스트리아에도 갔었다. 전쟁담을 이야기하면서 갑자기 자신이 북과 나팔이 울리는 전쟁터의 수녀임을 드러내 보였다. 부대를 따라다니고, 전투의 소용돌이 속에서 부상자를 부축해 오고, 툭하면 규율을 어기기 일쑤인 덩치 큰 군인들을 그들의 지휘관보다 더 잘 길들이는 데 타고난 듯한 수녀 말이다. 진정한 종군 수녀로서 구멍이 숭숭 파이고 황폐해진 얼굴은 곧 전쟁의 참화를 상징하는 것 같았다.

수녀 다음으로는 아무도 말하는 사람이 없었다. 그만큼 효과가 대단한 모양이었다.

식사가 끝나자마자 사람들은 재빨리 방으로 올라가 다음 날 아침 늦게 내려왔다.

점심 식사 시간은 조용했다. 전날 뿌려 놓은 씨앗이 싹을 틔우고 열매 맺기를 기다리는 것이었다.

오후에는 백작 부인이 산책을 제안했다. 백작은 미리 합의한 대로 비곗덩어리의 팔을 잡고 다른 사람들 뒤로 처졌다.

그는 사려 깊은 남자들이 흔히 창녀들에게 하듯, 허물없고 아버지 같지만 다소 거만한 말투로 이야기했다. 그녀를 '사랑하는 우리 아가씨'라고 부르면서 자신의 높은 사회적 지위와 누구나 인정하는 명망가의 위치에서 내려다보듯 그녀를 대했다. 그러고는 곧바로 문제의 핵심을 파고들었다.

"그러니까 아가씨는 살아오면서 종종 베풀어 왔던 그 호의를 한 번 더 허락하는 것보다 우리를 여기 이대로 내버려두는 게 더 좋단 말이오? 우리뿐만 아니라 아가씨 또한 프로이센 군대가 실패할 경우 뒤따를 온갖 폭력의 위험에 노출될 텐데."

비곗덩어리는 아무 대답도 하지 않았다.

그는 부드럽게 달래기도 하고 이치를 따져 말하기도 하고 감정에 호소하기도 했다. 필요할 때는 친절을 보이고 아첨도 하고 상냥하게 굴었지만 끝까지 '백작님'으로 남아 있을 줄도 알았다. 백작은 그녀가 나머지에게 베풀 수 있는 도움을 칭송하고 감사함을 표하더니 갑자기 쾌활하고 격의 없는 말투로 말했다. "이봐, 무엇보다 그자가 자기 나라에서는 찾기 힘든 예쁜 여자를 겪어 봤다고 자랑할지도 모르잖아?"

비곗덩어리는 대답 없이 일행에 합류했다.

돌아오자마자 그녀는 자기 방으로 올라가 다시 나타나지 않았다. 사람들의 불안은 극에 달했다. 비곗덩어리가 어떻게 행동할까? 계속 버틴다면 얼마나 난처한 일인가!

저녁 식사 시간이 되었다. 사람들은 그녀를 기다렸지만 나타나지 않았다. 그때 폴랑비 씨가 들어와서 루세 양은 몸이 불편하니 그냥 식사를하라고 일러 주었다. 모두들 귀를 곤두세웠다. 백작이 여인숙 주인에게 다가가 매우 작은 소리로 말했다. "잘되었소?" "네."

백작은 체면상 일행에게 아무 말도 하지 않고 그저 가볍게 고개만 끄덕였다. 그러자 곧이어 모두의 입에서 안도의 한숨이 새어 나오면서 얼굴에는 화색이 가득했다. 루아조가 소리쳤다. "빌어먹을! 이 집에 샴페인이 있으면 내가 사겠소."

주인이 두 손에 병 네 개를 들고 돌아오자 루아조 부인은 몹시 속상해했다. 모두들 갑자기 말이 많아지고 시끄러워졌다. 추잡한 기쁨이 그들의 마음을 가득 채운 것이다. 백작은 카레 라마동 부인이 매력적이라는 것을 깨달은 듯했고 공장주는 백작 부인에게 찬사를 보냈다. 대화는 활기차고 쾌활했으며 재치가 넘쳐흘렀다.

갑자기 부아조가 근심스러운 얼굴로 팔을 들어 올리며 소리쳤다. "조용!" 모두들 깜짝 놀라 입을 다물었다. 벌써 한껏 겁에 질려 있었다. 그는 귀를 기울이며 두 손으로 "쉿!" 하는 손짓을 하더니, 천장을 쳐다보고 다시 한 번 유심히 듣는 시늉을 하다가 평소의 목소리로 말했다. "안심하십시오. 다 잘되고 있습니다."

사람들은 그의 말이 무슨 의미인지 이해하느라 잠시 멈칫했지만 곧 미소를 지었다.

15분 후 루아조는 똑같은 장난을 다시 시작했고 저녁 내내 여러 번 되풀이했다. 그는 위층에 있는 사람에게 말을 거는 시늉을 하면서 행상인 기질에 걸맞은 중의적인 표현으로 이런저런 충고를 해댔다. 때로는 슬픈 표정으로 "불쌍한 여자!"라고 한숨짓기도 하고, 화가 난 태도로 이를 갈면서 "이 비열한 프로이센 놈!"이라고 중얼거리기도 했다. 그리고 아무도 더 이상 그 일을 생각하지 않게 되었을 때도 가끔씩 떨리는 목소리로 "그만! 그만!"이라고 소리치고 혼잣말을 하듯 덧붙였다. "우리가 그녀를 다시 볼 수만 있다면 좋으련만. 그 비열한 놈이 여자를 죽이지는 말아야 할 텐데!"

매우 저속한 농담이었지만 모두들 재미있어했고 언짢게 여기지 않았다. 다른 모든 일들과 마찬가지로 분노도 주위 환경에 좌우되기 마련인데 그들 주위로 차츰차츰 형성된 분위기 속에는 외설적인 생각이 가득차 있었기 때문이다.

후식을 먹을 때는 여자들조차 재치 있고 은밀한 암시를 했다. 모두들 눈이 빛난 채로 많이 마셨다. 일탈의 상황에서조차 근엄한 풍채를 잃지 않는 백작은 극지방에서 겨울을 보낸 뒤 이제 남쪽으로 길이 열린 조난자들의 기쁨에 자신들의 처지를 비유했는데 모두 그 비유를 무척 마음에 들어 했다.

술기운이 오른 루아조가 손에 샴페인 잔을 들고 일어섰다. "우리의 해방을 위하여!" 모두들 일어서서 그에게 갈채를 보냈다. 부인들의 권유로 두 수녀들도 난생처음 거품 나는 포도주에 입술을 적셨다. 수녀들은 레몬 탄산수와 비슷하지만 맛이 더 좋다고 말했다.

루아조가 상황을 요약해 말했다.

"피아노가 없어서 카드리유[19]를 연주하지 못하는 게 유감이군."

코르뉘데는 입을 꼭 다물고 꼼짝도 하지 않았다. 매우 심각한 생각에 빠져 있는 것 같다가 이따금 격노한 몸짓으로 커다란 수염을 더 늘이기라도 하려는 듯 잡아당기곤 했다. 마침내 자정 무렵 사람들이 흩어질 때 비틀거리던 루아조가 갑자기 그의 배를 두드리면서 알아듣기 힘들 만큼 혀 꼬부라진 소리로 말했다. "당신은 오늘 저녁 기분이 좋지 않은가 보군요. 아무 말도 하지 않네요, 시민 동지?" 그러자 코르뉘데가 갑자기 고개를 치켜들더니 무섭게 뜬 눈을 번쩍이며 사람들을 둘러보았다. "모두에게 말하는데, 당신들은 비열한 짓을 저질렀소!" 그는 일어나서 문으로 가더니 다시 한 번 말했다. "비열한 짓을!" 그리고 그는 사라졌다.

처음에는 찬물을 끼얹은 듯 조용했다. 루아조는 어안이 벙벙한 얼굴로 멍청하게 서 있다가 곧 침착함을 되찾았다. 그러고는 갑자기 배꼽을 잡고 웃으며 반복해 말했다. "그건 너무 시어, 이 친구야, 그건 너무 시다고."[20] 사람들이 이해하지 못하자 그는 '복도의 비밀'을 말해 주었다. 그러자 엄청난 쾌활함이 다시 일어났다. 부인들은 미친 듯이 재미있어했다. 백작과 카레 라마동 씨는 너무 웃어서 눈물까지 흘렸다. 도저히 믿을 수가 없었다.

"뭐라고! 확실해요? 그자가 정말로……"

"제가 봤다니까요."

"그런데 그녀가 거절했고……"

---

19) 네 사람이 한 조가 되어 사방에서 서로 마주 보며 추는 프랑스 춤. 또는 그 춤곡. 나폴레옹 1세의 궁정에서 비롯되었으며 19세기 무렵에는 전 유럽에 유행하였다.

20) 이솝 우화에 나오는 여우와 신 포도 이야기. 배고픈 여우가 포도를 따 먹으려다가 팔이 닿지 않자 "저 포도는 너무 시어."라고 말한 것을 가리킨다.

"프로이센인이 옆방에 있다는 이유로 말이지요."

"설마?"

"제가 맹세하죠."

백작은 웃느라 숨이 막혔다. 사업가는 두 손으로 배를 움켜쥐었다. 루아조가 말을 계속했다.

"그러니 아시겠죠, 오늘 저녁 그에게는 이 일이 재미있지 않은 거죠, 전혀요."

세 사람은 다시 웃음을 터뜨렸다. 웃느라 배가 아팠고 숨을 헐떡거리며 기침까지 했다.

그리고 사람들은 헤어졌다. 성격이 쐐기풀 같은 루아조 부인은 잠자리에서 남편에게 '심술궂은' 카레 라마동 부인이 저녁 내내 쓴웃음을 지었다고 지적했다. "있죠, 군복 입은 남자를 좋아하는 여자들은 프랑스인이건 프로이센인이건 상관하지 않는다니까요. 맙소사, 참 딱하기도 하지!"

전율 같은 것, 숨소리와 비슷한 거의 감지할 수 없는 작은 소리, 맨발이 스치는 소리, 들릴 듯 말 듯 삐거덕거리는 소리가 밤새도록 어두운 복도를 떠돌았다. 문 밑으로 불빛이 오랫동안 새어 나온 것을 보면 모두들 아주 늦게야 잠든 것이 분명했다. 샴페인은 수면을 방해한다고 하니 아마 샴페인의 효과이리라.

다음 날 맑은 겨울 햇살에 흰 눈이 눈부시게 반짝였다. 드디어 말을 맨 승합 마차가 문 앞에서 기다리고 있었다. 여섯 마리 말의 다리 사이로는 두터운 깃털을 뽐내는 하얀 비둘기 떼가 가운데 검은 점이 박힌 붉은 눈으로 의젓하게 걸어 다니면서 김이 나는 말똥을 헤쳐 먹이를 찾고 있었다.

양가죽으로 몸을 감싼 마부는 마부석에서 파이프를 피우고 있었다. 여행객들은 모두 흡족해하며 남은 여행 동안 먹을 식량을 서둘러 포장했다.

비곗덩어리만 오면 되었다. 곧 그녀가 나타났다.

그녀는 약간 당황하고 수치스러워하는 것 같았다. 머뭇거리며 일행을 향해 다가가자 모두들 마치 그녀를 보지 못한 듯 일제히 고개를 돌렸다. 백작은 위엄 있게 아내의 팔을 잡고 불결한 접근에서 아내를 떼어놓았다.

비곗덩어리는 아연실색하여 멈춰 섰다. 그리고 모든 용기를 그러모아 공장주의 아내에게 다가가 "안녕하세요, 부인." 하며 작고 공손한 목소리로 말을 걸었다. 상대방은 고개만 까딱하여 무례하게 답했고 능욕당한 정절을 상기시키는 시선을 곁들였다. 모두들 바쁜 체했다. 마치 그녀가 치마 속에 전염병이라도 가져온 것처럼 멀리 떨어져 있었다. 그러더니 모두 마차로 뛰어갔고 그녀는 제일 마지막으로 마차에 다가가 처음에 앉았던 자리에 말없이 앉았다.

사람들은 그녀가 보이지 않는 듯, 그녀를 알지 못하는 듯 행동했다. 그러나 루아조 부인은 분개한 표정으로 멀찍이서 그녀를 쳐다보며 작은 소리로 남편에게 말했다.

"저 여자 옆자리가 아니라서 다행이에요."

무거운 마차가 움직이기 시작했고 여행이 다시 시작되었다.

처음에는 다들 말이 없었다. 비곗덩어리는 감히 눈을 들지 못했다. 그녀는 일행 모두에게 분노를 느꼈다. 그와 동시에 저들의 위선 때문에 프로이센인의 품 안에 내던져져 키스로 몸을 더럽히고 굴복한 것에 모욕감을 느꼈다.

그런데 백작 부인이 카레 라마동 부인을 향해 몸을 돌리며 드디어 그 괴로운 침묵을 깨뜨렸다.

"에트렐 부인을 아시죠?"

"그럼요, 제 친구인걸요."

"정말 매력적인 부인이죠!"

"매혹적이죠! 품성도 최고인 데다가 정말 유식하고 뼛속까지 예술가예요. 노래도 훌륭하게 잘 하고 그림 솜씨도 뛰어나거든요!"

공장주는 백작과 이야기하고 있었는데 유리창이 덜거덕거리는 소리 사이로 이따금 '이익 배당권, 지불 기한, 시세 차익, 만기' 같은 단어가 튀어나오곤 했다.

잘 닦지 않은 탁자에 5년 동안 문대느라 기름때가 낀 낡은 카드 한 벌을 여인숙에서 훔쳐 온 루아조는 아내와 함께 카드놀이를 시작했다.

수녀들은 허리에 매달린 기다란 묵주를 쥐고 함께 성호를 긋더니 갑자기 입술을 빨리 움직이기 시작했다. 마치 기도 시합이라도 하듯 입술의 움직임이 점점 빨라지면서 불분명한 중얼거림을 재촉했다. 그러면서 이따금 성물에 입을 맞춘 다음, 새로 성호를 긋고 빠르게 계속되는 중얼거림을 다시 시작했다.

코르뉘데는 꼼짝도 하지 않고 생각에 잠겨 있었다.

길을 떠난 지 세 시간 후, 루아조가 카드를 거둬 모으며 말했다. "배가 고프네."

그러자 그의 아내가 끈으로 묶은 바구니에 손을 뻗어 식은 송아지 고기 한 조각을 꺼냈다. 그녀는 정성을 다해 고기를 얇고 탄탄하게 자른 다음 남편과 함께 먹기 시작했다.

"우리도 먹을까요?" 백작 부인이 말했다.

사람들이 동의하자 그녀는 두 부부를 위해 준비한 음식을 풀어 놓았다. 토끼 고기 파이가 들어 있다는 표시로 뚜껑 위에 도자기로 만든 토끼가 붙어 있는 길쭉한 그릇 안에 음식들이 가득했다. 하얀 비계가 사냥 고기의 검붉은 살을 강처럼 가로지르는 맛 좋은 돼지고기 제품도 있었고 곱게 간 다른 고기들도 섞여 있었다. 신문지에 싸 가지고 온 네모난 그뤼에르 치즈 덩이의 기름진 표면 위에는 '다양한 소식'이라는 글자가 새겨져 있었다.

두 수녀는 마늘 냄새가 나는 동그란 소시지를 펼쳤다. 코르뉘데는 볼품없는 짧막한 외투 양쪽에 달린 커다란 주머니에다 두 손을 동시에 집어넣더니 한쪽에서는 삶은 달걀 네 개를, 그리고 다른 한쪽에서는 굳은 빵 덩어리를 꺼냈다. 그는 달걀 껍데기를 벗겨 발밑에 깔린 밀짚 속으로 던진 다음 베어 먹기 시작했다. 샛노란 노른자 부스러기가 커다란 수염 위로 떨어져 수염 속에 별이 박힌 것처럼 보였다.

비곗덩어리는 급히 일어나서 서두르는 바람에 아무것도 가져올 생각을 하지 못했다. 태연하게 음식을 먹고 있는 사람들을 바라보고 있으니 화가 나서 숨이 막힐 것 같았다. 처음에는 치밀어 오르는 분노로 몸이 떨렸다. 그래서 입술까지 올라오는 욕설을 한바탕 퍼부으며 저들의 소행을 비난하려고 입을 열었다. 그러나 복받쳐 오르는 울화로 목이 메어 아무런 말을 할 수가 없었다.

아무도 그녀를 쳐다보지 않았고 생각도 하지 않았다. 비곗덩어리는 이 점잔 빼는 불한당들의 경멸에 둘러싸여 있었다. 자신을 희생시키더니 이제는 불결하고 쓸모없는 물건처럼 내친 것이다. 문득 그녀는 그들이 게걸스럽게 먹어 치운, 맛있는 음식으로 가득했던 자신의 커다란 바구니가 생각났다. 젤리로 덮여 반짝이던 영계 두 마리, 파이, 배, 보르도 포도주 네

병. 갑자기 팽팽하던 끈이 끊어지듯 분노가 수그러들었다. 눈물이 날 것 같았다. 울지 않으려고 안간힘을 쓰며 어린애처럼 오열을 삼켰다. 그러나 눈물이 솟아올라 눈꺼풀 끝에서 반짝이더니 곧 두 줄기 굵은 눈물방울이 뺨 위로 천천히 흘러내렸다. 뒤이어 마치 바위에서 물방울이 새어 나오듯 눈물은 점점 더 빨리 솟구쳐 흘러내려 불룩한 가슴 위로 뚝뚝 떨어졌다. 그녀는 사람들이 보지 못하기를 바라면서, 창백하고 굳은 얼굴로 시선을 한곳에 고정한 채 꼿꼿이 앉아 있었다.

그러나 백작 부인이 그 모습을 보고 몸짓으로 남편에게 알렸다. 그는 '어쩌란 말이오? 내 잘못이 아닌데.'라고 말하는 듯 어깨를 으쓱해 보였다. 루아조 부인은 소리 없이 승리의 웃음을 띠며 중얼거렸다. "창피해서 우는군."

두 수녀는 남은 소시지를 종이에 싸놓은 후 다시 기도를 시작했다.

그때 달걀을 소화시키고 있던 코르뉘데가 맞은편 의자 밑으로 기다란 두 다리를 뻗으며 몸을 뒤로 젖히고 팔짱을 끼더니 짓궂은 장난이 생각난 사람처럼 미소를 지으면서 휘파람으로 〈라 마르세예즈〉[21]를 불기 시작했다.

모두의 얼굴이 어두워졌다. 저 민중가요가 일행의 마음에 들 리 없었다. 신경을 곤두세우고 짜증을 내는 모습이 시끄러운 오르간 소리에 맞춰 짖어대는 개들처럼 고함이라도 칠 듯한 기세였다.

코르뉘데는 이를 알아차리고도 멈추지 않았다. 그는 이따금 가사까지 흥얼거렸다.

---

21) '마르세유의 노래'라는 뜻의 이 노래는 원래 프랑스 혁명 당시 마르세유 출신 의용군들이 즐겨 부르던 군가로, 1879년에 정식 국가(國歌)로 채택되었다. 작품의 배경인 1870년의 프로이센−프랑스 전쟁 때는 아직 국가로 정해지지 않은 시기였다.

성스러운 애국심이여,

복수하는 우리의 팔을 인도하고 지지하라.

자유, 소중한 자유여,

그대의 수호자와 함께 싸우라!

눈이 단단해져서 마차가 더 빨리 달렸다. 디에프까지 길고 침울한 여정 내내 마차가 덜커덕거리는 소리 사이로, 그리고 밤이 되어서는 마차 안의 짙은 어둠 속에서, 코르뉘데는 끈질긴 고집으로 단조로운 복수의 휘파람을 계속 불어댔다. 사람들은 진력이 나고 화도 치밀었지만 어쩔 도리 없이 그 가락을 처음부터 끝까지 들으면서 한 소절 한 소절씩 모든 가사를 떠올려야 했다.

비곗덩어리는 여전히 울고 있었다. 억누를 수 없는 흐느낌이 간간이 노래 구절 사이로, 어둠 속으로 흘러나왔다.

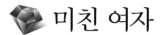 미친 여자

On ne revit plus la folle. Qu'en avaient-ils fait ?
Où l'avaient-ils portée ! On ne le sut jamais.

그 후로 미친 여자는 다시 볼 수 없었습니다. 병사들이 그녀를
어떻게 한 것일까요? 어디로 데려간 것일까요! 전혀 알 수가 없었지요.

마티외 당돌랭 씨가 말했다.

자, 나는 멧도요를 보면 전쟁 중에 있었던 처참한 일화가 생각납니다.

코르메유 교외에 있는 우리 저택 아시지요. 프로이센 군인들이 쳐들
어왔을 때 난 거기에 살고 있었어요.

당시 이웃에 미친 여자가 하나 있었는데 거듭된 불행에 정신이 나간
여자였어요. 오래전, 그녀가 스물다섯 살 때 한 달 사이로 아버지와 남
편과 갓난아이를 잃었거든요.

죽음이 일단 집 안으로 들어오면 마치 드나드는 문을 알고 있다는 듯

이 언제나 곧바로 다시 찾아오지요.

　가엾은 젊은 여인은 슬픔을 이기지 못하고 자리에 누워 6주 동안이나 헛소리를 했습니다. 격렬한 발작에 이어 조용한 무기력 상태가 찾아와 여인은 움직이지도 않고 거의 먹지도 않았으며 그저 눈만 굴리고 있었어요. 자리에서 일으키려고 할 때마다 마치 누가 자신을 죽이기라도 할 것처럼 비명을 질렀습니다. 그래서 줄곧 누워 있게 내버려두고, 씻기거나 침구를 갈아야 할 때만 침대에서 끌어냈지요.

　늙은 하녀 하나가 곁에 남아서 때때로 물도 마시게 하고 식은 고기도 조금 씹게 해주었습니다. 이 절망에 빠진 영혼 안에서 대체 무슨 일이 벌어지고 있었을까요? 그녀가 말을 하지 않으니 아무도 알 수가 없었습니다. 죽은 사람들을 생각하고 있었을까요? 분명한 생각 없이 그저 슬픈 공상에 잠겨 있었을까요? 아니면 사고력이 파괴되어 흐르지 않는 물처럼 꼼짝도 하지 않고 있었을까요? 15년 동안, 그녀는 그렇게 외부와 차단된 채 꼼짝 않고 누워 있었습니다.

　그러다 전쟁이 발발했고 12월 초에 프로이센 군대가 코르메유로 쳐들어왔지요.

　어제 일처럼 생생하게 기억나는군요. 돌도 얼어 터질 듯 지독히 추운 날씨였어요. 나는 통풍 때문에 꼼짝도 못 하고 안락의자에 누워 있었는데 박자를 맞추며 둔탁하게 울리는 그들의 발소리가 들렸습니다. 그들이 지나가는 모습을 창문 너머로 보았어요.

　그들은 모두 하나같이 특유의 꼭두각시 같은 동작으로 끝없이 열을 지어 지나가더군요. 그러더니 지휘관들이 주민들에게 병사를 배당했습니다. 내게는 열일곱 명이, 이웃의 미친 여자에게는 열두 명이 배당되었지요. 그런데 배당된 열두 명 중에는 정말 난폭하고 사납고 거친 소령이 하나 있었어요.

처음 며칠 동안은 아무 일도 일어나지 않았습니다. 옆방 장교에게는 부인이 아프다고 말해 두었고 장교는 별로 신경 쓰지 않았어요. 그러나 곧 그는 여자가 한 번도 모습을 보이지 않는 것에 화가 나서 여자의 병이 무엇인지 물었습니다. 사람들은 안주인이 연달아 겪은 깊은 슬픔으로 인해 15년 전부터 누워 있다고 대답했지요. 그는 아마도 그 말을 전혀 믿을 수 없었는지 그 가엾은 여자가 자존심 때문에 자리에 누워 있는 거라고 생각했어요. 프로이센인들을 보지 않고, 그들에게 말하지 않고, 그들과 접촉하지 않으려고 말입니다.

장교는 그녀와의 만남을 요구했고 여자의 방으로 안내받았지요. 그는 퉁명스러운 말투로 요청했습니다.

"부인, 모두들 부인을 뵙고자 하니 일어나서 내려와 주시기를 부탁드립니다."

그녀는 그를 향해 무표정하고 멍한 시선을 돌렸고 아무 대답도 하지 않았어요. 장교가 다시 말했습니다.

"나는 무례하게 구는 것을 참을 수 없소. 자진해서 일어나지 않는다면 당신 혼자 걸어 나오게 할 방법을 강구할 것이오."

그녀는 마치 그를 보지 못한 것처럼 여전히 손끝 하나 움직이지 않고 있었습니다. 장교는 이 침묵을 최고의 경멸이라고 생각하여 불같이 화를 내다 이렇게 덧붙였습니다.

"내일도 내려오지 않는다면⋯⋯."

그리고 그는 나갔습니다.

다음 날 늙은 하녀가 필사적으로 그녀에게 옷을 입히려 했지만 미친 여자는 몸부림을 치면서 소리를 지르기 시작했어요. 장교가 재빨리 올라오자 하녀는 그의 무릎에 매달리며 울부짖었습니다.

"싫답니다, 장교님. 싫대요. 부인을 제발 용서해 주세요. 정말 불쌍한 분입니다."

장교는 난처해하며 그대로 서 있었어요. 화는 났지만 그렇다고 부하들을 시켜서 그녀를 침대에서 끌어낼 수는 없었지요. 그러다가 그는 갑자기 웃으면서 독일어로 명령을 내렸습니다.

곧이어 한 개 분대가 부상자를 운반하듯 매트를 들고 나오는 모습이 보였습니다. 손대지 않고 그대로 둔 침대 안에서 미친 여자는 여전히 말없이 얌전하게 있었습니다. 누워 있게 내버려두기만 한다면 무슨 일이 일어나든 상관하지 않았어요. 뒤에서 한 남자가 여자의 옷 보따리를 들고 따라가더군요. 장교는 두 손을 비비며 말했습니다.

"정말 혼자서 옷을 입을 수 없는지 조금도 걷지 못하는지 두고 보면 알겠지."

그리고 행렬이 이모빌 숲 쪽으로 멀어져 가는 것이 보였습니다. 두 시간 후, 병사들만 돌아왔어요.

그 후로 미친 여자는 다시 볼 수 없었습니다. 병사들이 그녀를 어떻게 한 것일까요? 어디로 데려간 것일까요! 전혀 알 수가 없었지요.

밤낮으로 눈이 내려 들판과 숲이 차디차고 새하얀 눈 속에 파묻혔습니다. 늑대들이 문 앞까지 와서 으르렁거렸어요.

사라진 그 여자에 대한 생각이 내 머릿속을 떠나지 않더군요. 그래서 정보를 얻어 보려고 프로이센 당국에 여러 번 청원을 했습니다. 그러다 하마터면 총살을 당할 뻔했어요.

다시 봄이 왔고 점령군이 물러갔습니다. 이웃집은 그대로 문이 닫혀 있었고 출입로에는 무성하게 풀이 자라났어요.

늙은 하녀는 겨울 동안 죽었습니다. 아무도 더 이상 이 사건에 관심을 두지 않았습니다. 오직 나 혼자만 끊임없이 그 일을 생각했지요.

그들이 그 여자를 어떻게 했을까? 여자가 숲을 가로질러 도망쳤을까? 어디선가 사람들이 그녀를 거두었다가 아무런 정보도 얻을 수 없어서 병원에 보낸 것은 아닐까? 의혹을 풀어 주는 것은 아무것도 없었습니다. 그러나 시간은 차츰차츰 흘렀고 내 마음의 근심도 가라앉았지요.

그런데 이듬해 가을 멧도요가 떼를 지어 지나갔습니다. 나는 통풍이 좀 나아져서 숲까지 천천히 나가 보았어요. 부리가 긴 새를 벌써 네댓 마리 잡았을 때 그중 한 마리가 나뭇가지로 덮인 구덩이 속으로 빠져 버렸어요. 잡은 새를 주워 오려면 구덩이로 내려갈 수밖에 없었지요. 새는 어떤 해골 옆에 떨어져 있더군요. 그러자 갑자기, 마치 주먹으로 한 대 얻어맞듯 미친 여자에 대한 생각이 떠올랐어요. 아마도 참혹했던 그 해에 숲에서 많은 사람들이 죽었을 겁니다. 하지만 왠지 모르게 나는 그 해골이 가엾은 미친 여자라는 확신이 들었어요. 그렇게 믿었어요.

그리고 문득 모든 것을 이해하고 짐작할 수 있었습니다. 그들은 여자를 매트 위에 눕힌 그대로 인적 없고 추운 숲에 버렸던 겁니다. 그녀는 자신의 집념에 따라 두텁고도 가벼운 솜털 같은 눈 속에서도 팔 하나, 다리 하나 움직이지 않고 그대로 죽어 갔던 것입니다.

그 뒤 늑대들이 시체를 뜯어 먹었겠지요. 그리고 새들은 찢어진 침구의 양모를 물어다 둥지를 쳤을 테고요.

나는 그 슬픈 유골을 보관해 왔습니다. 그리고 우리 자손들은 결코 두 번 다시 전쟁을 겪지 않기를 기원합니다.

 산장

Et il se sentait seul, le misérable,
comme aucun homme n'avait jamais été seul !

그는 외로웠고 스스로가 가엾게 느껴졌다.
어느 누구도 그처럼 외로웠던 적은 없었다!

높은 알프스 지방의 만년설로 뒤덮인 산꼭대기를 가로지르는 바위투성이의 헐벗은 협곡 안, 빙하 밑에 자리 잡은 다른 통나무 숙소들처럼 슈바렌바흐 산장은 젬미 고개를 넘어가는 여행객들에게 피난처 역할을 한다.

1년 중 여섯 달 동안은 장 오제 가족이 산장에 거주하며 문을 연다. 그러다 눈이 쌓이고 골짜기를 메워 로에슈[22]로 내려가는 것이 불가능해지면 여자들과 아버지, 세 아들은 마을로 내려가고 늙은 안내인 가스파

_____

22) 스위스 발레주(州)에 위치한 마을 '로이크'의 프랑스식 명칭이다.

르 아리와 젊은 안내인 울리히 쿤지, 그리고 커다란 산악견 샘이 남아 집을 지킨다.

두 남자와 개는 봄이 오기 전까지 창백하게 빛나는 산꼭대기에 파묻힌 채 사방을 둘러싼 봉우리 발름호른의 거대하고 새하얀 모습만 바라보며 하얀 눈의 감옥에 갇혀 지낸다. 눈은 지붕 위로 쌓이고 창문을 넘고 문을 막으며 작은 산장을 에워싸고 짓누른다.

오제 가족이 로에슈로 돌아가는 날이 되었다. 겨울이 다가오고 산을 내려가는 길이 점점 위험해졌다.

옷가지와 짐을 실은 노새 세 마리를 끌고 세 아들이 먼저 출발했다. 이어서 어머니인 잔 오제와 딸 루이즈가 네 번째 노새에 올라타고 길을 나섰다. 아버지도 하산로 초입까지 가족을 배웅하려는 두 안내인과 함께 그들의 뒤를 따랐다.

맨 먼저 그들은 산장 앞에 뻗어 있는 커다란 바위굴 아래 벌써 얼어버린 작은 호수를 우회했다. 그런 다음 침대보처럼 새하얀 골짜기를 따라 내려갔다. 골짜기 위로는 눈 덮인 산봉우리가 사방에 솟아 있었다.

하얗게 얼어붙어 반짝이는 얼음 사막 위로 햇살이 소나기처럼 쏟아지는 모습이 차갑고 눈부신 불꽃을 밝혀 놓은 것 같았다. 이 바다 같은 산에는 아무런 생명체도 보이지 않았다. 무한한 고독 속에 움직이는 것은 아무것도 없었다. 깊은 정적을 깨뜨리는 소리도 전혀 없었다.

젊은 안내인 울리히 쿤지는 키가 크고 다리가 긴 스위스 사람이었다. 그는 두 여자를 태우고 가는 노새를 따라잡으려고 오제 씨와 늙은 가스파르 아리를 차츰 앞서갔다.

젊은 여자는 마치 울리히를 부르는 것 같은 슬픈 눈으로 그가 다가오는 모습을 바라보았다. 그녀는 키가 작은 금발의 시골 여자였다. 우윳빛

뺨과 창백한 머리카락은 얼음 한가운데서 너무 오래 지내 색이 바랜 것 같았다.

울리히 쿤지는 그녀가 탄 노새 옆에 다다르자 노새의 엉덩이에 손을 갖다 대며 걸음을 늦추었다. 오제 부인이 겨우살이에 대한 온갖 충고를 아주 세세하게 늘어놓으며 말을 걸기 시작했다. 늙은 아리는 슈바렌바흐 산장의 눈 속에서 벌써 열네 번이나 겨울을 났지만 그가 산 위에 남는 것은 올해가 처음이었다.

울리히 쿤지는 듣고만 있을 뿐 제대로 이해하는 것 같지 않았고 줄곧 젊은 아가씨만 쳐다봤다. 이따금 "네, 오제 부인." 하고 대답했지만 정신이 다른 데 팔려 있는지 평온한 얼굴은 표정이 없었다.

일행은 다우벤 호수에 도착했다. 기다랗게 얼어붙은 호수 표면이 계곡 깊숙한 곳까지 아주 평평하게 뻗어 있었다. 오른쪽에는 빌트슈트루벨산이 굽어보는 뢰메른 빙하의 거대한 퇴적물 옆으로 다우벤호른의 검은 바위들이 깎아지른 듯 솟아 있었다.

로에슈로 내려가는 길이 시작되는 젬미 고개 근처에 이르자 깊고 넓은 론강의 골짜기 너머로 발레 지방 알프스의 거대한 산새가 불쑥 모습을 나타냈다.

하얀 봉우리의 들쑥날쑥한 군상이 때로는 뾰족하고 때로는 평평한 모습으로 저 멀리 햇살 아래 반짝이고 있었다. 뿔이 둘 달린 미샤벨, 위압적인 비세호른, 육중한 브루네그호른, 사망자가 많기로 유명한 높고 무시무시한 피라미드형의 세르뱅, 사나운 미녀를 닮은 당블랑슈.

그리고 봉우리들 아래로 뚫린 어머어마한 구멍 너머 섬뜩한 심연 깊은 곳에 로에슈가 보였다. 로에슈의 집들은 젬미 고개에 가로막힌 채 저 아래 론강으로 뻗은 거대한 크레바스 위에 던져진 모래알 같았다.

노새가 오솔길 가장자리에서 멈춰 섰다. 수직으로 솟은 산허리를 따라 끊임없이 돌고 도는 경이롭고 신비한 오솔길은 거의 보이지도 않는 맨 아래 작은 마을까지 꼬불꼬불 이어진다. 여자들이 눈 위로 뛰어내렸다.

두 노인도 뒤따라 도착했다.

"자, 그럼 안녕히. 힘내고 내년에 보세." 오제 씨가 말했다.

아리 영감도 따라 말했다. "내년에 봬요."

그들은 서로의 뺨에 작별 키스를 했다. 이어서 오제 부인도 뺨을 내밀었고 딸도 똑같이 했다. 울리히 쿤지의 차례가 되자 그는 루이즈의 귀에 대고 속삭였다. "높은 곳에 있는 사람들을 잊지 마세요." 그녀는 잘 들리지 않아 짐작만 할 수 있을 정도의 아주 작은 소리로 "네." 하고 대답했다.

"자, 안녕히. 건강하시오." 장 오제가 다시 말했다.

그리고 여자들 앞을 지나쳐 내려가기 시작했다.

첫 번째 길모퉁이에서 세 사람의 모습이 사라졌다.

두 남자는 슈바렌바흐 산장을 향해 발걸음을 돌렸다.

그들은 말도 없이 나란히 서서 천천히 걸었다. 이제 끝이었다. 네댓 달 동안 둘이서만 마주 보고 지내야 할 터였다.

가스파르 아리가 지난겨울의 생활에 대해 이야기하기 시작했다. 그때는 미셸 카놀과 함께 있었는데 그는 이제 너무 늙어서 이 생활을 다시 할 수 없었다. 오래 고립되어 있는 동안 사고가 날 수도 있기 때문이다. 하지만 그들이 지루하게만 지낸 것은 아니었다. 첫날부터 마음을 다져 받아들이는 것이 중요하다. 그러면 소일거리나 놀이, 이런저런 오락거리를 스스로 만들게 된다.

울리히 쿤지는 시선을 떨군 채 이야기를 들으며 머릿속으로는 젬미의

꼬불꼬불한 산길을 걸어 마을로 내려가는 사람들을 따라가고 있었다.

곧 무시무시한 흰 눈의 물결 밑으로 산장의 모습이 작고 검은 점으로 보이기 시작했다. 너무 작아 보일 듯 말 듯 했다.

그들이 문을 열자 털이 곱슬곱슬하고 덩치가 큰 개 샘이 그들 주위로 껑충껑충 뛰기 시작했다.

"자, 젊은이. 이제 여자들이 없으니 우리가 저녁을 준비해야 해. 자네는 감자 껍질을 벗기게." 가스파르 노인이 말했다.

그런 다음 두 사람은 나무 의자에 앉아 수프에 빵을 적시기 시작했다.

울리히 쿤지는 다음 날 아침나절이 길게 느껴졌다. 늙은 아리가 담배를 피우며 난로에 침을 뱉는 동안, 청년은 창문을 통해 집 앞에서 눈부시게 빛나는 산을 바라보고 있었다.

오후가 되자 그는 밖으로 나가 어제 갔던 길을 다시 더듬으며 두 여자를 태우고 가던 노새의 발자국이 아직 남아 있는지 찾아보았다. 그리고 젬미 고개에 이르자 심연의 가장자리에 배를 깔고 엎드려 로에슈를 내려다보았다.

암벽 밑으로 보이는 마을은 아직 눈에 파묻히지 않았다. 근처는 온통 눈밭이었지만 마을 주변을 둘러싸고 있는 전나무 숲에 눈이 가로막혀 있었다. 위에서 내려다보니 마을의 낮은 집들이 들판에 놓인 네모난 돌멩이 같았다.

오제 아가씨는 이제 저 회색 집들 중 한 곳에 있겠지. 어느 집일까? 울리히 쿤지는 너무 멀리 있어 집들을 하나하나 구별할 수 없었다. 정말 간절히 내려가고 싶었다. 아직은 내려갈 수 있는데!

그러나 해가 빌트슈트루벨의 거대한 봉우리 뒤로 넘어가자 청년은 산장으로 돌아갔다. 아리 영감이 담배를 피우고 있었다. 동료가 돌아오는 것을 보고 그는 카드놀이를 권했다. 그들은 탁자 양 끝에 서로 마주 앉았다. 오랫동안 브리스크라는 간단한 놀이를 한 후 저녁을 먹고 잠자리에 들었다.

첫날과 비슷한 날들이 이어졌다. 날씨는 맑고 추웠으며 눈은 더 오지 않았다. 가스파르 노인은 간혹 이 얼어붙은 산꼭대기로 위험을 무릅쓰고 찾아드는 새나 독수리를 잡을 기회를 노리며 오후를 보냈고, 울리히는 매일같이 젬미 고개로 가서 마을을 바라보았다. 그리고 그들은 카드놀이, 주사위 놀이, 도미노 놀이를 했다. 재미를 더하기 위해 작은 물건들을 걸기도 했다.

어느 날 아침, 먼저 일어난 아리가 울리히를 불렀다. 가볍지만 거대한 구름이 하얀 거품을 뿜어내며 움직여 머리 위로, 주변으로 소리 없이 몰려들더니 두텁고 둔한 거품 이불이 되어 그들을 뒤덮었다. 이런 날씨가 나흘 밤낮 동안 계속되었다. 그들은 문과 창문을 가로막은 눈을 치워야 했다. 열두 시간 내내 얼어붙어 화강암 퇴석보다 더 단단해진 얼음 가루 위로 올라가기 위해 길을 파고 계단도 만들어야 했다.

그리고 집 밖으로 거의 나가지 않은 채 죄수처럼 갇혀 지냈다. 그들은 규칙적으로 해야 하는 일들을 분담했다. 울리히 쿤지는 청소와 빨래처럼 청결과 관련된 모든 일을 맡았다. 장작을 패는 것도 그의 일이었다. 반면 가스파르 아리는 요리를 하고 불이 꺼지지 않도록 관리했다. 규칙적이고 단조로운 일을 하는 사이사이에 카드나 주사위 놀이를 오랫동안 했다. 두 사람 다 차분하고 온화한 성격이어서 결코 싸우는 일이 없었다. 초조해하거나 신경질을 내거나 가시 돋친 말을 하는 적도 없었다. 두 사람은 산꼭대기에서 겨울을 나기 위해 체념하는 법을 충분히 터득하고 있었다.

이따금 가스파르 노인은 총을 들고 산양을 잡으러 갔다. 때때로 그가 영양을 잡아 올 때면 슈바렌바흐 산장에서는 잔치가 벌어졌다. 신선한 고기의 향연이 펼쳐지는 날이었다.

어느 날 아침, 가스파르 노인은 여느 때처럼 사냥을 나갔다. 밖에 걸린 온도계는 영하 18도를 가리키고 있었다. 해가 아직 뜨지 않았으니 빌트슈트루벨 근처에서 짐승을 잡을 수 있으리라 기대했다.

혼자 남은 울리히는 10시까지 누워 있었다. 천성적인 잠꾸러기였지만 늘 활발하고 아침잠이 없는 늙은 안내인과 있을 때는 감히 자기의 천성을 마음껏 따르지 못했었다.

그는 밤낮으로 불 앞에서 잠만 자는 샘과 함께 천천히 점심을 먹었다. 그러고 나니 혼자 있다는 사실이 서글프고 무섭게까지 느껴졌다. 끊을 수 없는 습관처럼 날마다 하는 카드놀이가 못 견디게 그리웠다.

결국 그는 4시에는 돌아오기로 한 동료를 마중하러 밖으로 나갔다.

깊은 골짜기가 온통 눈 때문에 평평해져 있었다. 크레바스는 메워졌고 두 호수도 사라졌으며 바위들도 눈에 가려 보이지 않았다. 거대한 산봉우리들 사이에서 반듯한 모양의 커다랗고 하얀 얼음통이 눈부시게 빛나고 있을 뿐이었다.

3주 전부터 울리히는 마을이 보이던 심연 근처에 가지 못했다. 문득 빌트슈트루벨로 가기 전에 그곳에 가보고 싶었다. 이제는 로에슈도 눈에 잠겼고 집들도 하얀 망토 밑에 파묻혀 더 이상 알아볼 수 없었다.

그는 오른쪽으로 돌아 뢰메른 빙하로 향했다. 끝에 쇠붙이가 달린 지팡이로 돌덩이만큼 단단한 눈을 두드리며 산사람답게 성큼성큼 걸어갔다. 그리고 예리한 눈으로는 거대한 보자기 같은 설원 위에서 작고 검은 점이 움직이고 있지 않은지 살폈다.

빙하 끝에 이르러 그는 걸음을 멈추고 노인이 정말 이 길로 왔을지 생각해 보았다. 그리고 더 빠르고 불안한 걸음으로 빙퇴석을 따라가기 시작했다.

날이 저물고 있었다. 눈밭은 붉게 물들었고 갑자기 살을 에는 듯한 건조한 바람이 수정 같은 표면을 휩쓸고 지나갔다. 울리히는 날카롭고 길게 울려 퍼지는 목소리로 노인을 소리쳐 불렀다. 목소리는 산들이 잠든 죽음 같은 적막 속으로 날아갔다. 바다 위로 새의 울음소리가 퍼지듯 그의 목소리는 얼음 거품의 움직이지 않는 깊은 파도 위로 멀리 퍼져나갔다. 그런 다음 목소리는 사라졌고 아무 대답도 들리지 않았다.

다시 걷기 시작했다. 해는 산봉우리 뒤로 완전히 넘어갔다. 봉우리에는 하늘의 반사광으로 아직 붉은 기운이 남아 있었지만 깊숙한 골짜기는 이미 잿빛이었다. 청년은 덜컥 겁이 났다. 겨울 산의 죽음과 침묵과 추위와 고독이 몸속으로 파고들어 피를 얼려 멈추게 하고 사지를 경직시켜 꼼짝없이 얼어붙게 만드는 것 같았다. 그는 집을 향해 도망치듯 달리기 시작했다. 자신이 집을 비운 사이 노인이 돌아와 있을 거라고 생각했다. 아마 노인은 다른 길로 갔을 것이다. 지금쯤은 죽은 영양 한 마리를 발밑에 두고 불 앞에 앉아 있을 것이다.

곧 산장이 보였다. 그런데 연기가 피어오르지 않았다. 울리히는 더 빨리 달려 문을 열었다. 샘이 그를 반기며 달려들었지만 가스파르 아리는 돌아오지 않았다.

질겁한 쿤지는 마치 구석에 숨어 있는 동료를 찾아내기라도 하려는 듯 그 자리에서 한 바퀴 돌았다. 그런 다음 노인이 돌아오기를 바라면서 불을 피우고 수프를 만들었다.

이따금 그는 노인이 오는지 보려고 밖으로 나갔다. 이제는 밤이었다.

산속의 희끄무레한 밤, 희미한 밤, 저 멀리 산봉우리 너머로 금방이라도 떨어질 듯한 가늘고 노란 초승달이 밝혀 주는 창백한 밤이었다.

청년은 다시 집으로 들어가 앉아 손발을 녹이면서 일어날 수 있는 여러 가지 사고를 생각했다.

가스파르는 다리가 부러졌거나 구덩이에 빠졌거나 아니면 발을 헛디뎌 발목이 삐었을 수도 있다. 그래서 눈 속에 누워 추위로 마비된 채 비탄에 빠져 어찌할 바를 몰라 하고 있을 것이다. 어쩌면 밤의 적막 속에서 온 힘을 다해 도와 달라고 목청껏 소리치고 있을지도 모른다.

하지만 어디서? 근처의 산들은 너무도 넓고 거칠고 특히 이 계절에는 너무 위험하다. 이 광대한 곳에서 사람을 찾으려면 열 명에서 스무 명의 안내인이 일주일 내내 사방팔방으로 돌아다녀야 할 것이다.

그래도 울리히 쿤지는 가스파르 아리가 밤 12시에서 새벽 1시 사이에 돌아오지 않는다면 샘과 함께 나가 보기로 결심했다.

그는 준비를 했다.

배낭에 이틀 치 식량을 넣고 쇠갈고리를 챙기고 가늘고 튼튼한 밧줄을 허리에 길게 두른 다음, 쇠붙이가 달린 지팡이와 얼음 속에서 계단을 만드는 데 사용할 도끼의 상태를 점검했다. 그리고 기다렸다. 벽난로에서 불이 활활 타고 있었고 커다란 개는 불빛을 받으며 깊이 잠들어 있었다. 소리가 잘 울리는 나무 상자 안에서 괘종시계가 심장 박동처럼 규칙적으로 째깍거렸다.

울리히는 멀리서 나는 소리에 귀를 곤두세우고 기다렸다. 가벼운 바람이 지붕과 담벼락을 스칠 때면 소스라치게 놀랐다.

시계가 밤 12시를 치자 흠칫 소름이 돋았다. 떨리고 겁이 난 그는 길을 나서기 전에 뜨거운 커피를 마시려고 불 위에 물을 올렸다.

시계가 1시를 치자 자리에서 일어나 샘을 깨운 다음 문을 열고 나와 빌트슈트루벨 쪽으로 향했다. 그는 쇠갈고리를 이용해 바위를 기어오르고 얼음을 깨면서 다섯 시간 동안 산을 올랐다. 이따금 경사가 너무 가파를 때는 밑에 남아 있는 개를 밧줄에 매어 끌어 올리면서 계속 전진했다. 6시쯤, 울리히는 가스파르 노인이 종종 영양을 사냥하러 가던 산봉우리에 당도했다.

그리고 해가 뜨기를 기다렸다.

머리 위로 하늘이 희미해지더니 갑자기 어디서 나타났는지 모를 이상한 빛이 사방 백 리에 걸쳐 대양처럼 펼쳐진 창백한 산봉우리들을 비추었다. 그 희미한 빛은 마치 눈 속에서 저절로 생겨나 공중으로 퍼져나간 것 같았다. 차츰차츰 멀리 있는 최고봉들이 온통 살색 같은 부드러운 분홍빛이 되더니, 붉은 해가 베른 지방 알프스의 육중한 거인들 뒤에서 나타났다.

울리히 쿤지는 다시 걷기 시작했다. 그는 사냥꾼처럼 몸을 굽히고 흔적을 살피면서 걸어갔다. 그리고 개에게 말했다. "찾아, 잘 찾아봐."

그는 산을 내려가면서 깊은 구렁을 샅샅이 살피고 이따금 길게 소리쳐 보기도 했다. 그러나 그 소리는 광활한 무언의 공간 속에서 곧장 사라져 버렸다. 귀를 땅에 대보기도 했다. 그러다 사람의 목소리가 들리는 것 같아 그쪽으로 달려가 다시 불러 보면 아무 소리도 들리지 않았다. 그럴 때면 지치고 절망하여 주저앉곤 했다. 12시쯤 그는 점심을 먹었고 자신만큼 지쳐 있는 샘에게도 먹을 것을 주었다. 그리고 다시 수색을 시작했다.

저녁이 되었을 때도 그는 여전히 걷고 있었다. 이미 50킬로미터의 산길을 지나온 터였다. 집으로 돌아가기에는 너무 멀리 왔고 더 나아가기에도 너무 지쳐서 그는 눈 속에 구덩이를 파 가져온 이불을 덮고 개와 함께 구덩이 속에 웅크렸다. 사람과 짐승이 서로 몸을 맞대고 누워서 서로의 체온을 나누었지만 뼛속까지 얼어붙는 것 같았다.

울리히는 잠을 거의 자지 못했다. 온갖 환영에 시달렸고 사지가 부들부들 떨렸다.

동이 틀 무렵 일어났다. 다리가 쇠막대기처럼 뻣뻣했고 두려움 때문에 소리라도 지르고 싶을 만큼 마음이 약해졌다. 무슨 소리가 들리기라도 하면 흥분해서 쓰러질 듯 심장이 벌렁거렸다.

불현듯 자기 역시 이 고독 속에서 얼어 죽게 될 거라는 생각이 들었다. 그러자 죽음에 대한 격한 공포가 그의 힘을 부추기고 기운을 차리게 했다.

그는 넘어지고 일어나기를 거듭하면서 산장을 향해 내려갔다. 샘은 세 발로 절뚝거리느라 멀리 뒤처져 따라오고 있었다.

그들은 오후 4시가 되어서야 슈바렌바흐 산장에 도착했다. 집은 비어 있었다. 청년은 불을 피우고 식사를 한 후 잠들었다. 완전히 얼이 빠져서 더 이상 아무 생각도 할 수 없었던 것이다.

그는 오랫동안, 아주 오랫동안 죽은 듯이 잠을 잤다. 그런데 갑자기 어떤 목소리가, 고함이, "울리히." 하고 부르는 소리가 들렸다. 울리히는 깊은 무감각 상태에서 깨어나 벌떡 일어섰다. 꿈을 꾼 것이었을까? 불안한 사람들의 꿈에 나타나는 이상한 부르짖음이었을까? 아니다. 그에게는 아직도 들리는 것 같았다. 그 고함은 귓속으로 들어와 떨리는 손가락 끝에 이르기까지 온몸에 남아 진동하고 있었다. 분명히 누군가 소리쳐 "울리히!"라고 불렀다. 누군가 집 근처에 있었다. 의심할 여지가 없었다. 그는 문을 열고 목청을 다해 소리쳤다. "가스파르 아저씨세요?"

아무 대답이 없었다. 어떤 소리도, 어떤 중얼거림도, 어떤 신음도, 아무것도 없었다. 한밤중이었다. 흰 눈이 희미하게 보였다.

바람이 일었다. 돌을 깨뜨리는 바람, 버려진 이 높은 곳에 살아 있는 것이라고는 아무것도 남겨 두지 않는 차디찬 바람이었다. 그것은 사막의 뜨거운 바람보다 더 메마르고 치명적인 숨결을 불쑥 내뿜으며 지나갔다. 울리히는 다시 소리를 질렀다. "가스파르! 가스파르! 가스파르!"

그리고 기다렸다. 산 위의 모든 것이 적막했다! 그러자 공포감이 그를 뼛속까지 흔들었다. 그는 산장 안으로 껑충 뛰어들어 가서 문을 닫고 빗장을 지른 후 벌벌 떨며 의자 위에 쓰러졌다. 가스파르가 숨을 거두는 순간에 그를 부른 것이 틀림없었다.

그는 그렇게 확신했다. 자신이 살아 있다는 사실 혹은 빵을 먹는다는 사실처럼 확신했다. 가스파르 아리는 이틀 낮 사흘 밤을 어느 구덩이 안에서, 지하의 어둠보다 더 무시무시한 순백의 깊은 계곡 안에서 죽어 가고 있었던 것이다. 그렇게 이틀 낮 사흘 밤 동안 죽음의 고통에 시달리다가 방금 전 동료를 생각하며 숨을 거둔 것이다. 그리고 이제 막 자유로워진 영혼이 울리히가 잠자는 산장으로 날아와 죽은 자의 영혼이 지닌 능력, 살아 있는 사람에게 파고드는 신비롭고 무서운 능력으로 울리히를 부른 것이다. 목소리 없는 영혼은 잠자는 사람의 지친 영혼 안에서 소리쳤다. 마지막 작별 인사, 혹은 충분히 찾지 않은 사람에 대한 비난이나 저주였다.

울리히는 그 영혼이 저기, 아주 가까이에, 벽 뒤에, 자신이 방금 닫은 문 뒤에 있음을 느꼈다. 영혼은 불 켜진 창으로 날아와 깃털을 스치는 야행성 새처럼 배회하고 있었다. 넋이 나간 청년은 공포에 사로잡혀 비명을 지를 뻔했다. 도망치고 싶었지만 밖으로 나갈 엄두가 나지 않았다.

감히 그럴 수 없었고 앞으로도 그럴 수 없을 것이다. 늙은 안내인의 시체를 찾아 묘지의 축복받은 땅에 묻어 주지 않는 한 유령이 밤이고 낮이고 거기, 산장 주위에 남아 있을 터였기 때문이다.

날이 밝고 다시 태양이 빛나자 쿤지는 자신감을 약간 되찾았다. 그는 식사를 준비하고 개에게 수프를 만들어 준 후, 눈 위에 누워 있을 노인을 생각하며 괴로운 마음으로 꼼짝 않고 의자에 앉아 있었다.

그런데 어둠이 다시 산을 뒤덮자 새로운 공포가 엄습했다. 그는 이제 촛불 하나가 겨우 밝히는 어두운 부엌을 서성이고 있었다. 부엌 한쪽 끝에서 다른 쪽 끝까지 성큼성큼 걸어 다니며 전날 밤의 무서운 외침이 또다시 바깥의 적막한 정적을 가로지르는 건 아닌지 귀를 기울였다. 외로웠고 스스로가 가엾게 느껴졌다. 어느 누구도 그처럼 외로웠던 적은 없었다! 울리히 쿤지는 이 광대한 눈의 사막에 혼자 있었다. 사람들이 사는 땅, 사람들의 집, 분주하게 움직이고 소란스럽게 요동치는 삶으로부터 2천 미터 떨어진 높은 곳에 혼자 있었다. 얼어붙은 하늘에 혼자 있는 것이었다! 그는 어디로든, 어떻게든 도망치고 싶어 미칠 지경이었다. 심연으로 몸을 던져서라도 로에슈로 내려가고 싶었다. 그러나 감히 문조차 열 수 없었다. 죽은 사람이 이 높은 곳에 혼자 남고 싶지 않아서 길을 가로막을 것이라 확신했다.

자정 무렵, 걷느라 지치고 불안과 두려움에 짓눌린 그는 마침내 의자 위에 앉은 채로 잠이 들었다. 귀신 들린 장소가 두렵듯 침대가 두려웠다.

갑자기 전날 저녁에 들었던 날카로운 소리가 귀를 찢었다. 어찌나 날카롭던지 울리히는 유령을 쫓으려고 팔을 뻗다가 의자와 함께 뒤로 넘어졌다.

그 소리에 잠에서 깬 샘이 놀라서 짖기 시작했다. 그리고 위험이 어디서 오는지 찾아내려고 집 안을 빙 돌았다. 문 가까이에 이르자 샘은 털을 곤두세우고 꼬리를 치켜든 채 문 밑에 코를 대고 킁킁거렸다. 그러면서 세차게 숨을 몰아쉬고 냄새를 맡으며 으르렁거렸다.

얼이 빠진 쿤지는 일어나 의자 다리를 붙잡고 외쳤다. "들어오지 마, 들어오지 마, 들어오면 죽여 버릴 거야." 이런 위협에 흥분한 개는 주인의 목소리가 맞서고 있는 보이지 않는 적을 향해 사납게 짖어댔다.

샘은 차츰 안정을 되찾고 난롯가로 돌아가 누웠다. 그러나 여전히 불안해하며 머리를 쳐들었고 눈을 번득이며 송곳니 사이로 으르렁거렸다.

울리히도 다시 정신을 차렸지만 두려움에 금방이라도 실신할 것 같아 찬장에서 브랜디 한 병을 꺼내 여러 잔을 연거푸 마셨다. 정신이 흐릿해지면서 용기가 났다. 혈관 속으로 불같은 열기가 스며들었다.

그는 다음 날 거의 아무것도 먹지 않고 술만 마셨다. 며칠 동안 계속 짐승처럼 술에 취해 살았다. 가스파르 아리 생각이 다시 떠오를 것 같으면 만취해서 바닥에 쓰러질 때까지 술을 마시기 시작했다. 그리고 고주망태가 되어 사지를 축 늘어뜨린 채 이마를 바닥에 대고 엎드려 코를 골았다. 그러나 정신을 빼놓는 뜨거운 술기운이 사라지자마자 언제나 "울리히!"라는 똑같은 외침이 두개골을 관통하는 총알처럼 그를 깨웠다. 그러면 여전히 비틀거리며 일어나서 넘어지지 않으려고 손을 뻗으면서 샘에게 도움을 청했다. 주인과 마찬가지로 미쳐 버린 듯한 개는 달려가 문을 발톱으로 긁고 길고 하얀 이빨로 갉아댔다. 그러는 동안 청년은 한바탕 달음질을 한 다음 시원한 물을 마시듯 고개를 뒤로 젖히고 얼굴을 하늘로 향한 채 브랜디를 벌컥벌컥 들이켰다. 그의 생각과 기억을, 미칠 듯한 공포를 브랜디가 곧 다시 잠재워 줄 테니까.

3주 만에 울리히는 저장해 놓은 술을 죄다 마셔 버렸다. 그러나 계속

된 취기는 그의 공포를 잠시 잠들게 했을 뿐, 억누를 수 없게 되자마자 더 격렬한 공포가 되어 다시 깨어났다. 그러자 한 달간의 취기로 더욱 고조되고 절대적인 고독 속에서 계속 커져 버린 강박 관념은 나사못처럼 마음속에 박혀 버렸다. 이제 그는 우리에 갇힌 짐승처럼 집 안을 걸어 다니며 그자가 있는지 기척을 들어 보려고 문에 귀를 갖다 대기도 하고 벽 너머로 그자와 맞서 싸우기도 했다.

그러다가 피로에 지쳐 잠이 들면 곧바로 그 목소리가 들리는 바람에 깜짝 놀라 벌떡 일어나곤 했다.

마침내 어느 날 밤, 막다른 골목에 몰린 겁쟁이처럼 그는 달려가 문을 열었다. 자신을 부른 자를 만나 입을 다물게 만들 생각이었다.

얼굴 가득 찬바람을 맞자 뼛속까지 얼어붙는 것 같았다. 그는 샘이 밖으로 달려 나간 것도 모른 채 문을 다시 닫고 빗장을 질렀다. 그리고 떨리는 몸으로 난로에 장작을 던져 넣고 몸을 녹이기 위해 그 앞에 앉았다. 그러다 갑자기 소스라치게 놀랐다. 누군가 벽을 긁으며 울고 있었던 것이다.

울리히는 미친 듯이 소리쳤다. "꺼져." 길고 고통스러운 신음이 대꾸했다.

그러자 남아 있던 이성이 공포에 휩쓸려 모두 사라져 버렸다. 그는 숨을 구석을 찾느라 뱅뱅 돌면서 "꺼져."라는 말만 되풀이했다. 상대방은 계속 울부짖으며 벽에 몸을 비비고 집을 따라 움직였다. 울리히는 그릇과 식량이 가득 들어 있는 떡갈나무 찬장으로 뛰어가 초인적인 힘으로 찬장을 들어 올린 다음 문까지 끌고 와서 앞을 가로막았다. 그리고 마치 적에게 포위되기라도 한 것처럼 매트리스, 짚을 넣은 깔개, 의자 등 남아 있는 모든 가구를 차곡차곡 쌓아서 창문을 막았다.

그러나 바깥에 있는 자는 이제 음산한 소리를 더 크게 내고 있었다. 청년도 비슷한 신음으로 대꾸하기 시작했다.

그들은 서로에게 끊임없이 으르렁거리면서 며칠 밤낮을 보냈다. 한쪽은 계속 집 주위를 돌면서 마치 부수기라도 하려는 듯 있는 힘을 다해 발톱으로 벽을 후벼 팠고, 집 안에 있는 다른 한쪽은 몸을 구부리고 귀를 돌벽에 갖다 댄 채 상대방의 모든 움직임을 따라다녔다. 그리고 상대방의 모든 부름에 무시무시한 고함으로 응수했다.

어느 날 저녁, 울리히의 귀에 더 이상 아무 소리도 들리지 않았다. 그는 너무나 피로에 지쳐서 앉자마자 곧 잠들어 버렸다.

그렇게 짓눌려 잠을 자는 동안 머리가 완전히 비어 버리기라도 했는지 아무런 기억도, 생각도 없이 잠에서 깨어났다. 그는 배가 고팠고 음식을 먹었다.

겨울이 끝났다. 젬미 고개의 통행이 가능해져서 오제 가족은 산장으로 돌아가려고 길을 나섰다.

오르막길 꼭대기에 이르자 여자들은 노새에 올라탔다. 그리고 조금 후에 만나게 될 두 사람에 대해 이야기했다.

그녀들은 길이 뚫리자마자 그들 중 한 사람이 자신들의 기나긴 겨우살이 소식을 전하러 며칠 더 일찍 내려오지 않은 것을 의아해했다.

드디어 산장이 보였다. 산장은 아직도 눈으로 잔뜩 덮여 있었고 문과 창문은 닫혀 있었다. 지붕에서 약간의 연기가 새어 나오는 모습을 보고 오제 씨는 안심했다. 그러나 가까이 다가가자 문턱에 독수리가 파먹은 동물의 뼈대가 눈에 띄었다. 커다란 뼈대는 모로 누워 있었다.

모두들 그것을 살폈고 부인이 말했다. "샘인 것 같은데." 그런 다음 그녀는 "이봐요, 가스파르." 하고 불렀다. 안에서 짐승 소리 같은 날카로운 외침이 응답했다. 오제 씨가 다시 불러 보았다. "이봐, 가스파르." 조금 전과 비슷한 소리가 다시 들렸다.

그러자 세 남자, 아버지와 두 아들이 문을 열려고 했다. 하지만 열리지 않았다. 그들은 성문을 부수던 옛 병기를 닮은 기다란 들보를 빈 외양간에서 꺼내다가 있는 힘껏 내던졌다. 나무가 와지끈 소리를 내며 쪼개지고 판자 조각이 공중에 날아다녔다. 이어서 어마어마한 굉음이 산장을 뒤흔들었다. 쓰러진 찬장 뒤로 한 남자가 집 안에 서 있는 것이 보였다. 머리카락은 어깨까지, 수염은 가슴까지 내려와 있었고 눈에서는 광채가 번득였으며 몸에는 누더기 천 조각을 걸치고 있었다.

모두들 누구인지 알아보지 못했지만 잠시 후 루이즈 오제가 소리쳤다. "울리히야, 엄마." 곧이어 오제 부인도 머리카락이 하얗게 세긴 했지만 울리히가 맞다고 인정했다.

울리히는 그들이 다가와 자기 몸에 손을 대도록 내버려두었다. 하지만 사람들이 던지는 질문에는 아무 대답도 하지 않았다. 결국 그를 로에슈로 데려갈 수밖에 없었다. 의사들은 그가 미쳤다고 진단했다.

그의 동료가 어떻게 되었는지는 아무도 알 수 없었다.

그해 여름, 딸 오제는 심신 쇠약으로 죽을 뻔했는데 사람들은 산의 추위 때문에 생긴 병이라고들 했다.

 유령

« Peignez-moi, oh ! peignez-moi; cela me guérira ;
il faut qu'on me peigne. »
"머리를 빗겨 주세요. 아! 머리를 빗겨 주시면 저는 나을 거예요.
누가 제 머리를 빗겨 줘야 해요."

　최근에 있었던 소송에 대해 이야기를 하다가 감금이라는 주제가 화제에 올랐다. 그르넬 거리의 오래된 저택에서 가까운 사람들의 저녁 모임이 끝나 갈 무렵이었다. 모두들 할 이야기가 있었고 자신의 이야기는 진짜라고 단언했다.

　그때 82세의 투르사뮈엘 후작이 일어서더니 벽난로에 몸을 기댔다. 그는 약간 떨리는 목소리로 말했다.

　나도 이상한 일을 하나 알고 있습니다. 너무도 이상해서 내 평생 머릿속에서 떠나지 않았지요. 사건이 일어난 지 이제 56년이 지났는데 그 일이 꿈에 나타나지 않은 적이 단 한 달도 되지 않습니다. 그날의 일로 내게 어떤 표시가, 두려움의 흔적이 남게 된 겁니다. 이해하시겠어요? 그래요. 난 10분 동안 끔찍한 공포를 경험했습니다. 얼마나 끔찍했던지 그 시간 이후로 내 영혼에 지속적인 공포 같은 것이 남게 된 것이지요. 예상치 못한 소리가 들리면 심장까지 벌벌 떨리고 한밤의 어둠 속에서 잘 분간할 수 없는 뭔가가 있으면 미친 듯이 도망가고 싶어집니다. 말하자면 나는 밤이 무서워요.

아! 이 나이까지 먹지 않았다면 고백조차 하지 못했을 겁니다. 이제는 모두 말할 수 있어요. 여든둘이라는 나이는 가상의 위험 앞에서 용감하지 않아도 되니까요. 하지만 숙녀 여러분, 진짜 위험 앞에서는 나는 결코 물러선 적이 없답니다.

이 이야기는 제 마음에 엄청난 충격을 주었고, 너무도 깊고 이해할 수 없고 무서운 혼란을 불러와 감히 단 한 번도 말할 수 없었어요. 그저 내 마음 깊숙한 곳에 간직할 뿐이었죠. 우리가 살아가면서 갖게 마련인 고백할 수 없는 모든 결점들, 고통스러운 비밀과 수치스러운 비밀을 감춰 두는 깊은 곳에 말입니다.

굳이 설명하려고 애쓰지 않고 사건을 있는 그대로 여러분께 말씀드리겠습니다. 내가 그때 미쳤던 것이 아니라면 분명히 설명이 가능한 사건이거든요. 물론 나는 미쳐 있지 않았어요. 그 증거를 보여 드리지요. 여러분의 상상에 맡깁니다. 지극히 간단한 사건의 전말은 이렇습니다.

1827년 7월이었어요. 루앙에 주둔하고 있었지요.

어느 날 강둑에서 산책을 하다가 어떤 남자를 만났는데 정확히 기억나지는 않았지만 아는 사람인 것 같았어요. 나는 본능적으로 멈춰 서려는 동작을 취했지요. 상대방은 그 동작을 알아차리고 나를 쳐다보더니 내 품으로 뛰어들었어요.

많이 좋아했던 젊은 시절 친구였습니다. 5년 동안 친구를 보지 못했는데 그사이 50년은 늙은 것 같았어요. 머리는 완전히 백발이었고 지친 듯 구부정하게 걸었어요. 그는 내가 놀라는 것을 보더니 자신이 살아온 삶을 이야기해 주었습니다. 끔찍한 불행이 친구의 삶을 산산이 부수었더군요.

어떤 아가씨를 미치도록 사랑하게 된 그는 행복에 취해 그 여자와 결혼했습니다. 천상의 행복과 식을 줄 모르는 열정으로 1년을 보낸 후, 그의 아내는 갑자기 심장병으로 죽었어요. 아마 사랑이 그녀를 죽였을 거예요.

그는 바로 장례식 날 자신의 성을 떠나 루앙의 집으로 돌아온 것이었어요. 친구는 절망에 빠져 고통과 고독에 시달리며 살고 있었는데 너무나 비참해서 자살만 생각하고 있었답니다.

그가 말했습니다.

"이렇게 다시 만났으니, 부탁 하나만 할게. 우리 집에 가서 내 방, 아니 우리 방에 있는 책상에서 서류를 좀 갖다 주면 좋겠어. 급히 필요한 서류야. 하인이나 직업적으로 얽힌 사람한테는 이 일을 맡길 수가 없어. 신중해야 하고 반드시 침묵해야 할 일이거든. 나는 말이야, 절대로 그 집에 돌아가지 않을 거야.

떠나면서 내 손으로 직접 잠가 놓은 방 열쇠와 책상 열쇠를 네게 줄게. 내 쪽지를 정원사에게 건네면 성문을 열어 줄 거야. 내일 점심 먹으러 와. 그 일에 대해서 얘기하자."

나는 가벼운 그 부탁을 들어주겠다고 약속했습니다. 게다가 그의 성지는 루앙에서 20킬로미터쯤 떨어진 곳에 있었으니 한낱 산책이었지요. 말을 타고 가면 한 시간 걸리는 거리였으니까요.

　다음 날 10시에 나는 친구의 집에 갔습니다. 우리는 얼굴을 맞대고 점심을 먹었는데 그는 말을 별로 안 했습니다. 친구가 양해를 구하더군요. 자신의 행복이 서려 있는 그 방을 방문한다고 생각하니 마음의 갈피를 잡을 수가 없다고 말했습니다. 사실 내가 보기에도 그는 이상하게 흥분해 있었고 다른 데 정신이 팔려 있었어요. 마치 마음속에서 뭔가 비밀스러운 싸움이 벌어지고 있는 것 같았습니다.

　마침내 친구는 내가 해야 할 일이 무엇인지 정확하게 설명해 주었습니다. 아주 간단했어요. 내가 열쇠를 가지고 있는 책상의 오른쪽 첫 번째 서랍에서 서류 뭉치 하나와 편지를 묶은 꾸러미 두 개를 꺼내 오는 것이었지요. 그는 이렇게 덧붙였습니다.

　"열어 보지 말라는 부탁을 할 필요는 없겠지."

　나는 그 말에 기분이 상해서 약간 격한 말투로 대꾸했습니다. 그가 중얼거리더군요.

　"용서해 줘. 내가 너무 괴로워서 그래."

　그리고 울기 시작했습니다.

　나는 임무를 완수하기 위해 1시쯤 친구와 헤어졌습니다.

　날씨는 화창했고 종달새의 노랫소리와 내 장화에 검이 스치는 규칙적인 소리를 들으며 나는 초원을 가로질러 빠른 속도로 달렸습니다.

　그리고 숲에 들어서자 말의 속도를 늦추었습니다. 나뭇가지들이 내 얼굴을 어루만졌습니다. 이유는 알 수 없지만 다시는 느낄 수 없을 듯한 강렬한 행복과 열광적인 힘으로 우리 마음을 가득 채우는 삶의 기쁨을 느끼며, 이따금 나는 이로 나뭇잎을 뜯어서 열심히 씹었습니다.

성에 가까이 가서 나는 정원사에게 줄 편지를 주머니에서 찾았습니다. 그리고 편지가 밀봉되어 있다는 걸 알고 깜짝 놀랐습니다. 너무 놀라고 화가 나서 맡은 일을 이행하지도 않고 그냥 돌아올 뻔했어요. 하지만 그렇게 하면 과민 반응하는 악취미를 드러내는 것일 뿐이라고 생각했지요. 게다가 내 친구는 혼란스러운 상태였으니 별생각 없이 편지를 밀봉했을 수도 있었어요.

성은 20년 전부터 버려져 있던 것 같은 모양새였습니다. 열린 울타리는 다 썩어서 서 있는 게 신기할 정도였어요. 통로는 풀로 뒤덮여 있었고 잔디밭과 화단은 더 이상 분간도 안 되었지요.

내가 발로 덧문을 차는 소리에 옆문에서 한 노인이 나왔습니다. 나를 보고 몹시 놀라는 것 같았어요. 나는 말에서 땅으로 펄쩍 뛰어내려 편지를 건넸지요. 그는 편지를 읽고 또 읽고 한번 뒤집어 보더니 슬며시 나를 쳐다보고 편지를 주머니에 집어넣으며 말했습니다.

"자! 그래서 원하는 게 뭡니까?"

나는 퉁명스럽게 대답했습니다.

"편지 안에 당신 주인의 지시가 있었을 테니 알 거 아니오? 이 성에 들어가려고 하오."

노인은 깜짝 놀라는 것 같았어요. 그가 말했습니다.

"그러니까 그…… 그 방에 들어가시겠다고요?"

나는 짜증이 나기 시작했습니다.

"젠장! 혹시 나를 심문이라도 하려는 것이오?"

그가 더듬거리며 말했습니다.

"아닙니다……. 그런데 그게…… 그 후로는…… 돌아가신 후로는 그

방을 열어 보지 않았거든요. 5분만 기다려 주신다면 제가 가서…… 가서 보고…….”

나는 화가 나서 그의 말을 가로막았습니다.

“아! 이봐요, 날 놀리는 거요? 당신은 그 방에 들어갈 수 없어요. 열쇠가 여기 있으니까.”

노인은 더 이상 무슨 말을 해야 할지 모르는 것 같더군요.

“그러면 제가 길을 안내해 드리겠습니다.”

“계단을 알려주시오. 그러면 나 혼자 가겠소. 당신 없이도 길을 찾을 수 있을 거요.”

“하지만…… 나리…… 그래도…….”

이번에는 완전히 화가 치밀었습니다.

“이제 입 좀 다무시오, 알겠소? 아니면 가만두지 않겠소.”

나는 거칠게 그를 밀치고 집 안으로 들어갔습니다.

먼저 부엌을 지나고 이어서 그 노인이 부인과 함께 사는 작은 방 두 개를 지나갔습니다. 그다음에는 커다란 현관을 넘어 계단을 올라갔지요. 친구가 알려 준 문이 보였습니다.

나는 어렵지 않게 문을 열고 들어갔어요.

방이 너무 어두워서 처음에는 아무것도 분간할 수 없었습니다. 사용하지 않는 방, 사람이 살지 않는 버려진 방에서 나는 역겨운 곰팡내를 맡고 멈춰 섰지요. 그리고 차츰차츰 눈이 어둠에 익숙해지자 무질서하고 커다란 방의 모습이 분명하게 보였습니다. 침대에 시트는 없었지만 매트리스와 베개가 있었는데 그 베개들 중 하나에 마치 방금 전까지 누가 거기에 있었던 것처럼 머리 자국 혹은 팔꿈치 자국 같은 것이 깊이 나 있었습니다.

의지들은 이수선하게 흩어져 있는 것 같았어요. 아마도 옷장 분인 듯한 문 하나가 반쯤 열려 있는 것이 눈에 띄었습니다.

나는 우선 빛을 들일 생각에 창가로 다가가 창문을 열어 보려 했습니다. 그러나 덧문에 달린 철제 부품들이 너무 녹이 슬어서 열 수가 없었습니다.

검으로 부수려고도 해보았지만 잘 되지 않았어요. 이런 헛수고에 화가 나기도 했고 또 마침내 눈이 완전히 어둠에 익숙해졌기 때문에 더 밝게 보려는 희망을 버리고 책상으로 갔습니다.

안락의자에 앉아서 책상용 선반을 내리고 친구가 말한 서랍을 열었어요. 서랍은 빽빽하게 차 있었습니다. 필요한 것은 꾸러미 세 개뿐이었어요. 어떻게 알아볼 수 있는지는 알고 있었으니 곧장 찾기 시작했지요.

봉투에 적힌 주소를 읽으려고 눈을 크게 뜨고 있는데 뒤에서 무슨 소리가 들렸어요. 아니, 뭔가 스치는 것이 느껴졌습니다. 바람에 천이 펄럭였나 보다 생각하고 신경 쓰지 않았습니다. 그런데 잠시 후 또 다른 움직임이 어렴풋이 느껴지자 기이하고 불쾌한 전율이 피부를 스치고 지나갔습니다. 아주 조금이라도 마음이 동요된다면 너무 어리석은 일인지라 스스로를 수치스럽게 여기며 뒤를 돌아보지 않으려 했습니다.

그런데 두 번째 묶음을 찾아내고 막 세 번째 묶음을 발견했을 때였어요. 어깨 너머로 들리는 고통스럽고 깊은 한숨 소리에 놀라 나는 미친 사람처럼 한 2미터쯤을 펄쩍 뛰었습니다. 그리고 손으로 칼자루를 움켜쥔 채 뒤를 돌아보았죠. 만약 옆구리에 검이 없었다면 분명히 겁쟁이처럼 도망쳤을 거예요.

키가 큰 여자가 하얀 옷을 입고 방금 전 내가 앉아 있던 안락의자 뒤에 서서 나를 쳐다보고 있었습니다.

어찌나 사지가 떨리던지 뒤로 나자빠질 뻔했어요. 아! 직접 느껴 보지 않는 한 그 무시무시하고 어처구니없는 공포를 아무도 이해할 수 없을 겁니다. 영혼이 녹아 버리고 심장 박동이 느껴지지 않죠. 몸 전체가 스펀지처럼 물렁물렁해지는 게, 오장육부가 다 무너져 내리는 것 같아요.

나는 유령을 믿지 않습니다. 그런데요! 죽은 자들에 대한 끔찍한 두려움으로 나는 완전히 넋이 나가 버렸어요. 고통스러웠습니다. 오! 불가사의한 공포가 불러오는 억제할 수 없는 불안 속에서, 나는 그 짧은 순간 동안 내 평생 느낀 고통보다 더 큰 고통을 느꼈어요.

그 여자가 말을 하지 않았다면 아마 나는 죽었을 겁니다! 그런데 그 여자가 말을 했어요. 신경을 자극하는 부드럽고도 슬픈 목소리로 말을 했습니다. 내가 완전히 제정신으로 돌아오고 이성을 되찾았다고는 감히 말할 수 없을 겁니다. 그렇지 않아요. 나는 내가 무엇을 하는지도 모를 정도로 얼이 빠져 있었습니다. 하지만 마음속에 품고 있는 어떤 자부심, 그리고 약간의 직업적 자존심 덕분에 내 의지와는 거의 무관한 침착함을 웬만큼은 유지할 수 있었지요. 나 자신을 위해서, 그리고 아마도 그녀를 위해서, 여자든 귀신이든 아무튼 그녀를 위해서 짐짓 태연한 척했습니다. 사실 이 모든 것은 나중에야 이해한 것입니다. 왜냐하면 여자가 나타난 그 순간에는 분명히 아무 생각도 없었거든요. 나는 무서웠습니다.

그녀가 말했어요.

"오! 선생님, 저를 좀 노와주시겠어요?"

대답을 하고 싶었지만 한마디도 할 수 없었습니다. 목구멍에서 희미한 소리가 새어 나왔을 뿐이지요.

그녀가 다시 말했습니다.

"도와주시겠어요? 신생님은 저를 구해 주시고 낫게 해주실 수 있어요. 저는 몹시 아파요. 아파요, 아! 아파요!"

그리고 그녀는 안락의자에 조용히 앉아서 나를 쳐다보았습니다.

"도와주시겠어요?"

나는 여전히 목소리가 나오지 않아 고갯짓으로 그러겠다고 했습니다.

그러자 그녀는 내게 조개껍질로 만든 빗을 건네주며 중얼거렸습니다.

"머리를 빗겨 주세요. 아! 머리를 빗겨 주시면 저는 나을 거예요. 누가 제 머리를 빗겨 줘야 해요. 제 머리를 보세요…… 너무 아파요. 머리카락 때문에 얼마나 아픈지 몰라요!"

풀어 헤친 그녀의 머리카락은 매우 길고 새까맣게 보였는데 의자 등받이 너머로 늘어져서 바닥에 닿아 있었습니다.

내가 왜 그렇게 했을까요? 왜 벌벌 떨면서 그 빗을 받았을까요? 그리고 왜 마치 뱀을 만지는 것처럼 소름끼치게 차갑고 긴 머리카락을 손으로 잡았을까요? 나도 모르겠습니다.

그 느낌은 여전히 내 손가락에 남아서 지금도 그때를 생각하면 몸이 떨립니다.

나는 그녀의 머리를 빗겨 주었습니다. 어떻게 했는지는 모르겠지만 얼음 같은 머리카락을 만졌어요. 꼬았다가 다시 묶었다 풀었다 하면서 말갈기를 땋듯이 머리를 땋았습니다. 그녀는 한숨을 쉬고 머리를 숙였어요. 행복해 보였습니다.

갑자기 그녀가 내게 "감사합니다!"라고 말하고 내 손에서 빗을 빼앗더니 아까부터 반쯤 열려 있는 게 보였던 그 문으로 사라졌습니다.

혼자 남은 나는 악몽을 꾸다 깨어난 것처럼 잠시 동안 섬뜩한 불안감에 빠져 있었습니다. 그러다 마침내 정신을 차리고는 창문으로 달려가

덧문을 미친 듯이 밀어 부수었습니다.

빛이 파도처럼 밀려들었습니다. 나는 여자가 사라진 문으로 달려갔지요. 하지만 문은 단단히 잠겨 있었어요.

그러자 도망치고 싶은 욕망이 엄습했습니다. 그건 공포, 전쟁터에서 나 느끼는 진짜 공포였어요. 열린 책상 위에 있던 꾸러미 세 개를 급히 움켜쥔 후, 방을 가로지르고 계단을 네 개씩 건너뛰었습니다. 어디로 나왔는지는 모르겠지만 밖으로 나오자, 열 발자국쯤 떨어진 곳에 내 말이 보였어요. 나는 단숨에 뛰어올라 말을 달려 그곳을 떠났지요.

루앙까지 멈추지 않고 달려서 숙소 앞에 도착했습니다. 부하에게 말고삐를 던지고 내 방으로 도망가 틀어박혀서 곰곰이 생각을 되짚어 보았습니다.

한 시간 동안 혹시 내가 환각의 노리개가 된 것은 아닌지 불안한 마음으로 되물어 보았지요. 분명 나는 이해할 수 없는 신경의 동요를 느꼈고 얼빠진 상태였거든요. 그런 경우에 기적을 경험하게 되고 초자연적인 것이 힘을 얻게 되는 법이죠.

나는 환영이라고, 내 감각 기능이 착오를 일으킨 것이라고 믿으면서 창가로 다가갔습니다. 우연히 시선이 내 가슴을 향했습니다. 여자의 기다란 머리카락이 군복 단추에 말린 채 잔뜩 붙어 있었어요!

나는 떨리는 손가락으로 머리카락을 하나하나 집어서 밖으로 던졌습니다.

그리고 부하를 불렀습니다. 그날 당장 친구에게 가기에는 내가 너무 불안하고 흥분된 상태였어요. 그리고 친구에게 뭐라 말해야 할지 신중하게 생각해 보고 싶었습니다.

나는 부하에게 친구의 편지들을 갖다 주라고 했고, 친구는 편지를 받앉다는 수령증을 부하에게 주었습니다. 친구는 나에 대해 많이 물어보았답니다. 부하는 내가 무척 아프다고, 일사병이라고, 자세히는 모르겠지만 그런 식으로 말했다고 합니다. 친구는 걱정하는 것 같았답니다.

다음 날 날이 밝자마자 나는 진실을 말하기로 결심하고 친구 집으로 향했습니다. 그는 전날 저녁에 외출해서 아직 돌아오지 않은 상태였습니다.

낮에 다시 가보았지만 아무도 그를 본 사람이 없었습니다. 일주일을 기다렸지요. 친구는 나타나지 않았습니다. 그래서 경찰에 신고를 했고 온 사방을 찾아보았지만 그가 지나간 흔적도, 어딘가 은둔했던 흔적도 찾을 수 없었어요.

버려진 성에 대한 세심한 방문 조사도 진행되었지만 의심스러운 것은 전혀 발견되지 않았습니다.

그곳에 여자를 숨기고 있다는 어떤 단서도 나오지 않았어요.

조사에 아무 성과가 없자 수색은 중단되었지요.

그 후 56년 동안 나는 아무 소식도 듣지 못했습니다. 내가 아는 것은 이것이 전부입니다.

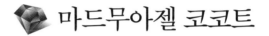 마드무아젤 코코트

《 Mademoiselle Cocotte, au cocher François. 》

"마드무아젤 코코트, 마부 프랑수아의 개."

우리가 요양소에서 나올 때 나는 마당 한구석에서 키가 크고 야윈 한 남자를 보았다. 그 남자는 끈질기게 상상 속의 개를 부르는 시늉을 하고 있었다. 그는 짐승의 주의를 끌 때 흔히 그러듯 자신의 허벅지를 두드리면서 부드럽고 다정한 목소리로 "코코트, 귀여운 코코트. 이리 와, 코코트. 이리 와, 예쁜아."라고 소리쳤다. 나는 의사에게 물었다.

"저 사람은 누구예요?"

의사가 대답했다.

"아! 저 사람은 그리 흥미로운 경우는 아닙니다. 프랑수아라는 마부인데 자신의 개를 익사시킨 후 미쳤지요."

나는 간청했다.

"저 사람의 사연을 얘기해 주세요. 가장 단순하고 보잘것없는 것들이 때로는 우리 마음을 가장 아프게 하는 법이지요."

동료 마부를 통해서 알게 된 그 남자의 이야기는 다음과 같다.

파리 교외에 부유한 부르주아 가족이 살고 있었다. 그들은 센강 근처 공원 한가운데에 자리한 멋진 저택에 살았다. 그 집 마부가 바로 프랑수아였다. 시골 출신으로 좀 둔하고 어리석어 남에게 잘 속았지만 마음씨 착한 사람이었다.

어느 날 저녁 그가 주인집으로 돌아오는데 개 한 마리가 그를 따라오기 시작했다. 처음에는 별로 신경을 쓰지 않았지만 하도 끈질기게 뒤따라오는 바람에 곧 그는 뒤를 돌아보았다. 혹시 아는 개인가 하고 쳐다보았다. 아니, 한 번도 본 적 없는 개였다.

커다란 젖이 축 늘어진 무섭도록 비쩍 마른 암캐였다. 개는 굶주리고 불쌍한 표정으로 꼬리를 다리 사이에 집어넣고 귀는 머리에 바싹 붙인 채 남자 뒤를 종종걸음으로 따라왔다. 그가 멈춰 서면 개도 멈췄고 그가 다시 걷기 시작하면 개도 따라 걸었다.

그는 뼈만 앙상한 이 짐승을 쫓아 버리려고 소리쳤다. "저리 가. 썩 꺼져! 워! 워!"

개는 몇 걸음 물러나더니 엉덩이를 깔고 앉아 꼼짝 않고 버텼다. 그리고 마부가 걷기 시작하자 또다시 뒤를 따라왔다.

그는 돌멩이를 줍는 척했다. 개는 힘없는 젖을 덜렁거리며 좀 더 멀리 도망갔다. 그러나 그가 등을 돌리자마자 곧바로 다시 돌아왔다.

결국 마부 프랑수아는 불쌍한 생각이 들어서 개를 불렀다. 개는 갈비뼈를 앙상하게 드러내고 등을 둥그렇게 구부린 채 머뭇거리며 다가왔다. 남자는 뼈가 튀어나올 만큼 빼빼 마른 개를 쓰다듬어 주다가 그 비참한 모습에 마음이 뭉클하여 말했다. "자, 가자!"

그러자 곧 개는 그가 자신을 맞아 주었고 자신이 받아들여졌음을 깨닫고 꼬리를 흔들었다. 그리고 새 주인의 장딴지 사이에서 맴도는 대신 앞장서서 달리기 시작했다.

그는 마구간의 짚무지 위에 개를 데려다 놓았다. 그리고 빵을 찾으러 부엌으로 달려갔다. 개는 배불리 먹고 나더니 동그랗게 몸을 구부리고 잠이 들었다.

이튿날 마부의 보고를 받은 집주인은 개를 데리고 있어도 좋다는 허락을 내렸다. 개는 다정하고 충직하고 영리하고 순하며 좋은 동물이었다.

그러나 곧 사람들은 그 개의 치명적인 결점을 알게 되었다. 1년 내내 발정 상태였던 것이다. 머지않아 개는 동네의 모든 수캐들과 알게 되었고 수캐들은 밤낮없이 그 주위에서 배회하기 시작했다. 암캐는 아가씨답게 무심한 듯 모두에게 애정을 표시했다. 모두와 사이가 좋은 듯 주먹만 한 개부터 당나귀처럼 커다란 개에 이르기까지 온갖 종류의 개떼를 뒤에 달고 다녔다. 개들은 암캐를 따라 도로를 끝없이 달렸고 암캐가 풀밭에서 쉬려고 멈출 때면 주위를 빙 둘러싸고 혀를 늘어뜨린 채 그 모습을 바라보곤 하였다.

동네 사람들은 기이한 일이라고 생각했다. 그런 일을 한 번도 본 적이 없었던 것이다. 수의사도 어찌 된 일인지 알 수 없었다.

저녁에 암캐가 마구간으로 돌아오면 개떼는 집을 포위했다. 개들은 정원을 둘러싼 산울타리의 모든 구멍을 통해 몰래 들어와 화단을 망가뜨리고 꽃을 밟고 꽃밭에 구멍을 파서 정원사를 화나게 만들었다. 그러고도 돌아갈 생각은 전혀 하지 않은 채 여자 친구가 있는 건물 주위에서 밤새 짖어댔다.

낮에는 개들이 집 안으로까지 들어왔다. 그것은 침략이자 화근이었고 재난이었다. 집주인 식구들은 계단은 말할 것도 없고 심지어 방 안에서 조차 시도 때도 없이 개들과 마주쳤다. 꼬리에 깃털이 달린 작고 노란 발바리, 사냥개, 불도그, 집도 없이 더러운 꼴로 떠돌아다니는 늑대과 의 개들, 아이들이 기겁해서 도망가는 거대한 뉴펀들랜드까지, 그러니 까 사방으로 온통 모르는 개들에 둘러싸여 살게 된 것이다. 어디서 왔 는지, 어떻게 사는지도 알 수 없는 개들은 왔다가 금세 사라지곤 했다.

그러나 프랑수아는 코코트를 사랑했다. 물론 그 이름이 개에게 어울 리기도 했지만[23] 그는 별 악의 없이 그 개를 코코트라고 불렀다. 그는 끊임없이 이렇게 말하곤 했다.

"이 개는 사람이랑 같아. 단지 말을 못할 뿐이지."

그는 개에게 붉은 가죽으로 멋진 목걸이를 만들어 주었다. 목걸이에 는 '마드무아젤 코코트, 마부 프랑수아의 개'라고 새겨진 구리판이 붙어 있었다.

코코트는 덩치가 커졌다. 말랐던 것만큼 비만해졌고 불룩한 배 밑에 는 여전히 기다란 젖이 덜렁거리며 늘어져 있었다. 개는 순식간에 살이 쪘다. 이제는 뛰려고 하면 곧바로 지쳐 버려서 숨을 쉬느라 입을 벌리고 뚱뚱한 사람들처럼 다리를 벌린 채 힘겹게 걸었다.

게다가 코코트는 경이적인 생식력을 자랑했다. 새끼를 낳자마자 또 새끼를 배어 항상 임신 중이었고 1년에 네 차례 온갖 종류의 강아지들 을 줄줄이 낳았다. 프랑수아는 코코트의 젖이 흐를 수 있도록 새끼 한

---

23) 코코트는 여자아이를 부르는 애칭이지만, 행실이 나쁜 여자를 가리키는 말이기도 하다.

마리만 골라 남기고 나머지 새끼들을 마구간 작업복에 주워 담아 별 동정심도 없이 강에 던져 버렸다.

그런데 정원사에 이어 곧바로 요리사가 불만을 터뜨렸다. 개들이 화덕, 찬장, 석탄을 넣어 두는 다락에까지 쳐들어와 온갖 것을 닥치는 대로 훔쳐 갔던 것이다.

참을 수 없게 된 주인은 프랑수아에게 코코트를 버리라고 명령했다. 프랑수아는 몹시 가슴 아파하면서 개를 맡아 줄 사람을 찾았지만 원하는 사람은 아무도 없었다. 결국 그는 개를 내버리기로 결심하고, 어떤 마차꾼에게 개를 맡기며 파리의 반대편 시골인 주앵빌르퐁 근처에 버려 달라고 부탁했다.

바로 그날 저녁, 코코트는 다시 돌아왔다.

더 확실한 대책을 강구해야 했다. 그래서 5프랑을 지불하고 르아브르 행 기차의 기관사에게 개를 건네주면서 도착하면 풀어 주도록 했다.

사흘 후, 코코트는 앙상하게 마르고 살갗이 벗겨진 채 몹시 지치고 기진맥진하여 마구간으로 돌아왔다.

이를 불쌍하게 여긴 주인은 더 강요하지 않았다.

그러나 곧이어 개들이 어느 때보다 더 악착같이, 더 많이 몰려들었다. 어느 날 저녁 성대한 만찬이 열렸는데 어느 개 한 마리가 요리사 코앞에서 송로 버섯을 넣은 영계 한 마리를 낚아채 달아났다. 요리사는 되찾을 엄두조차 내지 못하고 있었다.

이번에는 주인도 몹시 화가 나서 프랑수아를 불러 말했다.

"내일 아침까지 그 개를 물속에 내던지지 않으면 자네를 내쫓을 거야, 알겠나?"

프랑수아는 몹시 충격을 받았다. 차라리 그 집을 떠나기로 마음먹고 짐을 꾸리려고 방으로 올라갔다. 그런데 이 밀씽쟁이 개를 달고 다니는 한 어디에도 들어갈 수 없으리라는 생각이 들었다. 게다가 자신이 보수도 좋고 잘 먹여 주는 좋은 집에서 일하고 있다는 사실을 상기했다. 사실 개 한 마리가 그만한 가치는 없지 않은가. 그는 자신의 이익을 생각하며 흥분했다. 그리고 마침내 날이 밝는 대로 코코트를 버리기로 단호하게 결정을 내렸다.

그렇지만 그는 제대로 잠을 이룰 수 없었다. 프랑수아는 새벽같이 일어나서 튼튼한 밧줄을 챙기고 개를 데리러 갔다. 개는 천천히 일어나서 몸을 흔들고 팔다리를 쭉 뻗더니 반갑게 주인을 맞았다.

그러자 용기가 나지 않았다. 그는 개를 다정하게 안아 주면서 기다란 귀를 쓰다듬고 콧방울에 입을 맞추며 알고 있는 모든 다정한 이름들로 불렀다.

그때 옆집 시계가 6시를 쳤다. 더는 주저할 수 없었다. 그는 문을 열고 말했다. "가자." 개가 밖으로 나가는 것을 알고 꼬리를 흔들었다.

프랑수아는 강둑에 도착해 수심이 깊어 보이는 지점을 골랐다. 그리고 멋진 가죽 목걸이에 밧줄 한쪽 끝을 묶고 커다란 돌을 주워서 다른 쪽 끝에 매달았다. 그런 다음 그는 코코트를 품에 안고 헤어지는 사람에게 하듯 열정적으로 입을 맞추었다. 개를 가슴에 꼭 껴안고 어르면서 "나의 예쁜 코코트, 귀여운 코코트."라고 불렀다. 개는 기분이 좋아 킁킁대면서 그가 하는 대로 가만히 있었다.

그는 몇 번이나 개를 던지려고 했지만 도저히 용기가 나지 않았다.

그러다가 돌연 결심을 굳히고는 최대한 멀리, 있는 힘껏 개를 던졌다. 처음에 개는 목욕할 때처럼 헤엄을 치려고 했으나 곧 돌 무게 때문에 계속해서 머리가 가라앉았다. 개는 물에 빠진 사람처럼 발버둥 치면서 필사적인 눈빛, 흡사 사람과도 같은 눈빛으로 주인을 바라보았다. 잠시 후 몸의 앞부분이 모두 물에 잠기고 뒷다리만 물 밖에서 미친 듯이 허우적거렸다. 그러다 곧 그마저도 사라졌다.

그러자 5분 동안, 마치 강물이 부글거리는 것처럼 수면 위로 거품이 올라왔다가 터졌다. 프랑수아는 얼이 빠져 제정신이 아니었고 심장은 빠르게 고동쳤다. 강바닥에서 몸을 비틀며 고통스러워하는 코코트가 보이는 것 같았다. 그리고 그는 농부의 순박함으로 이렇게 되물었다. '지금 나를 어떻게 생각할까, 저 짐승은?'

그는 거의 백치가 될 뻔했다. 한 달 동안 앓아누웠고 매일 밤 개가 꿈에 나타났다. 개가 자신의 손을 핥는 것이 느껴졌고 개 짖는 소리도 들렸다. 결국 의사를 불러야 했다. 마침내 병세에 차도가 보이자 6월 말경 주인은 루앙 근처 비에사르에 있는 자신의 땅으로 그를 데려갔다.

이곳에서 그는 다시 센강 주변을 맴돌았다. 그러다가 수영을 하기 시작했다. 매일 아침 프랑수아는 다른 마부와 함께 와서 강을 헤엄쳐 건넜다.

어느 날 그들이 물속에서 장난치며 놀고 있을 때 프랑수아가 갑자기 동료에게 소리쳤다.

"저기 떠내려오는 것 좀 봐. 내가 갈비 맛을 보게 해주지."

껍질이 벗겨지고 퉁퉁 부어오른 채 썩어 가는 커다란 짐승의 시체였다. 네 발을 허공으로 향한 짐승은 물살을 따라 떠내려오고 있었다.

프랑수아가 개구리헤엄으로 다가가면서 계속 농담을 했다.

"이런! 싱싱하지 않은데. 그래도 이게 웬 떡이야! 마른 놈도 아니네."

그는 커다란 썩은 짐승한테서 거리를 두고 주위를 빙빙 돌았다.

그러더니 갑자기 입을 다물고 그 짐승을 주의 깊게 쳐다보았다. 그리고 이번에는 한번 만져 보려는 듯 가까이 다가갔다. 프랑수아는 목걸이를 뚫어지게 관찰한 후, 팔을 뻗어 짐승의 목을 잡고 썩은 몸을 돌려 보더니 자기 쪽으로 바싹 끌어당겼다. 그리고 변색된 가죽에 여전히 붙어 있는 녹슨 구리판의 글씨를 읽었다.

"마드무아젤 코코트, 마부 프랑수아의 개."

죽은 암캐는 집에서 240킬로미터 떨어진 곳에서 주인을 다시 찾은 것이다!

그는 끔찍한 고함을 지르고 울부짖으며 있는 힘을 다해 강둑으로 헤엄치기 시작했다. 땅에 닿자마자 벌거벗은 채로 들판을 가로질러 미친 듯이 달아났다. 프랑수아는 미쳐 버렸다!

해설편

| 기 드 모파상

모파상은 짧은 이야기 속에서 삶의 모습을 다채롭게 변주할 줄 아는 작가이다. 그는 구성과 기법 면에서 뛰어난 작품을 다수 남겨 안톤 체호프와 더불어 최고의 서구 근대 단편 작가로 인정받고 있다.

예리한 관찰과 정교한 언어로 세상을 빚어낸 예술가

프랑스 최고의 단편 소설 작가로 인정받는 기 드 모파상(Guy de Maupassant)은 1850년 8월 5일에 태어나 1893년 7월 6일 마흔세 번째 생일을 맞기 직전 세상을 떠났다. 그러나 그의 문학적 사망일은 1892년 1월 1일이라고 할 수 있다. 이날 밤, 신경 쇠약과 우울증에 시달리던 모파상은 권총 자살을 시도했다가 하녀에게 제지당했고, 곧바로 유리창을 깨뜨려 목의 동맥을 끊었다. 다행히 생명을 잃지는 않았으나 이 사건으로 그는 정신 병원에 수감된다. 자살에 실패한 후 병원에서 생을 마감하기까지 18개월 동안은 아무것도 쓸 수 없었으니, 문학가로서 그의 삶은 1892년의 첫날 종지부를 찍은 셈이다.

초기에 발표된 단편 한두 편을 제외하고 그의 천재성이 발현된 첫 작품이 1880년 작 〈비곗덩어리 Boule de suif〉라는 점을 고려한다면 그는 삶에서 단 10여 년만을 작가로 살았다. 이 짧은 기간 동안 그는 여섯 권의 장편 소설(《여자의 일생 Une vie》, 《벨 아미 Bel-Ami》, 《몽토리올 Mont-Oriol》, 《피에르와 장 Pierre et Jean》, 《죽음처럼 강한 Fort comme la mort》, 《우리의 마음 Notre cœur》)을 썼고 20여 권의 단편집을 통해 약 3백여 편에 이르는 단편 소설을 발표했다. 〈비곗덩어리〉가 발표되자마자 단편 소설을 게재하던 〈르 골루아 Le Gaulois〉, 〈질 블라스 Gil Blas〉 등의 신문으로부터 원고 청탁이 쏟아졌고, 모파상은 이에 화답하듯 실로 놀랄 만큼 많은 글을 쓴 것이다. 그 덕분에 모파상은 살아생전부터 부와 명성을 누릴 수 있었다.

그의 작품은 오늘날까지도 출간이 이어지는 것은 물론 연극, 영화로도 제작되며 여전히 전 세계 대중의 사랑을 받고 있다.

1. 플로베르와 졸라, 그리고 모파상

모파상의 초기 문학적 발걸음은 매우 전형적인 것이었다. 청소년기의 그는 시를 썼고, 그다음에는 자기 글을 보여 줄 스승을 찾았다. 그의 생각에 문학적 지식은 배우는 것이고 전달되는 것이었기 때문이다. 모파상의 문학 인생에서 스승의 역할을 한 사람은 귀스타브 플로베르(Gustave Flaubert, 1821~1880)였다. 모파상의 외삼촌은 플로베르의 젊은 시절 절친한 친구였고, 모파상은 어머니의 소개를 받아 플로베르에게 일찍부터 고된 문학 수업을 받게 된다.

플로베르는 사실주의 문학의 대가로 손꼽히는 작가이며, 그의 출세작 《마담 보바리 Madame Bovary》는 사실주의 문학의 대표작으로 공인받는 작품이다. 그러나 정작 플로베르 자신은 사실주의자로 불리는 것이 싫다고 끊임없이 토로했을 뿐만 아니라 심지어 사실주의자들을 괴롭히기 위해서 《마담 보바리》를 썼다고 말한다. 범속한 주제로 세상을 있는 그대로 묘사하면서도 위대한 문장가일 수 있음을 증명해 보이고 싶었다는 뜻이다. 사실주의에 대한 플로베르의 거부감은 특정 이론이나 유파에 속하는 것을 싫어했던 그의 성격과 더불어 무엇보다 그가 예술적 미(美)를 가장 중시했던 데서 비롯되었다. 그는 '예술을 위한 예술'을 지향했던 것이다. 그가 말하는 예술적 미란 허황된 이상주의나 무분별한 감정의 토로가 아니었다. 오히려 진실과 불가분의 관계에 있는 것이었다. 그리고 이를 구현하기 위해 그는 완벽한 문체를 추구했다. 문체의 힘으로 작품 속에 견고한 현실을 구현하여 독자가 실제처럼 느끼도록 만들고자 했다. 플로베르에게 현실은 작가의 펜에 의해 비로소 구체적인 형상을 띠고 독자 앞에 진짜가 되어 나타나는 것, 작품의 진리 안에서 확인되는 것이었다. 이러한 문학적 절대 진실을 가능하게 하는 것이 바로 문체의 힘이며 문체만이 사물을 보는 절대적인 방법이라고 생각했다.

그의 생각은 모파상에게도 그대로 전해졌다. 프랑스 북부 루앙 근교의 작은 마을 크루아세에서 은둔하던 플로베르는 파리에 머물 때마다 모파상에게 문체를 가르치고 그의 습작을 고쳐 주곤 했다. 모파상은 플로베르의 가르침을 받아들여 사물을 바라보는 시선을 통해 존재의 독창성을 파악하고자 했다. 그는《피에르와 장》의 서문에서 스승에게 수년간 배운 교훈과 원칙을 밝히는데, 이때 플로베르가 가장 강조한 것은 독창성이었다고 말하며 예술적 관찰의 중요성을 다음과 같이 언급한다.

재능은 오랜 인내이다. 아무도 보지 못하고 말하지 않은 측면을 발견하기 위해서는 충분히 오랫동안 주의를 기울여 표현하고 싶은 모든 것을 바라보면 된다. 모든 것에는 탐구되지 않은 면이 있는 법이다. 우리는 뭔가를 바라볼 때 그것에 대해 우리에 앞서 사람들이 생각했던 것에 대한 기억만 가지고 눈을 사용하는 데 익숙해 있기 때문이다. 아주 사소한 것이라도 알려지지 않은 면을 지니고 있다. 그것을 찾아내도록 하자. 타오르는 불과 들판의 나무를 묘사하기 위해서는, 다른 불이나 나무와 비슷하게 보이지 않을 때까지 그것을 마주하고 있어야 한다.

모파상의 수많은 단편에서 드러나는 정교하고 정확한 표현과 문체는 바로 이러한 철저한 관찰을 토대로 이루어졌으며, 이는 플로베르의 가르침에서 영향을 받은 것이다.

플로베르와 졸라
모파상과 플로베르, 졸라는 19세기 프랑스 문학을 소설의 시대로 이끌었다.

　플로베르는 모파상에게 강도 높은 훈련을 시킨 것 이외에도, 파리에 있는 자신의 아파트에서 에밀 졸라(Émile Zola, 1840~1902)를 비롯해 이반 투르게네프, 에드몽 드 공쿠르, 헨리 제임스 같은 작가들도 소개시켜 주었다. 이 만남을 계기로 모파상은 졸라가 이끄는 자연주의 작가들의 모임에 합류하게 된다. 그리고 바로 이 모임에서 모파상의 재능은 빛을 발하기 시작한다.

　졸라는 파리에서 멀지 않은 센강 근처의 메당에 있는 자신의 집에 젊은 작가들을 초대하여 문학 토론을 벌이곤 했는데, 이들은 점차 졸라가 주창하는 자연주의 문학 운동의 주축을 이루며 이른바 '메당파'라고 불리는 문학 모임을 형성하게 된다. 이 젊은 작가들은 1870년 발발한 프로이센-프랑스 전쟁을 소재로 한 단편을 모아서 책으로 출판하자는 계획을 세우고 1880년 4월에 졸라를 포함하여 총 여섯 명의 작가들의 단편 모음집을 《메당의 저녁 Les Soirées de Médan》이라는 제목으로 출간한다. 이 책에 수록된 졸라의 작품은 〈물방앗간 공격 L'Attaque du Moulin〉이었고, 모파상이 쓴 작품이 바로 〈비곗덩어리〉였다. 플로베르는 같은 해 5월에 세상을 떠났지만, 교정 단계의 〈비곗덩어리〉를 읽고 격찬의 편지를 보냈다. 플로베르의 격찬에 화답이라도 하듯 모파상은 이 작품으로 인해 세간을 주목을 끌고 잡지로부터 원고 청탁을 받으며 본격적으로 문학계에 발을 내딛게 된다. 프로이센–프랑스 전쟁을 배경으로 루앙에 입성한 프로이센군과 그들의 다양한 점령 형태를 매우 세밀하게 관찰함과 동시에 인간의 심리와 위선적인 행태를 섬세하게 묘사한 〈비곗덩어리〉는 문체나 구성 면에서 플로베르의 영향이 다분히 남아 있지만, 단편 소설다운 절제와 균형을 잘 보여 줌으로써 단편 작가로서의 모파상의 위상을 단번에 예고해 준 출세작이 되었다.

《메당의 저녁》은 1870년의 전쟁을 소재로 택해 자연주의가 문학에서 현실을 다루는 새로운 방식의 진정한 유파임을 증명하려는 야망을 품은 책이었다. 여기에다 이 책을 펴낸 해에 졸라가 자연주의 문학 이론을 제시한 《실험 소설론 Le Roman expérimental》을 출간하여 떠들썩한 화제를 낳고 있었다. 이런 상황에서 《메당의 저녁》에 수록된 〈비곗덩어리〉로 문단의 주목을 받은 모파상은 자연주의 문학의 젊은 기수로 받아들여졌고 지금까지도 모파상을 자연주의자로 분류하는 것을 당연

┃비곗덩어리
1907년에 출간된 〈비곗덩어리〉의 전면 삽화

하게 여기고 있다. 물론 모파상은 낭만석 성신에 반대하고 그 과상과 탐미주의를 거부했으며 전체적인 세상, 즉 추한 것까지도 글쓰기의 소재가 된다는 주장과 함께 염세주의를 드러냄으로써 자연주의자의 면모를 보여 준다. 또한 그는 짧은 이력 동안 줄곧 자연주의 작가들과의 관계를 중요하게 생각했고 그들과의 친분을 유지했다. 그러나 다른 한편으로 그는 특정 사조나 유파에 갇히기를 항상 거부했다. 마치 사실주의의 대가로 알려진 스승 플로베르가 실제로는 사실주의자로 고정되기를 거부했던 것처럼, 모파상은 사실주의니 자연주의니 하는 것은 모두 의미 없는 공허한 말이라고 조소했다. 스승과 마찬가지로 그 역시 문학이 어떤 특정한 유파의 주장을 대변하는 도구가 아니라 문학 그 자체로 존재하는 예술이기를 바랐던 것이다. 그러므로 자연주의 문학이라는 도식적인 틀을 가지고 모파상에 접근하는 것은 그의 작품 세계를 축소시키는 잘못을 초래할 위험이 있다. 모파상이라는 작가의 독창성은 자연주의 문학관에 있는 것이 아니라 세상을 바라보는 독특한 시선과 적확한 표현을 담고 있는 그의 작품에 있기 때문이다.

2. 모파상의 작품 세계

흔히 모파상의 작품을 관료 사회를 다룬 소설, 파리 생활을 다룬 소설, 노르망디 농민을 다룬 소설, 여성의 심리나 비극적인 애정을 다룬 소설, 전쟁을 다룬 소설, 그리고 환각의 세계를 다룬 환상 소설 등으로 분류한다. 그런데 사실 이와 같은 분류는 환상 소설을 제외하고는 별로 의미가 없다. 환상 소설들은 모파상의 작품 세계에서 확실히 다른 차원을 드러내지만, 나머지 거의 전 작품에서는 소재만 다를 뿐 세계를 향한 비탄에 찬 시선으로 환멸적 세계관을 전달한다는 공통점을 드러내기 때문이다. 모파상의 작품 속 세상은 비뚤어진 관계와 타락한 가치로 이루어져 있고, 인간과 외부의 관계에 대한 다양한 일화는 대부분 비관적인 결론에 이르거나 허무주의로 우리를 이끈다. 세상은 착각의 공간이고 인간관계는 거대한 가면극일 뿐이다. 모파상도 평범한 감성과 감수성을 지닌 사람이니 약자나 동물, 아동을 학대하는 모습을 보면 분노했겠지만, 개인적인 성향과는 달리 작품에서는 연민, 자비, 측은지심 같은 모습은 거의 보이지 않는다. 그는 회의주의를 극단적으로 밀고 나가 세상을 조롱하고 세상의 잘못과 모순을 강조하며 인간의 저속한 속성을 풍자한다.

〈보석〉, 〈승마〉, 〈목걸이〉는 모두 파리 생활과 관료 사회를 소재로 다룬 작품이다. 〈승마〉는 모처럼 맛보는 자유와 호사의 대가로 노예와도 같은 삶을 살게 된다는 우연한 사건 속에서 뜻하지 않은 불행을 초래하는 인간의 보잘것없는 허세를 풍자한다. 그리고 여기에는 편안한 생활을 원하는 시골 여자의 악의가 동시에 결합되어 있는데, 모파상은 그녀의 의도를 결코 직접 설명하지 않고 절묘한 문체로 표현해 독자가 스스로 포착하도록 만든다. 이러한 절묘함은 〈보석〉에서 더욱 두드러지게 나타난다. 정황상 작품의 흐름은 죽은 아내가 불륜을 저질렀으리라는 추측이 가능한 방향으로 흘러가지만, 어디에도 그런 설명은 제시되지 않고 끝까지 모호하게 남는다. 그리고 모파상은 아내의 보석이 모두 값비싼 진품이었다는 사실 앞에서 남편이 겪는 좌절과 혼란, 그 뒤로 이어지는 세속적인 탐욕 등 미묘한 감정의 변화를 섬세하게 보여 주면서 인간의 진지한 감정을 희화한다. 두 작품이 군더더기 없이 간결한 문체 속에서 압축과 절제의 미를 감상할 수 있는 단편들이라면, 〈목걸이〉는 의외의 반전

┃ 클로드 모네, 〈에트르타 절벽의 일몰〉

모파상이 유년기를 보낸 노르망디의 풍광은 그의 작품 속 주요 원천이었다. 특히 노르망디의 에트르타는 그의 장편 소설 《여자의 일생》의 배경이 되었으며 모네, 르누아르, 위고 등 수많은 예술가들의 사랑을 받은 공간이다.

┃ 클로드 모네, 〈파리의 카퓌신 대로〉

노르망디가 모파상 작품 속 전원(田園)의 배경이라면 파리는 도시의 배경이었다. 모파상은 파리에서 하급 관리로 일한 경험을 바탕으로 다양한 작품에서 평범한 파리 서민층의 삶을 그려 냈다.

을 불러오는 결말로 독자를 놀라게 하고 사건의 의미를 변화시킨다. 허영심 때문에 값비싼 대가를 치른다는 다소 교훈적인 이야기에 더해 사소한 우연으로 바뀌어 버린 인생의 모습과 인간의 어리석음에 대한 작가의 조소를 느낄 수 있기 때문이다.

모파상은 많은 작품에서 노르망디가 보여 주는 광경에 큰 애착을 보였다. 그런데 노르망디는 그가 유년 시절을 보낸 곳이지만, 결코 행복한 추억의 고장으로 묘사되지 않는다(비록 자연 자체의 묘사에는 따스함이 담겨 있다 하더라도). 모파상이 묘사하는 노르망디의 농민은 사회적 계급이 아니라 그 기질로서, 그의 작품 속 농민은 태생적인 비도덕성과 비루한 탐욕을 감추지 못하는 존재로 그려진다. 우리는 농촌을 배경으로 한 작품 〈전원에서〉, 〈노끈〉, 〈쥘 삼촌〉, 〈고아〉에서 이러한 특징을 확인할 수 있다. 모파상은 농촌 사람들의 투박한 속성 탓에 무자비하고 잔인한 지경에까지 이르는 상황을 지극히 냉철한 문체로 담아 내며 인간의 탐욕에 대해 적나라하게 그린다.

앞의 작품들이 인간의 어리석음, 허영, 위선, 탐욕 등과 같이 주로 인간의 저속한 속성을 풍자하고 있다면, 〈귀향〉과 〈불구자〉에서는 인간을 바라보는 작가의 시선이 그다지 신랄하지 않은 편이다. 실종되었던 선원이 귀환을 다룬 작품 〈귀향〉은 옛사랑에 대한 회한가 경제저 이전을 놓치고 싶지 않은 욕망 사이의 갈등이 넌지시 드러나 있기는 하지만, 그보다는 짓궂은 운명의 아이러니가 주를 이룬다. 〈불구자〉에서도 혐오감을 주는 인물은 등장하지 않는다. 불구자가 된 애인을 떠나 다른 남자와 결혼한 여자의 변심은 평범하고 속된 진실이지 비난받을 속성은 아닌 까닭이다. 두 작품은 오히려 엇갈린 운명에도 불구하고 흐뭇한 결말을 맺음으로써 감수성 강한 독자들에게 감동과 여운을 남긴다. 모파상의 작품

중 염세적 세계관을 전면에 드러내지 않는, 흔치 않은 작품들이라고 할 만하다. 그러나 마치 평범한 인간의 삶을 희롱하는 듯한 우연과 운명은 여전히 작품에 우울한 색조를 드리우고 있으며, 모파상은 인간의 의지로 극복할 수 없는 모순된 세상을 간결하면서도 예리한 문체로 풍자한다.

모파상의 작품 속에서 유독 관심을 끄는 존재는 여자들이다. 그의 작품에는 거의 모든 부류의 여자들이 등장한다고 볼 수 있는데, 특히 〈첫눈〉, 〈달빛〉, 〈어느 여인의 고백〉, 〈고해 성사〉, 〈의자 고치는 여인〉은 여자의 심리나 비극적인 애정을 집중적으로 다루는 작품이다. 〈첫눈〉과 〈달빛〉이 무심하고 범속한 남편 옆에서 실현될 수 없는 희망과 욕망으로 고통스러워하는 여인의 심리를 보여 준다면, 〈어느 여인의 고백〉은 경솔한 질투에 사로잡혀 어처구니없는 짓을 저지른 남편 때문에 진지한 사랑을 믿지 않고 사랑의 유희를 즐기게 된 여인의 심리를 그리고 있다. 그리고 〈고해 성사〉와 〈의자 고치는 여인〉은 여자의 강렬한 애착 혹은 어리석은 집착의 비극성을 보여 준다.

〈비곗덩어리〉와 같이 전쟁을 소재로 한 작품에서도 전쟁보다는 인간이 처한 상황, 인간의 나약함, 위선, 비겁함이 더 많이 드러나 있다. 전쟁을 다룬 전통적인 단편 소설에 나타나기 마련인 애국심의 표명을 모파상의 작품에서도 기대한다면 오산이다. 그의 단편에서 영웅주의는 거의 드물고, 전쟁은 나라뿐 아니라 개인 간의 관계에도 영향을 미침으로써 이기주의나 이해관계를 더욱 극대화시키는 기제로 작용할 뿐이다. 치졸한 성적 욕망을 드러내는 독일군 장교가 등장하긴 하지만 그의 비인간적 행위보다는 오히려 그에 대응하는 다양한 프랑스인 집단의 위선과 이기심을 신랄하게 풍자한 작품이 바로 〈비곗덩어리〉인 것이다. 반면 〈두 친구〉와 〈미친 여자〉는 독일군의 폭력성과 잔인성에 조금 더 집중한 작품이다. 하지만 독일군을 고발함으로써 애국심을 드러내기 위한 의도는 아니다. 모파상은 전쟁이라는 특별한 상황을 통해 인간이 얼마나 비인간적이고 잔악해질 수 있는지를 극명하게 드러내며 인간성 혹은 인간의 존엄성이 나약한 허울에 지나지 않음을 냉철하게 보여 주는 데 초점을 맞추고 있기 때문이다.

마지막으로 모파상의 환상 소설은 주제와 소재 면에서 매우 다양한 스펙트럼을 이룬다. 작품들의 발표 시기가 창작 활동의 거의 전 기간에 걸쳐 있는 만큼 환상 소설은 모파상의 지속적인 관심사였다. 그의 환상 소설은 일상생활과 동떨어진 기이한 세계, 예컨대 괴물이나 악마 혹은 흡혈귀와 같은 비현실적인 세계를 다루지 않는다. 오히려 사실적인 배경을 토대로 주변에서 쉽게 볼 수 있는 익숙한 것들이 공포와 두려움을 불러일으킴으로써 공상적 혹은 환상적 요소들을 환기시킨다. 즉 모파상에게 환상은 늘 인간의 안팎에서 배회하면서 인간을 불안에 빠뜨려 의식을 사라지도록 만드는 의식의 붕괴이며, 갑자기 달려드는 미지의 무언가를 이해하지 못하도록 만드는 의식의 무능력이다. 환상 소설에 등장하는 인물들은 모두 처음부터 기이한 상황에 처하는 것이 아니라, 평범한 생활을 하다가 어느 순간 자신에게 익숙했던 대상에게서 공포를 느끼면서 자신의 이성과 눈을 의심하게 되고 혼란의 늪에 빠진다. 우리는 〈산장〉, 〈유령〉, 〈마드무아젤 코코트〉에서 순박했던 젊은이, 평범했던 한 남자, 성실했던 마부가 느끼게 되는 불안과 공포를 만나 볼 수 있다.

수백 편에 이르는 모파상의 단편들을 획일적으로 분류하고 일목요연하게 설명하기란 어려운 일이다. 또한 이 한 권의 책에 실린 단편들을 통해 그의 작품 세계가 지니는 특성을 단정하는 것도 불가능하다. 그럼에도 소재나 주제 면에서 최대한의 다양성을 견지할 수 있도록 스무 편의 작품을 선별하였다. 여기에 수록된 작품들을 통해서도 우리는 모파상의 전 작품이 소재나 배경이 무엇이든 통렬한 풍자와 조소 및 아이러니가 주를 이룬다는 사실을 알 수 있을 것이다. 그가 묘사한 수많은 일화들 속에서 풍자와 조소가 얼마나 절묘하게 발휘되는지, 어떻게 단 몇 쪽만으로 완전한 작품이 구성되는지, 믿기 어려울 정도로 가볍고 교묘한 몇 가지 특징으로 어떻게 완벽하게 인물을 구현하는지 주목하는 것이 그의 단편 작품을 읽는 묘미이다. 그리고 이를 통해 한편으로는 단순하고 쉬우면서도 또 다른 한편으로는 정교하고 복잡한 모파상 단편의 이중적 특성을 이해할 수 있을 것이다.

— 진인혜

토론·논술 문제편

다양한 작품 읽기를 통해 모파상의
풍자와 조소 및 삶의 아이러니를 읽어낸다.

1. 우연한 사건에 의해 바뀌는 삶의 양상을 들여다본다.

2. 가족 관계의 본질을 드러내는 작품들을 살펴본다.

3. 인간의 위선과 선의를 가장한 이익 추구의 모습을 이해할 수 있다

4. 선입견과 편견이 진실을 가리는 상황에 대하여 생각해 본다.

5. 모파상의 환상 문학의 특징과 환상 문학의 가치 및 의의를 살펴본다.

6. 〈비곗덩어리〉를 통해 희생양의 의미를 분석하고, 그 사회적 기능과 의미를 논술해 본다.

■◆■ 이해하기

보석

1_ 소설에 대한 내용으로 틀린 것을 골라 봅시다.

① 랑탱 씨가 아내를 못마땅하게 여긴 점은 아내의 두 가지 취향뿐이었다.

② 그녀는 초연의 특등석 표를 그녀의 친구들에게 얻었다.

③ 극장에 가는 취미 때문에 아내는 몸치장을 하고 싶다는 욕구를 느꼈다.

④ 랑탱 씨는 조잡한 모조 보석에 대한 아내의 애착을 이해하려고 노력했다.

⑤ 아내는 오페라 극장에 갔다가 결국 폐렴으로 죽었다.

승마

2_ 다음 밑줄 친 부분의 이유를 생각해 봅시다.

> 엑토르는 사흘을 기다린 후 다시 찾아갔다. 안색이 밝아지고 시선도 맑아진 노파는 그를 보자 투덜거리기 시작했다.
>
> "움직일 수가 없어요, 움직일 수가. 딱한 양반, 죽을 때까지 낫지 않을 거 같군요."
> <u>엑토르는 등골이 오싹해졌다.</u>

목걸이

3_ 이 글의 내용과 일치하면 ○표, 틀리면 ×표를 해 봅시다.

(1) 루아젤 부인은 소박한 생활에 만족하였다.   (   )

(2) 루아젤 부인은 친구에게 빌린 목걸이를 잃어버렸다.   (   )

(3) 루아젤 부인은 목걸이를 빌려준 친구를 원망하였다.   (   )

(4) 루아젤 부인과 그녀의 남편은 가짜 다이아몬드 목걸이를 돌려주었다. (   )

목걸이

4_ 아래 제시문과 같은 루아젤 부인의 태도를 표현할 수 있는 한자성어를 골라 봅시다.

> 마틸드는 먼저 팔찌 몇 개를 보고 다음에는 진주 목걸이, 그리고 금과 보석이 정교하게 세공된 베네치아 십자가를 구경했다. 거울 앞에서 장신구들을 몸에 걸어 보고 차마 다시 벗어서 돌려줄 결심을 하지 못한 채 망설였다. 그녀는 계속해서 물었다.
>
> "다른 건 없니?"

① 문일지십(聞一知十)　　② 청출어람(靑出於藍)　　③ 분골쇄신(粉骨碎身)

④ 하석상대(下石上臺)　　⑤ 적반하장(賊反荷杖)

고아

5_ 이 글의 내용과 일치하면 ○표, 틀리면 ×표를 해 봅시다.

(1) 수르스 양은 남자가 자신의 돈을 보고 자신과 결혼하는 것을 원하지 않았다.

(　　　)

(2) 정신의 풍요를 위해 책을 사주었지만 고아 소년은 책 읽기를 좋아하지 않았다.

(　　　)

(3) 수르스 양은 목이 칼에 찔린 채 쓰러져 있었다. (　　　)

(4) 피의자였던 고아의 허물없는 태도에도 마을 사람들의 의심은 여전했다.

(　　　)

귀향

6_ 이 글의 등장인물에 대한 설명으로 적절한 것을 골라 봅시다.

① 마르탱 부인의 성은 그녀의 첫 남편의 성을 따른 것이다.

② 마르탱 부인과 결혼한 레베스크 사이에서는 아이가 없었다.

③ 귀향한 마르탱은 자신의 딸들을 보자마자 눈물을 흘리며 껴안았다.

④ 마르탱은 자신의 집을 포함한 모든 것을 레베스크에게 맡겼다.

⑤ 코메르스 카페의 술집 주인은 변한 모습의 마르탱을 알아보지 못했다.

7_ 르발리에르의 행위의 원인을 설명해 봅시다.

> "자, 다 됐습니다. 모두 다섯 개예요. 사탕, 인형, 북, 총, 그리고 푸아그라 파이입니다." (중략)
>
> '그러니까 아이가 셋인 모양이네. 사탕은 아내를 위해, 인형은 딸에게, 북과 총은 두 아들에게 줄 것이고 푸아그라 파이는 자기가 먹을 셈이군.'
>
> 나는 불쑥 그에게 물었다. "자녀가 있으십니까?"
>
> 그가 대답했다. "아니오."

8_ 다음에서 드러난 남편의 심리로 적절한 것을 골라 봅시다.

> 처음에 그는 자신의 저택에 난로를 놓는다는 이 기상천외한 생각에 어안이 벙벙했다. 그에게는 개밥을 평평한 접시에 담아 주는 쪽이 오히려 더 자연스럽게 느껴졌다. 곧이어 가슴에서 힘차게 터져 나오는 웃음을 터뜨리며 같은 말을 되풀이했다.
>
> "여기에 난로라니! 여기에 난로라니! 아! 아! 아, 정말 웃기는 이야기로군!"
>
> "정말 추워 죽겠어요, 여보. 당신은 항상 움직이니까 잘 모르겠지만, 난 추워요."
>
> "됐어요! 익숙해질 거요. 게다가 추운 게 건강에 아주 좋아요. 당신도 틀림없이 더 건강해질걸."

① 아내가 살기에 적합하지 않은 곳이니 이사를 가야한다는 결심을 한다.

② 저택에 어울리지 않는데도 난로를 놓자는 아내를 이해하기가 어렵다.

③ 추위를 이기지 못해 힘들어하는 아내에게 안타까움을 느낀다.

④ 추위에도 불구하고 자신의 곁에 있어준 아내가 고맙다.

⑤ 봄에 반드시 따뜻해질 거라는 생각에 희망이 생긴다.

9 다음 장면에서 여인이 느낀 감정으로 보기 어려운 것을 골라 봅시다.

> "아! 용서해 줘요, 여보. 내가 당신을 의심했소. 그 바람에 저 여자의 애인을 죽이고 말았군. 나를 속인 건 경호원이었는데."
>
> 나는 죽은 남자와 살아 있는 여자의 기이한 키스를 바라보고 있었습니다. 그리고 그 여자의 오열과 절망에 빠진 사랑이 폭발하는 모습도요.
>
> 그리고 그때부터 이제 내가 남편에게 충실하지 않으리라는 것을 깨달았습니다.

① 냉소   ② 분노   ③ 좌절감   ④ 안도감   ⑤ 배신감

10 다음 괄호 부분을 채워 봅시다.

> 그리고 레토레 부인은 동생의 품에서 실신할 듯한 신음을, 거의 울부짖는 소리를 내뱉었다. 그러자 신중하게 생각에 잠겨 있던 루베르 부인이 아주 부드럽게 말했다.
>
> "있잖아, 언니. 우리는 흔히 남자를 사랑하는 것이 아니라 사랑 그 자체를 사랑하지. (   )"

11 윗글의 등장인물에 대한 설명으로 보기 어려운 것을 골라 봅시다.

① 언니 쉬잔은 약혼자의 죽음 이후 상복을 벗지 않았다.

② 쉬잔은 항상 동생 마르그리트를 항상 '동생'이라고 불렀다.

③ 12살의 마르그리트는 앙리를 보고 첫눈에 반했다.

④ 마르그리트는 케이크에 유리병을 빻아 넣었다.

⑤ 동생은 임종 전에는 자신이 한 일을 한 번도 말하지 않았다.

12_ 소설 속 여인이 어떻게 돈을 모았는지 설명해 봅시다.

> 주머니에서 돈을 꺼냈습니다. 온 지방의 갖가지 표식이 다 있고 금화와 동전이 섞여 있는 눈물겨운 돈이었지요. 저는 "어떻게 하시겠습니까?"라고 물어보았습니다.
>
> 슈케 부인이 먼저 말했습니다. "그런데 그 여자의 유언이라니…… 거절하기도 어려울 것 같네요." 남편은 살짝 부끄러워하면서 말을 이었습니다. "어쨌든 그것으로 우리 아이들에게 뭔가 사줄 수 있겠군요."
>
> 저는 퉁명스럽게 대꾸했습니다. "좋을 대로 하세요."

13_ 〈두 친구〉와 〈미친 여자〉에는 전쟁에 의해 희생당하는 인물이 등장합니다. 그들이 겪은 전쟁을 골라 봅시다.

> **㉮** 그는 더듬거리며 말했다. "안녕, 소바주 씨."
>
> 소바주 씨가 대답했다. "모리소 씨도 안녕."
>
> 그들은 억누를 수 없는 공포에 휩싸여 머리부터 발끝까지 바들바들 떨면서 악수를 했다.
>
> 장교가 소리쳤다. "발사!" 총알 열두 발이 일제히 발사되었다.
>
> **㉯** 그리고 문득 모든 것을 이해하고 짐작할 수 있었습니다. 그들은 여자를 매트 위에 눕힌 그대로 인적 없고 추운 숲에 버렸던 겁니다. 그녀는 자신의 집념에 따라 두툼고도 가벼운 솜털 같은 눈 속에서도 팔 하나, 다리 하나 움직이지 않고 그대로 죽어 갔던 것입니다. (중략)
>
> 나는 그 슬픈 유골을 보관해 왔습니다. 그리고 우리 자손들은 결코 두 번 다시 전쟁을 겪지 않기를 기원합니다.

① 백년 전쟁　　　　　② 십자군 전쟁　　　　　③ 30년 전쟁
④ 제1차 세계대전　　　⑤ 프로이센–프랑스 전쟁

14_ 밑줄의 '그들'의 존재를 써 봅시다.

> 그들은 서로에게 끊임없이 으르렁거리면서 며칠 밤낮을 보냈다. 한쪽은 계속 집 주위를 돌면서 마치 부수기라도 하려는 듯 있는 힘을 다해 발톱으로 벽을 후벼 팠고, 집 안에 있는 다른 한쪽은 몸을 구부리고 귀를 돌벽에 갖다 댄 채 상대방의 모든 움직임을 따라다녔다. 그리고 상대방의 모든 부름에 무시무시한 고함으로 응수했다.

....

15_ 다음은 엘리자베트 루세의 도움을 받은 후의 주변 인물들의 태도 변화를 나타낸 것입니다. 이에 어울리는 속담으로 적절한 것을 골라 봅시다.

> 사람들은 그녀가 보이지 않는 듯, 그녀를 알지 못하는 듯 행동했다. 그러나 루아조 부인은 분개한 표정으로 멀찍이서 그녀를 쳐다보며 작은 소리로 남편에게 말했다. "저 여자 옆자리가 아니라서 다행이에요."
> 처음에는 다들 말이 없었다. 비곗덩어리는 감히 눈을 들지 못했다. 그녀는 일행 모두에게 분노를 느꼈다. (중략)
> 루아조 부인은 소리 없이 승리의 웃음을 띠며 중얼거렸다. "창피해서 우는군."

① 돌다리도 두드려 보고 건너라.

② 간에 붙었다 쓸개에 붙었다 한다.

③ 남의 잔치에 감 놔라 배 놔라 한다.

④ 가랑잎이 솔잎더러 바스락거린다고 한다.

⑤ 뱁새가 황새를 따라가면 다리가 찢어진다.

16_ 다음 상황에 어울리는 한자성어를 골라 봅시다.

> 낮에 다시 가보았지만 아무도 그를 본 사람이 없었습니다. 일주일을 기다렸지요. 친구는 나타나지 않았습니다. 그래서 경찰에 신고를 했고 온 사방을 찾아보았지만 그가 지나간 흔적도, 어딘가 은둔했던 흔적도 찾을 수 없었어요.
>
> 버려진 성에 대한 세심한 방문 조사도 진행되었지만 의심스러운 것은 전혀 발견되지 않았습니다.
>
> 그 후 56년 동안 나는 아무 소식도 듣지 못했습니다.

① 근묵자흑(近墨者黑)　　② 고립무원(孤立無援)　　③ 결자해지(結者解之)
④ 불가사의(不可思議)　　⑤ 자승자박(自繩自縛)

17_ 글을 읽으며 짐작할 수 있는 프랑수아의 심리로 적절한 것을 골라 봅시다.

> 프랑수아는 목걸이를 뚫어지게 관찰한 후, 변색된 가죽에 여전히 붙어 있는 녹슨 구리판의 글씨를 읽었다.
>
> "마드무아젤 코코트, 마부 프랑수아의 개."
>
> 죽은 암캐는 집에서 240킬로미터 떨어진 곳에서 주인을 다시 찾은 것이다!
>
> 그는 끔찍한 고함을 지르고 울부짖으며 있는 힘을 다해 강둑으로 헤엄치기 시작했다. 땅에 닿자마자 벌거벗은 채로 들판을 가로질러 미친 듯이 달아났다. 프랑수아는 미쳐 버렸다!

① 강에 던져버린 개가 살아오다니 참 귀찮군.
② 나를 불편하게 하는 개니까 빨리 도망가야지.
③ 죽인 개가 다시 나에게 돌아오다니 이건 신의 징벌이야.
④ 말 못하는 짐승은 귀하게 대접할 필요가 없지.
⑤ 앞으로는 인간에게 도움을 주는 동물만 키워야겠군.

Step1 우연한 사건에 의해 바뀌는 삶의 양상을 관찰해 봅시다.

가-1 그는 길 건너편으로 거슬러 올라갔다. 그러다 길을 잘못 든 것을 깨닫고 튈르리 궁전으로 다시 내려가서 센강(江)을 건너갔다. 그러다 또 길이 틀린 것을 깨닫고 딱히 생각한 것도 없이 무작정 샹젤리제로 다시 돌아왔다. 이치를 따져 보고 이해해 보려고 애썼다. 아내는 이렇게 값비싼 물건을 살 돈이 없었다. 절대로. 그렇다면 이건 선물이다! 선물! 누구의 선물이지? 왜?

그는 걸음을 멈추고 길 한복판에 서 있었다. 끔찍한 의심이 스쳐 지나갔다. 아내가? 그렇다면 다른 보석들도 모두 다른 이의 선물이었단 말인가! 땅이 뒤흔들리고 눈앞의 나무가 쓰러지는 것 같았다. 그는 팔을 벌린 채 의식을 잃고 쓰러졌다.

가-2 랑탱 씨는 이제 가격을 흥정하기도 하고, 화를 내기도 하고, 판매 장부를 보여 달라고 요구하기도 했다. 금액이 올라감에 따라 목소리도 점점 더 커졌다.

커다란 다이아몬드 귀걸이 2만 프랑, 팔찌 3만 5천 프랑, 브로치와 반지와 큰 메달은 1만 6천 프랑, 에메랄드와 사파이어로 만든 장신구 1만 4천 프랑, 금줄에 외알박이 다이아몬드가 달린 목걸이 4만 프랑, 모두 19만 6천 프랑에 달했다.

주인이 친절하지만 놀리는 듯한 말투로 말했다.

"저축한 돈을 모두 보석에 투자한 분이셨군요."

랑탱 씨는 근엄하게 말했다.

"돈을 투자하는 방법 중에 하나죠."

그는 구매자와 함께 다음 날 다시 감정을 해보기로 결정한 후 밖으로 나왔다.

랑탱 씨는 거리로 나와 방돔 광장의 원기둥을 바라보며, 마치 축제의 보물 따먹기 탑이라도 되는 양 위로 기어오르고 싶은 욕구를 느꼈다. 원기둥 꼭대기에 하늘 높이 세워진 황제의 동상 위에서 개구리뜀 놀이라도 하고 싶을 만큼 경쾌한 기분이었다.

그는 부아쟁 식당으로 점심을 먹으러 가서 한 병에 20프랑 하는 포도주를 마셨다. (중략)

6개월 후 그는 재혼했다. 두 번째 아내는 매우 정숙했지만 까다로운 사람이었다. 그녀는 남편을 많이 괴롭혔다.

나-1 엑토르의 말은 개선문을 지나자마자 갑자기 낯선 열기에 사로잡혀서는 전속력으로 길을 가로질러 마구간을 향해 내달렸다. 기수가 진정시키려고 아무리 애를 써도 소용없었다. 이제 가족이 탄 마차는 멀리, 저 뒤로 처졌다. 말은 산업회관 맞은편의 광장에 이르자 오른쪽으로 돌아 달려 나갔다.

앞치마를 두른 한 노파가 침착한 걸음으로 차도를 건너가고 있었다. 엑토르가 전속력으로 달리는 바로 그 길이었다. 말을 제어할 수 없었던 그는 목청을 다해 소리치기 시작했다. "어이! 이봐요! 비켜요!"

아마도 귀가 먹었는지 노파는 평온하게 계속 가던 길을 갔다. 결국 그녀는 기관차처럼 내달리는 말의 가슴팍에 부딪혀 치마를 공중으로 흩날리며 세 번 곤두박질한 다음 열 발자국쯤 멀찍이 굴러갔다.

사람들이 소리쳤다.

"붙잡아!"

얼이 빠진 엑토르는 말갈기에 바짝 달라붙어 울부짖었다.

"사람 살려!"

심한 흔들림 때문에 엑토르는 말 귓가 너머로 총알처럼 튕겨 나갔고 때마침 그를 향해 달려 나온 경관의 팔 안에 떨어졌다.

눈 깜짝할 사이에 성난 사람들이 손짓발짓을 하고 고함을 지르며 주변으로 모여들었다. 커다란 원형 훈장을 달고 크고 흰 수염을 기른 노신사 하나가 특히 화를 냈다. 그가 반복해서 말했다.

"빌어먹을, 그렇게 솜씨가 서투르면 집에 처박혀 있어! 말을 몰 줄도 모르면서 거리로 나와 사람들을 죽이면 안 되지!"

나-2 "아! 딱한 양반, 차도가 없어요. 아주 진이 다 빠진 느낌이에요. 나아진 게 없다고요."

의사는 합병증이 발생할 수도 있으니 기다려 봐야 한다고 말했다.

엑토르는 사흘을 기다린 후 다시 찾아갔다. 안색이 밝아지고 시선도 맑아진 노파는 그를 보자 투덜거리기 시작했다.

"움직일 수가 없어요, 움직일 수가. 딱한 양반, 죽을 때까지 낫지 않을 거 같군요."

(중략)

일주일이 지나고 보름이 지나고 한 달이 지났다. 시몽 부인은 의자에서 떠나지 않고 있었다. 아침부터 저녁까지 잘 먹어 살이 쪘다. 다른 환자들과 즐겁게 이야기도 나눴으며 움직이지 않고 지내는 데 익숙해진 것 같았다. 마치 이것이 계단을 오르내리고, 매트리스를 뒤집고, 층층이 석탄을 나르고, 비질과 솔질을 하며 보낸 오십 평생 끝에 얻은 휴식이라도 되는 듯했다.

다 그들은 신중하게 소견을 밝히며 어쨌든 시몽 부인이 앞으로 일하기는 어렵다고 결론을 내렸다.

엑토르가 이 소식을 아내에게 알려 주자 아내는 의자에 털썩 주저앉으며 중얼거렸다.

"부인을 여기로 데려오는 게 낫겠어요. 그러면 비용이 덜 들 테니까."

엑토르는 펄쩍 뛰었다.

"여기, 우리 집으로 말이야?"

그러나 이제 모든 것을 체념한 아내는 눈물이 가득 고인 눈으로 대답했다.

"별수 없잖아요. 내 잘못은 아닌걸요……."

라 파티 날이 다가오고 있었다. 루아젤 부인은 슬프고 불안하고 근심이 가득해 보였다. 옷은 준비되어 있었는데 말이다. 어느 날 저녁 남편이 말했다.

"무슨 일 있어? 며칠 전부터 당신 아주 이상해 보이는데."

그러자 그녀가 대답했다.

"보석이 하나도 없어서 걱정이에요. 장신구가 아무것도 없잖아요. 얼마나 비참해 보이겠어요? 파티에 안 가는 게 나을 것 같아요."

남편이 다시 말했다.

"생화를 꽂아 보구려. 이 계절에는 아주 멋질 거야. 10프랑이면 화려한 장미를 두세 송이 살 수 있겠지."

그녀는 꿈쩍도 하지 않았다.

"아뇨…… 부유한 여자들 속에서 가난해 보이는 것처럼 굴욕적인 일은 또 없어요."

그러자 남편이 소리쳤다.

"아, 이런 바보! 당신 친구인 포레스티에 부인을 찾아가서 보석 좀 빌려 달라고 해 봐요."

마 서로 잘 어울리는 문화적 보완물들은 같은 성질의 의미를 가지고 있다. 소비재의 의미는 재화 체계에서의 위치와 문화적 범주 체계 간의 관계에서 비롯된다. 롤렉스 시계를 예로 들 수 있다. 롤렉스 시계는 다른 시계 브랜드와의 관계, 롤렉스 시계와 대응되는 인격, 장소, 시간, 경우 등의 문화적 범주에서 의미를 얻는다. 어떤 재화들이 서로 어울리는가를 결정짓는 것은 문화 범주들과 소비재 간의 대응인데, 동일한 문화 범주와 일치하는 제품들은 '구조적 등가물'이 되고 이들은 서로 어울린다는 것이다. 예를 들면 롤렉스 시계와 BMW 자동차는 동일한 문화 범주에 대응하는 구조적 등가물이 될 수 있다. 소비재가 하나씩 떨어져 있거나 이질적인 문화 범주에 속한 사물들과 함께 있으면 의미를 제대로 전달하지 못하고, 재화의 의미는 그 재화가 똑같은 의미를 갖는 다른 보완물들과 함께 놓여 있을 때 가장 잘 전달된다. 물질문화의 상징적인 속성은 어울려서 의미를 전해야 한다는 점이 물질문화 커뮤니케이션의 핵심이다. (중략)

디드로 효과는 개인이 가지고 있는 사물들 사이에 문화적 일관성을 유지하도록 강제하는 힘을 일컫는다. 개인이 가진 물건들은 그 사람의 정서 세계를 표출하고, 소유한 사물들을 통하여 그가 누구이며 또 무엇을 갈망하는지 인식한다. 또한 사물들은 우리의 과거를 생각나게 함으로써 과거와 현재를 연결시키고 우리를 안정시키는 작용을 한다. 사물의 연속성을 유지하는 디드로 효과는 개인들을 동요시키는 사물들이 그들의 생활 속에 들어오는 것을 막아줌으로써 물질세계의 문화적 일관성을 유지할 뿐 아니라 개인의 경험과 자아관의 연속성을 유지하도록 한다는 것이다.　　－ 박명희 외, 《생각하는 소비문화》

1_ **가**-1과 **가**-2에서 보여주는 주인공의 심리의 변화를 요약하고, 그 이유를 말해 봅시다.

....

....

....

....

....

....

2_ ㉓의 밑줄 친 부분의 아내의 대사의 의도를 제시문 ㉯를 토대로 생각해 봅시다.

3_ 제시문 ㉰를 토대로 ㉱의 주인공의 태도를 분석해 보고, 태도의 문제점을 발표해 봅시다.

Theme 01_ 프로이센-프랑스 전쟁

 모파상도 종군했던 프로이센-프랑스 전쟁(1870~1871)은 독일의 통일을 이루려는 프로이센과 이를 막으려는 프랑스 간에 벌어진 전쟁이며, 보불전쟁(普佛戰爭)이라고도 불린다.

 19세기에 신성 로마 제국의 영향력이 줄어든 가운데, 독일은 통일된 국가의 형태를 갖추지 못한 채 크고 작은 여러 제후국으로 분열되어 있었다. 1866년 프로이센-오스트리아 전쟁에서 승리하고 오스트리아를 독일 연방에서 몰아낸 뒤 북독일 연방을 결성한 프로이센 왕국은 프랑스와 계속 갈등을 빚었다. 당시 유럽의 최강국이었던 프랑스는 독일의 힘이 강해지는 것을 경계하며 사사건건 이웃 나라를 방해했다. 이때 프로이센의 재상 오토 폰 비스마르크(Otto von Bismarck, 1815~1898)는 프랑스를 격파해야 독일이 통일될 수 있다고 판단하여 러시아, 이탈리아와 군사 동맹을 유지하고 영국과 친선 관계를 도모하는 등 계획을 실행할 행동에 돌입한다.

 전쟁의 직접적인 계기는 스페인 왕위 계승 문제였다. 스페인 여왕 이사벨 2세가 9월 혁명으로 망명한 후 프로이센 빌헬름 1세의 친척인 레오폴트 왕자가 스페인의 다음 왕으로 거론되었다가 사양하며 일단락되었는데, 이를 놓고 프랑스의 나폴레옹 3세가 빌헬름 1세에게 '다시는 이런 일이 없도록 문서로 보장하라'고 요구했던 것이다. 이 사건이 확대 보도 되면서 양국의 전쟁 찬성 여론이 들끓었고, 나폴레옹 3세가 1870년 7월 19일 프로이센에 선전포고함으로써 전쟁이 시작되었다. 독일 남부 제후국들이 일제히 프로이센 편으로 참전하여 프로이센을 중심으로 뭉치게 되었다.

 프로이센군은 수적으로 우세하였을 뿐만 아니라 전술·전략적으로도 프랑스군을 압도했다. 발달된 철도망을 통해 군대를 신속하게 이동시켜 전쟁 초반에 기선을 제압하는 데 성공했으며, 1870년 9월 중순, 파리를 봉쇄하여 고립시킨다. 극심한 기근에 시달리자 프랑스의 국민방위정부는 평화를 제의했고 해가 바뀐 1871년 1월, 결국 휴전 협정이 체결되었다. 프랑스에 대한 독일의 승리는 통일된 독일이 근대 민족 국가로 등장하는 동시에 세계적인 강대국으로 발돋움하는 역사적 순간이 되었다.

가 아버지, 어머니, 그리고 자녀 사이의 안정적인 성적(sexual) 연계를 통해 수립된 관계는 매우 자연스러운 공동체이다. 그러나 이런 자연적 공동체가 경제적으로 유지되지 못한다면 그 존립 근거는 불안정해지고 만다. 부계 사회도 이와 같은 경제적 기반 없이는 존속하기 어렵다. 형제자매들 사이의 부양 공동체도 마찬가지로 공통의 부모를 갖는다는 점보다는 공동의 경제적 생존 기반을 지닌다는 점에서 가족으로서 의미를 지닌다. 이처럼 가족 공동체가 특수한 사회제도로 자리 잡게 되면 성적·생물학적 관계를 넘어 다양한 집단적 관계가 그로부터 만들어진다.

한편 결혼이라는 관념은 가족 구성원들 사이에 단순히 성적 연계와 사회화 과정을 위해서만 만들어진 것은 아니라고 할 수 있다. 결혼이라는 관념은 이런 기능을 넘어서 다른 집단과의 관계 속에서 규정되기 때문이다. 결혼은 하나의 사회적 제도로서 단순한 성적 관계의 차원을 넘어서는 것인데, 이는 종족으로부터 허가 받지 못한 결혼의 경우 종족의 관용을 기대하기 어려우며, 특히 결혼 관계에서 탄생한 아이들이라 할지라도 안정적이면서 허가 받은 관계일 경우에만 종족 내에서 인정받을 수 있다는 점에서 그렇다. 적자와 서자의 구분은 이처럼 가족과 종족의 관계 속에서 중요한 의미를 갖는다. 결혼이 특별한 의미를 지니는 것은 이처럼 단순한 성적·생물학적 관계를 넘어 집단적인 규제 하에 가족을 형성하기 때문이다. 이처럼 생물학적 공동체가 하나의 가족으로 발전하기 위해서는 특수한 경제 조직의 기반 위에 정상적인 사회 활동을 증진시킬 수 있어야 한다. 이런 맥락에서 사냥과 유목을 주로 하던 원시 시대에는 가족이 존재했다고 볼 수 없다. 설사 가족공동체가 존재했다고 하더라도 단지 부차적인 역할밖에 수행하지 못했을 것이다. 하지만 이후의 가족은 포괄적인 경제적 집단으로 발전해 왔으며, 지속적이면서 집중적인 사회 행동을 가능케 했다.　　　　－막스 베버, 《경제와 사회》

나 샤를로는 초가집 문턱에 서서 장이 지나가는 것을 바라보고 있었다.

저녁 식사를 하며 그가 늙은 부모에게 말했다.

"발랭네 아이를 데려가게 하다니 너무 어리석으셨어요!"

어머니가 완강한 태도로 대답했다.

"난 자식을 팔고 싶지 않았다!"

아버지는 아무 말도 하지 않았다.

아들이 다시 말했다.

"그런 식으로 희생되는 건 불행한 일이 아니에요!"

그러자 아버지가 화가 난 말투로 말했다.

"너를 보내지 않았다고 우리를 비난하는 거냐?"

청년이 거칠게 답했다.

"네, 멍청이라고 비난하는 거예요. 아버지 어머니 같은 부모들이 자식을 불행하게 만들어요. 그러니 제가 부모를 떠날 만하죠."

어머니는 접시를 앞에 놓고 울고 있었다. 수프를 숟가락으로 떠먹다가 반은 흘리며 울먹였다.

"자식을 키운 게 무슨 죽을죄라도 되는 거냐!"

그러자 아들이 퉁명스럽게 말했다.

"이렇게 살 바에야 차라리 태어나지 않은 게 나아요. 오늘 오후에 그 아이를 보았을 때 피가 거꾸로 솟는 것 같았어요. '내가 저런 사람이 되었을 텐데!' 하는 생각이 들었다고요."

그는 일어섰다.

"자, 제가 여기 남지 않는 게 더 나을 것 같아요. 여기 있으면 아침부터 저녁까지 두 분을 비난하고 괴롭히게 될 테니까요. 그리고 절대로 두 분을 용서하지 않을 거예요!"

망연자실한 두 노인은 침묵 속에 눈물만 흘렸다.

다 아버지가 의자에 주저앉으며 더듬더듬 말씀하셨어.

"쥘이야, 틀림없어!"

그러고는 이렇게 물으셨지.

"어떡하지……?"

어머니가 재빨리 대답하셨어.

"애들을 떼어 놓아야 해요. 조제프는 다 알고 있으니 이 애를 보내서 다른 애들을 찾아오도록 해요. 특히 사위가 아무것도 눈치채지 못하게 조심해야 해요."

아버지는 심한 충격을 받으셨는지 이렇게 중얼거리셨어.

"이게 웬 날벼락이람!"

갑자기 어머니가 화가 난 듯 덧붙이셨어.

"저 도둑이 아무것도 하지 못하다 다시 우리에게 짐이 되는 게 아닌가 늘 의심스럽더니만! 다브랑슈 집안사람에게 뭘 기대할 수 있겠어!"

그러자 아버지는 어머니에게 비난을 받을 때면 늘 그러듯 이마로 손을 가져가셨지.

어머니는 다시 덧붙이셨어.

"당장 조제프에게 돈을 줘서 굴 값을 치르라고 해요. 저 거지 눈에 띄지 않는 수밖에 없어요. 그렇게 되면 배 위에서 아주 꼴좋은 상황이 벌어지겠죠. 반대편 끝으로 갑시다. 저 사람이 우리에게 다가오지 못하도록 해요!"

어머니는 자리에서 일어나셨고 부모님은 내게 5프랑짜리 돈을 준 후 멀리 가버리셨어.

누나들은 놀란 눈으로 아버지를 기다리고 있었어. 나는 어머니가 뱃멀미를 조금 하신다고 말해 준 다음 굴 까는 사람에게 물었지.

"얼마예요, 아저씨?"

나는 삼촌이라고 부르고 싶었어.

그가 대답했지.

"2프랑 50이오."

내가 5프랑을 내밀자 그가 거스름돈을 주었어.

나는 그의 손을, 뱃사람의 가엾고 온통 쭈글쭈글한 손을 바라보았어.

라 몇 달 전 남편과 나는 드디어 책을 한데 섞기로 결정했다 우리는 안 지 10년, 함께 산 지 6년, 결혼한 지 5년 된 사이였다. 이제 우리의 어울리지 않는 커피 잔들도 우호적으로 공존하게 되었다. 우리는 티셔츠도 바꾸어 입고, 여차하면 서로의 양말을 갖다 신기도 한다. 우리가 모은 레코드들은 이미 오래 전에 무사히 서로 다른 종족 간 혼인에 성공하여, 예컨대 나의 조스캥 데프레(르네상스 시대의 대표적 작곡가)의 모테트(종교 합창곡의 일종)들은 조지의 《제퍼슨 에어플레인(1960년대 인기를 끌었던 미국의 록밴드)의 최악의 선곡집》 곁에서 환심을 사려고 애를 쓰고 있었는데, 우리는 이 결합이 양쪽을 풍요롭게 해주는 것이라고 믿었다. 그러나 우리의 책들은 계속 별거 상태에서 벗어나지 못하여, 내 책은 주로 우리 아파트의 북쪽 끝에, 그의 책은 남쪽 끝에 자리 잡고 있었다. 나의 《빌리 버드》가 그의 《모비딕》(둘 모두 19세기 미국 작가 허먼 멜빌의 작품)으로부터 10미터나 떨어진 곳에서 시름에 잠겨 있는 것은 말이 안 되는 일이라는 데

일찌감치 합의를 했건만, 실제로 둘을 합쳐 주는 일에는 우리 둘 다 손가락 하나 까딱하지 않았다.

우리가 두 멜빌을 나란히 두는 일을 망설인 데는 우리 성격의 본질적 차이도 작용을 했다. 조지는 병합파다. 나는 세분파다. 그의 책들은 민주적으로 뒤섞여, 문학이라는 포괄적인 깃발 아래 통일되어 있었다. 어떤 책은 수직으로, 어떤 책은 수평으로, 심지어 어떤 책은 다른 책 뒤에 꽂혀있기도 했다. 내 책들은 국적과 주제에 따라 소국들로 분할되어 있었다.

5년 동안 결혼 생활을 하면서 아이까지 하나 낳은 뒤, 조지와 나는 마침내 우리가 장서 합병이라는 좀 더 깊은 수준의 친밀함을 이룰 준비가 되었다고 결론을 내렸다. 그러나 우리는 곧 난관에 부딪혔다. 내가 영국 문학은 연대순으로, 그러나 미국 문학은 저자 이름순으로 정리한다는 계획을 발표했기 때문이다. 나의 논리는 이런 식이었다. 우리의 영문학 책들은 6백 년에 걸쳐 있기 때문에 그것을 연대순으로 꽂아 놓으면 우리 앞에서 문학의 넓은 지평이 펼쳐지는 것을 한눈에 볼 수 있다. 빅토리아 여왕 시대 작가들은 한 몸이다. 그들을 분리시켜 놓는다는 것은 이산가족을 만드는 것과 다름없다. 결국 조지는 굴복하고 말았는데, 진심으로 내 논리에 감복했다기보다는 가정의 평화를 위해서였다. 그러나 내 셰익스피어(16세기 중반에서 17세기 초반에 살았던 영국의 극작가 겸 시인) 책들을 한 책꽂이에서 다른 책꽂이로 옮기는 것을 보고 내가 "그 작품들은 꼭 연대순으로 꽂아야 돼!"하고 소리치는 순간 그만 일이 터지고야 말았다.

"그러니까 한 작가 내에서도 연대순으로 가잔 말이야?" 그는 입을 떡 벌렸다. "하지만 셰익스피어가 작품을 쓴 연도는 아직 정확히 밝혀지지도 않았잖아!"

나는 밀리지 않고 몰아붙였다. "그래도 《로미오와 줄리엣》을 《폭풍》보다 먼저 썼다는 것은 알잖아. 나는 그 사실이 내 책꽂이에노 그대로 반영되기 바라."

조지는 나와 결혼해 살면서 이혼을 심각하게 생각한 적은 거의 없는데 그때만은 달랐다고 했다.

우리의 장서들은 이제 흠 하나 없는 질서를 갖추게 되었으나 왠지 약간 답답했다. 조지가 내 인생에 들어오기 전의 내 삶처럼. 그래서인지, 몇 주가 지나면서 보일 듯 말 듯 조지의 방식이 다시 우위를 차지하기 시작했는데, 내 쪽에서도 그것이 꼭 반갑지 않은 것만은 아니었다. 새 집의 기초를 구획하는 반듯반듯한 줄들이 바람에 실려 온 잡초 몇 포기와 쓰러져 있는 세발자전거에 의해 누그러지듯이, 우리의 흠 하나 없는 새로운 체계도 서로 밀접한 동맹을 맺고 있는 엔트로피의 힘(정돈된 상태가 자연적으로 무질서한 상태로 가려는 경향)과 남편의 힘에 의해 누그러졌다. 우리 침대맡의 탁자는 새로 들어온, 정리되지 않은 책들의 무게 때문에 가운데가 처지기 시작했다. 셰익스피어는 다시 뒤죽박죽이 되었다. 어느 날 어떻게 된 일인지 《일리아스》, 《로마제국 쇠망사》(18세기 영국의 역사가 에드워드 기번의 저서)가 '친구와 친척' 칸에 비집고 들어가 있는 모습이 눈에 띄었다. 확실한 물증을 들이대는 나에게 조지가 집게손가락에 가운뎃손가락을 겹치며 하는 말, "기번하고 나하고는 이렇게 친한 사이였거든."

이렇게 나의 책과 그의 책은 우리 책이 되었다. 우리는 <u>진정으로 결혼</u>을 한 것이다.

– 앤 패디먼, 《서재 결혼시키기》

마-1 12월경 눈이 내리기 시작하자 세월의 흐름에 따라 사람도 그러하듯 지난 수백 년에 걸쳐 점점 더 차가워진 듯한 오래된 저택의 싸늘한 공기에 그녀는 몹시 괴로웠다. 결국 어느 날 저녁 남편에게 말했다.

"있잖아요, 앙리, 여기에 난로를 하나 놓게 해줘요. 그러면 벽도 마를 거예요. 정말이지 아침부터 저녁까지 온종일 몸이 따뜻해지질 않아요."

처음에 그는 자신의 저택에 난로를 놓는다는 이 기상천외한 생각에 어안이 벙벙했다. 그에게는 개밥을 평평한 접시에 담아 주는 쪽이 오히려 더 자연스럽게 느껴졌다. 곧이어 가슴에서 힘차게 터져 나오는 웃음을 터뜨리며 같은 말을 되풀이했다.

"여기에 난로라니! 여기에 난로라니! 아! 아! 아, 정말 웃기는 이야기로군!"

그녀는 끈질기게 요구했다.

"정말 추워 죽겠어요, 여보. 당신은 항상 움직이니까 잘 모르겠지만, 난 추워요."

그는 계속 웃으면서 대답했다.

"됐어요! 익숙해질 거요. 게다가 추운 게 건강에 아주 좋아요. 당신도 틀림없이 더 건강해질걸. 젠장! 우리는 뜨끈뜨끈한 집에서 사는 파리지앵이 아니잖소. 더구나 봄이 곧 올 텐데 뭐."

마-2 우리 부부가 함께 여행한 한 달 동안 남편은 조용한 무관심으로 내 열정을 마비시키고 흥분을 사라지게 만들었어. 네 마리 말이 끄는 승합 마차를 타고 해가 떠오르는 비탈길을 내려갈 때면 창백한 아침 안개 뒤로 보이는 기다란 골짜기와 나무, 강과 마을의 모습에 나는 한껏 황홀해져 손뼉을 치며 남편에게 말했어. "정말 아름답다, 여보, 키스해 줘요!" 그러면 그는 어깨를 살짝 으쓱한 다음 친절하지만 차가운 미소를 지으며 이렇게 대답하곤 했어. "경치가 마음에 든다는 게 키스할 이유는 아니지 않소."

그러면 나는 심장까지 얼어붙는 것 같았어. 나는 사랑하는 사이라면 감동적인 광경 앞에서 서로를 사랑하고픈 욕구가 더 커지는 법이라고 생각해.

그러니까 내 안에서는 시적인 감흥이 들끓고 있는데 남편이 발산하지 못하게 틀어막았던 거야. 뭐랄까, 나는 마치 증기가 가득 찼는데 꽉 막혀 버린 보일러 같았지.

1. 제시문 ㉮를 토대로 ㉯의 샤를로의 가출과 ㉰의 가족들의 외면의 이유를 생각해 봅시다.

2. 제시문 ㉱의 밑줄 친 '진정한 결혼'의 의미를 생각해 보고, 제시문 ㉲의 주인공들이 겪는 어려움에 대하여 말해 봅시다.

가 모든 인간에게 가장 공통적인 것은 먹고 마셔야 한다는 사실이다. 그리고 이것이야 말로 독특하게도 가장 이기적인 것이며, 매우 직접적으로 개인에게 한정된 것이다. 그리고 원초적이고 생리학적인 사실이기도 하다. 하지만 이런 행위 자체가 인간의 보편적 특성이기 때문에 공통된 행위로 발전해 간다. 식사의 사회학적 구조가 여기서 나타나게 되는데, 이 구조는 먹는 행위가 보여 주는 배타적이고 이기적인 탐욕이 여럿이 자주 함께 모여 식사하는 습관과 결부됨으로써 생겨난다. 사람들은 어떤 특별한 관심사나 이해관계를 공유하지 않더라도 공동 식사에 함께 모일 수 있다. 고대 셈족에게 이것은 신의 식탁에 공동으로 참석해서 형제의 관계를 맺음을 의미했다. 아랍인에게는 공동으로 먹고 마시는 것이 심지어 철천지원수를 친구로 바꾸기도 하는, 엄청나게 커다란 사회화의 효력을 발생시키는 일이다. 이것은 사람들로 하여금 철저히 배타적으로 자기 자신의 몫만을 먹고 마신다는 사실을 간과하도록 만들며, 결과적으로 같은 것을 먹고 마심으로써 공동의 피와 살이 된다는 원시적인 표상을 만들어낸다. 빵을 예수의 몸과 동일시한 기독교의 성찬식에 이르러서 비로소 공동 식사라는 신화의 토대 위에서 먹는 것의 진정한 정체성이 창출되고, 또한 이를 통해서 참가자들 사이에 유일한 연결 방식이 창출되었다. 여기에서는 모든 사람들이 전체 가운데에서 다른 사람에게 허용되지 않은 자기만의 부분을 차지하는 것이 아니라, 누구나 분할되지 않은 전체를 차지한다는 생각 속에 모든 식사의 이기주의적 배타성이 철저하게 극복된다. 그리하여 공동 식사는 생리학적으로 원초적이고 불가피하게 보편적인 사건을 사회적 상호 작용의 영역과 초개인적 의미의 영역으로 고양시킨다는 바로 그 이유 때문에, 여러 역사적 시기에 막대한 사회적 가치를 획득했다.

– 게오르크 짐멜, 《짐멜의 모더니티 읽기》

나 비곗덩어리는 부드럽고 겸손한 목소리로 수녀들에게도 음식을 권했다. 수녀들은 즉각 수락하고 감사의 말을 중얼거린 다음 눈도 들지 않고 허겁지겁 먹기 시작했다. 코르뉘데 역시 옆자리 여자의 권유를 거절하지 않았다. 그는 수녀들과 함께 무릎 위에 신문을 펼쳐서 식탁 대용으로 삼았다.

입들이 끊임없이 열리고 닫히며 미친 듯이 집어넣고 씹고 삼켰다. 루아조도 자기 자리에서 열심히 먹어대다가 작은 소리로 아내에게도 먹으라고 권했다. 그녀는 한참 동안 거절했지만 창자가 경련을 일으키자 굴복하고 말았다. 그녀의 남편은 한껏 부드러운 표현으로 비곗덩어리를 '매력적인 동행인'이라고 부르며 루아조 부인에게도 한 조각 줄 수 있는지 물었다. 비곗덩어리가 상냥한 미소를 지으며 말했다. "그럼요, 물론이죠." 그러고는 단지를 내밀었다. (중략)

비곗덩어리에게 말도 걸지 않고 그녀의 음식을 먹을 수는 없는 노릇이었다. 그래서 이야기가 시작되었는데 처음에는 조심스럽던 대화가 그녀의 예의 바른 태도 덕분에 점차 활발해졌다. 처세술이 뛰어난 브레빌 백작 부인과 카레 라마동 부인은 세련되고 상냥한 태도를 보였다. 특히 백작 부인은 그 어떤 교제에서도 품위를 잃지 않는 고결한 귀족 부인답게 다정한 친절을 베풀었고 상냥하게 굴었다.

🄓 길을 떠난 지 세 시간 후, 루아조가 카드를 거둬 모으며 말했다. "배가 고프네."

그러자 그의 아내가 끈으로 묶은 바구니에 손을 뻗어 식은 송아지 고기 한 조각을 꺼냈다. 그녀는 정성을 다해 고기를 얇고 탄탄하게 자른 다음 남편과 함께 먹기 시작했다.

"우리도 먹을까요?" 백작 부인이 말했다. 사람들이 동의하자 그녀는 두 부부를 위해 준비한 음식을 풀어 놓았다. 토끼 고기 파이가 들어 있다는 표시로 뚜껑 위에 도자기로 만든 토끼가 붙어 있는 길쭉한 그릇 안에 음식들이 가득했다. 하얀 비계가 사냥 고기의 검붉은 살을 강처럼 가로지르는 맛 좋은 돼지고기 제품도 있었고 곱게 간 다른 고기들도 섞여 있었다. 신문지에 싸 가지고 온 네모난 그뤼에르 치즈 덩이의 기름진 표면 위에는 '다양한 소식'이라는 글자가 새겨져 있었다.

두 수녀는 마늘 냄새가 나는 동그란 소시지를 펼쳤다. 코르뉘데는 볼품없는 짤막한 외투 양쪽에 달린 커다란 주머니에다 두 손을 동시에 집어넣더니 한쪽에서는 삶은 달걀 네 개를, 그리고 다른 한쪽에서는 굳은 빵 덩어리를 꺼냈다. 그는 달걀 껍데기를 벗겨 발밑에 깔린 밀짚 속으로 던진 다음 베어 먹기 시작했다. 샛노란 노른자 부스러기가 커다란 수염 위로 떨어져 수염 속에 별이 박힌 것처럼 보였다.

비곗덩어리는 급히 일어나서 서두르는 바람에 아무것도 가져올 생각을 하지 못했다. 태연하게 음식을 먹고 있는 사람들을 바라보고 있으니 화가 나서 숨이 막힐 것 같았다. 처음에는 치밀어 오르는 분노로 몸이 떨렸다. 그래서 입술까지 올라오는 욕설을 한바탕 퍼부으며 저들의 소행을 비난하려고 입을 열었다. 그러나 복받쳐 오르는 울화로 목이 메어 아무런 말을 할 수가 없었다. (중략)

울지 않으려고 안간힘을 쓰며 어린애처럼 오열을 삼켰다. 그러나 눈물이 솟아올라 눈꺼풀 끝에서 반짝이더니 곧 두 줄기 굵은 눈물방울이 뺨 위로 천천히 흘러내렸다. 뒤이어 마치 바위에서 물방울이 새어 나오듯 눈물은 점점 더 빨리 솟구쳐 흘러내려 불룩한 가슴 위로 뚝뚝 떨어졌다.

라 수녀의 의견에 따르면 의도만 좋다면 주님의 마음을 불쾌하게 만드는 일은 결코 없었다. 백작 부인은 기대에 없었던 이 공모자가 성스러운 권위를 이용해 '목적이 수단을 정당화한다'는 도덕적 격언에 대해 교훈적인 장광설을 늘어놓도록 만들었다.

백작 부인이 물었다.

"그럼 수녀님, 동기가 순수하다면 하느님은 모든 수단을 인정하시고 행위를 용서하신다고 생각하시나요?"

"누가 그것을 의심할 수 있겠어요, 부인? 그 자체로는 비난받을 행동이라도 행동을 이끈 의도에 따라 칭송받는 경우도 있답니다."

수녀들은 이렇게 신의 의지를 해명하고 신의 결정을 예견하며 실제로는 전혀 상관없는 일에 신을 개입시키면서 이야기를 계속했다.

모든 것은 교묘하고 신중하게 포장되었다. 그러나 수녀 모자를 쓴 성녀의 한마디 한마디는 분개한 창녀의 저항에 균열을 만들고 있었다. 곧 화제가 조금 바뀌었다. 묵주를 늘어뜨린 수녀는 자기 교단의 수녀원과 수녀원장, 자기 자신, 그리고 곁에 있는 사랑하는 생니세포르 수녀에 대해 이야기했다. 그들은 천연두에 걸린 수백 명의 병사들을 돌보기 위해 르아브르의 병원으로 불려 가는 중이었다. 그녀는 그 불쌍한 사람들에 대해 이야기하고 그들의 병을 자세히 설명했다. 저 프로이센인의 변덕 때문에 이곳에 붙잡혀 있는 지금, 어쩌면 구할 수도 있을 수많은 프랑스인이 죽어 가고 있는지 모른다! 병사 간호가 전문 분야인 수녀는 크리미아, 이탈리아, 오스트리아에도 갔었다. 전쟁담을 이야기하면서 갑자기 자신이 북과 나팔이 울리는 전쟁터의 수녀임을 드러내 보였다. 부대를 따라다니고, 전투의 소용돌이 속에서 부상자를 부축해 오고, 툭하면 규율을 어기기 일쑤인 덩치 큰 군인들을 그들의 지휘관보다 더 잘 길들이는 데 타고난 듯한 수녀 말이다. 진정한 종군 수녀로서 구멍이 숭숭 파이고 황폐해진 얼굴은 곧 전쟁의 참화를 상징하는 것 같았다.

수녀 다음으로는 아무도 말하는 사람이 없었다. 그만큼 효과가 대단한 모양이었다.

1_ 제시문 **㉮**의 '공동 식사'의 의미를 말해 봅시다.

....

....

....

....

2_ 제시문 **㉯**의 엘리자베트 루세의 행동과 **㉰**의 구성원의 행동을 비교하여 요약해 보고, 엘리자베트 루세의 '눈물'의 의미를 생각해 봅시다.

....

....

....

....

3_ **㉱**의 인물들의 발화 '의도'를 생각해 보고, 그들이 보인 태도를 비판해 봅시다.

....

....

....

....

Step 4 작품을 읽고 선입견과 편견이 진실을 가리는 상황에 대해 생각해 봅시다.

㉮ 오슈코른 영감은 브레오테에서 이제 막 고데르빌에 도착했다. 그는 장터로 향하다가 땅에 떨어져 있는 작은 노끈 도막을 보았다. 절약이 몸에 밴 진짜 노르망디 사람으로서 오슈코른 영감은 사용할 만하다면 뭐든 주워 두는 것이 좋다고 생각했다. 류머티즘을 앓고 있던 탓에 힘들게 몸을 굽혀 땅에서 가느다란 노끈 한 도막을 주웠다. 그런 다음 정성 들여 노끈을 돌돌 감으려고 할 때, 마구(馬具) 상인 말랑댕 영감이 문턱에 서서 자신을 바라보고 있는 모습이 보였다. 그들은 예전에 말고삐 때문에 싸운 적이 있었는데 두 사람 다 집요한 성격인지라 여전히 서로에게 화가 나 있었다. 오슈코른 영감은 진창 속에서 노끈 도막을 줍는 모습을 원수에게 들킨 것이 수치스러웠다. 그는 주운 물건을 황급히 웃옷 밑에 감추었다가 다시 바지 주머니에 넣었다. 그리고 뭔가 아직 찾지 못한 물건이 있는 척 바닥을 살피는 시늉을 하다가 통증 때문에 머리를 앞으로 내밀고 몸을 구부린 채 장터로 향했다.

㉯ 우리 모두는 이 세계와 삶, 경제, 투자, 경력 등에 대해서 이론을 세워야 한다는 압박을 받고 있다. 뭔가 가정을 세우지 않고는 일이 안 되는 것이다. 평생 동안 '인간은 선하다'라는 이념을 갖고 살아가는 사람은 이 이론이 옳다는 증거를 충분히 발견할 것이다. 반대로 '인간은 악하다'라는 생각을 갖고 평생을 살아가는 사람은 그 이론이 옳다는 증거를 충분히 발견할 것이다. 박애주의자이든 인간 혐오자이든 '확인되지 않은 증거'는 걸러내고, 대신 자신들의 세계관을 입증해 주는 수많은 증거들만 간직할 것이다. 점성가나 경제 전문가들도 그와 같은 원리에 따라 행동한다. 그들이 내뱉는 말들은 너무나 그럴 듯해서 그 말을 입증할 만한 증거들을 마치 자석처럼 강하게 끌어당긴다. 예를 들어 "다음 주에 당신은 서글픈 순간들을 겪게 될 겁니다."라든가, "중장기적으로 달러에 대한 평가절하 압박이 증가할 것입니다."라는 말을 들었다고 하자. 그러면 당신은 평상시라면 아주 사소하게 넘겼을 일들도 점성가가 예언한 '서글픈 순간'으로 인식하게 되고, 달러화에 대한 투자를 그만둘지 심각하게 고민하게 될 것이다. 하지만 조금만 더 냉철하게 생각해 보면 그것 역시 확인되지 않은 증거들일 뿐이다.

수많은 경고에도 불구하고 우리는 자연스럽게 새로운 정보들을 배제한다. 예를 들어 어느 회사의 이사회에서 새로운 성장 전략을 추진하기로 결정했다고 하자. 그러면 이후로는 그 전략이 성공할 것이라는 근거만 차고 넘칠 정도로 많이 보인다. 그리고 모든 징후는 전략의 성공을 뒷받침하는 낙관적인 것으로 찬사를 받는다. 그와 반대되는 상황 증거들은 전혀 눈에 띄지 않으며, 혹시 발견되더라도 특수한 경우 또는 통제할 수 없는 천재지변이라는 말로 무시되고 만다. 다시 말해 그 이사회는 '확인되지 않은 증거'에 대해서는 몽매한 것이다. 경제 저널리스트들은 이러한 현상을 가장 심하게 경험한다. 그들은 종종 어떤 값싼 이론을 하나 세우고 거기에다 서너 개의 증거를 찾아 덧붙인다. 그러고 나면 그들의 기사가 완성된다. 예를 들어 "구글(Google)은 창의적인 기업 문화를 정립해 영유함으로써 성공했다."라는 내용의 기사를 쓴다면, 그와 비슷한 기업 문화를 갖고 성공한 두세 개의 다른 회사들을 찾아낸다. 그러나 그들은 그 반대의 노력은 하지 않는다. 창의적인 문화를 장려하지만 성공을 거두지 못하는 회사들이나 승승장구하지만 창의적인 문화를 장려하지 않는 회사들을 찾아보려는 노력은 하지 않는다. 이런 조건에 들어맞는 회사는 많다. 그러나 그들에게 그런 회사들은 보이지 않는다.

– 롤프 도벨리, 《스마트한 생각들》

다 역사상 특이한 현상들이 많지만 '마녀사냥'만큼 이해하기 힘든 현상도 드물다. 이 세상에 악마와 내통하는 자들이 있어서 이들이 사회 전체를 위험에 빠뜨리려는 음모를 꾸미고 있으며, 이웃집 여성이 밤에 고양이로 변신해서 관악산의 마녀 모임에 다녀왔다는 혐의를 받는다면 그것을 믿을 수 있을까? 그런데 실제로 유럽에서는 사회 전체를 위협하는 악마적인 세력이 존재한다고 철석같이 믿고 종교 재판소를 설치하여 마녀들을 소탕하는 운동을 벌였다.

마녀 집회 현상에 관해서는 전문 역사가들 사이에서도 아직까지 의견이 일치하지 않는다. 그러나 여러 견해들을 정리해 보면 어느 한 순간에 '마녀', '마녀 집회' 같은 개념이 만들어진 것은 아니고, 오랜 기간을 두고 차츰 정형화되어 갔다. 실제 마녀가 존재할 리는 없으므로 권력 당국이 가공의 개념을 만들어서 어이없는 희생을 강요한 것으로 요약된다. 말하자면 마녀 개념을 만들어서 죄 없는 사람을 잡아다가 고문하여 죄인을 만들고, 그 과정에서 재판관들이 확인했다고 하는 사실들을 바탕으로 다시 더 정교한 마녀 개념을 만들어 가는 악순환이 벌어졌다고 할 수 있다.

마녀사냥은 중세적 배경을 가졌지만 본질적으로 근대적 현상이라는 점에 주목할 필요가 있다. 근대로 들어오면서 일반 민중들은 정치적으로, 종교적으로 큰 에너지를 띠게 되었다. 다스리는 자 입장에서는 이들을 그 상태로 방치해서는 안 되고 질서 체계 안으로 끌어들여야 했다. 질서를 부과한다는 것은, 곧 그것을 거부하는 자들을 억압한다는 것을 뜻한다. 근대의 권력 당국, 곧 국가와 종교는 그들의 권위에서 벗어나려는 자들을 제거하고 모든 국민을 복종시키려 하였다. 국가는 종교로부터 이념을 빌리고 종교는 국가로부터 힘을 얻는다. 권력 당국의 입장에서는 한 국가 안에 있는 모든 사람은 사고마저도 함께 해야 했다. 모두 같은 종교를 믿어야 했으며, 종교의 신임을 받은 국왕을 잘 따라야 했다. 근대 국가는 '균질한 영혼'들이 국가 기구에 복종하도록 만들어야 했고, 마녀사냥은 결과적으로 국민을 복종하게 하는 역할을 했다. － 《고등학교 독서》

라 자신의 가치론적 의지 없이 세계 자체의 실상 그대로에 반응하는 방식을 노자는 '무위(無爲)'라고 표현하였다. '무위'의 반대말은 '유위(有爲)'이다. 유위란 이념이나 신념과 같은 가치론적인 어떤 근거를 가지고 세계와 관계하는 것이다. 그 기준에 따라 이 세계를 보고 싶은 대로 보는 것이다. 그런데 이 세계를 보고 싶은 대로 보는 사람은 보이는 대로 볼 수 있는 사람에게 항상 패배할 수밖에 없다. 보고 싶은 대로 보는 사람은 자신의 뜻을 세계에 부과하려고만 하고 세계의 변화 자체를 알려고 하지 않기 때문에 그 변화에 적절한 반응을 하기 어렵다. 반대로 이 세계를 보이는 대로 볼 수 있는 사람은 보고 싶은 대로 보는 사람을 항상 이긴다. 보이는 대로 보고 세계에 반응한다는 것은 세계의 변화에 딱 맞게 반응하는 것 아니겠는가? 이것이 노자가 말하는 '무위'의 힘이다. 이 '무위'의 힘을 지키면 세상에 이루지 못할 일이 없게 된다.

그렇다면 이 세계를 '보이는 대로' 본다는 게 무슨 뜻일까? 인간이 살아가는 과정은 지식이 쌓이고 경험이 축적되는 과정이다. 계속 쌓이는 이 지식과 경험을 부정하고 없애란 말인가? 그렇지는 않다. 또 그럴 수도 없다. 다만 지식과 경험에 지배되지 않은 눈으로 세계를 보라는 뜻이다. 지식과 경험은 이미 하나의 관념 체계로 형성된 것인데, 그것은 형성되는 순간 고집스러운 것으로 변하고 부패가 시작되기 때문에 거기에만 의존하면 세계 전체의 실상이나 변화를 감지할 수 없다. 지식이나 경험에 지배되지 않는다는 말은 어찌 보면 지식과 경험을 수단으로만 사용한다는 말도 될 것이고, 지식과 경험에 주도권을 넘겨주지 않는다는 말도 될 것이다. － 최진석, 《생각하는 힘, 노자 인문학》

• 영유(領有): 자기 것으로 차지하여 가짐.

1_ 제시문 **나**를 토대로 주변인들이 오슈코른 영감의 말을 믿지 않은 이유를 말해 보고, 이런 태도가 가져올 문제 상황을 설명(제시문 **다** 참조)해 봅시다. 그리고 문제의 해결 방안을 제시문 **라**의 논지를 바탕으로 발표해 봅시다.

....

....

....

....

2_ 오슈코른 영감은 죽는 순간까지 진실을 밝히려 합니다. 이와 같은 오해의 원인 제공에 누구의 잘못이 더 큰지 자신의 생각을 말해 봅시다.

오슈코른 영감의 잘못이 더 크다	주민들의 잘못이 더 크다

3_ 오슈코른 영감은 마을 사람들의 오해와 비웃음 때문에 결국 죽음에 이릅니다. 만약 여러분이 마을 사람 중 한 명이었다면 어떻게 행동했을지 적어 봅시다.

....

....

....

....

Step 5 모파상의 환상 문학의 특징을 정리해 봅시다.

가 기 드 모파상(1850~1893)은 〈목걸이〉, 〈여자의 일생〉, 〈비곗덩어리〉와 같은 사실주의 작가로 우리에게 잘 알려져 있지만, 환상 문학 또한 그의 전체 작품 가운데 중요한 위치를 차지하고 있다. 모파상은 300여 편의 단편 소설을 썼는데, 그 중에 약 40편의 작품은 환상 문학의 특징을 갖고 있다.

첫 단편 소설 〈박제된 손〉(1875)부터 거의 마지막 단편 소설인 〈누가 알아?〉(1890)까지 죽음, 공포, 환각, 광기 등의 병적 갈등 심리의 주제를 다룬 환상 문학은 모파상이 작품 활동을 한 기간 내내 그의 관심을 사로잡았던 테마이다.

모파상의 환상 소설들은 고딕식 이야기와 달리, 매우 일상적인 삶에서 출발하여 대부분의 경우 사실에서 일어날 수도 있는 사건들을 소재로 한다. 그러나 현실에서 일어날 수는 있지만 그 원인을 정확하게 알 수 없어 여러 가지 해석이 가능한 현상들이다. 소설 속의 기이한 현상들이 주인공들의 착란에 의한 환상인지, 아니면 그 주인공들이 설명하는 대로 특수한 의미를 부여해야 하는 현실인지 알 수 없다. 각각의 소설이 끝나더라도 그 소설이 소재로 취하는 기이한 현상들은 대부분의 경우 기이한 현상들로 남아있다.

이러한 모파상의 환상 소설들은 츠베탕 토도로프가 환상 문학의 특징으로 내세운 '망설임' 이론에 잘 부합한다. 환상 문학에 관한 다양한 이론들이 있지만, 최초로 환상 문학에 관한 이론서를 쓴 토도로프는 환상이란 '일상적인 자연의 법칙 밖에 모르는 인물이 초자연적으로 보이는 사건에 직면하여 느끼는 망설임'이라고 정의한다. 즉, 그런 현상을 이성적인 설명으로 환원시킬 것인지, 초현실성을 그대로 인정할 것인지 망설이게 된다는 것이다.

특히 〈오를라〉(1887)는 이 망설임이 탁월하고 미묘하게 묘사된 유명한 작품이다. 환상 소설을 읽는 재미는 이 망설임에 있다고 할 수 있다. 화자가 겪는 기이한 사건들이 화자의 몽유병이나 환각 또는 착시로 인한 것인지, 초현실적인 미지의 존재에 의한 것인지 알 수 없는 상태, 그 모호함에 의한 긴장의 지속이 독자로 하여금 끝까지 책을 놓지 못하게 한다. 이러한 점에서 〈오를라〉는 모파상의 작품 중에서도 걸작으로 꼽히며 환상 문학 장르에서 유례없는 작품으로 평가받고 있다. 〈오를라〉는 다섯 달 동안의 주인공의 일기 형식으로 구성되어 있으며 주인공인 화자가 서서히 보이지 않는 존재의 지배를 받게 되는 이야기다.

— 김영귀, 〈광기의 경계와 그 실체〉

나 그러다가 피로에 지쳐 잠이 들면 곧바로 그 목소리가 들리는 바람에 깜짝 놀라 벌떡 일어나곤 했다.

마침내 어느 날 밤, 막다른 골목에 몰린 겁쟁이처럼 그는 달려가 문을 열었다. 자신을 부른 자를 만나 입을 다물게 만들 생각이었다.

얼굴 가득 찬바람을 맞자 뼛속까지 얼어붙는 것 같았다. 그는 샘이 밖으로 달려 나간 것도 모른 채 문을 다시 닫고 빗장을 질렀다. 그리고 떨리는 몸으로 난로에 장작을 던져 넣고 몸을 녹이기 위해 그 앞에 앉았다. 그러다 갑자기 소스라치게 놀랐다. 누군가 벽을 긁으며 울고 있었던 것이다.

울리히는 미친 듯이 소리쳤다. "꺼져." 길고 고통스러운 신음이 대꾸했다.

그러자 남아 있던 이성이 공포에 휩쓸려 모두 사라져 버렸다. 그는 숨을 구석을 찾느라 뱅뱅 돌면서 "꺼져."라는 말만 되풀이했다. 상대방은 계속 울부짖으며 벽에 몸을 비비고 집을 따라 움직였다. 울리히는 그릇과 식량이 가득 들어 있는 떡갈나무 찬장으로 뛰어가 초인적인 힘으로 찬장을 들어 올린 다음 문까지 끌고 와서 앞을 가로막았다. 그리고 마치 적에게 포위되기라도 한 것처럼 매트리스, 짚을 넣은 깔개, 의자 등 남아 있는 모든 가구를 차곡차곡 쌓아서 창문을 막았다.

그러나 바깥에 있는 자는 이제 음산한 소리를 더 크게 내고 있었다. 청년도 비슷한 신음으로 대꾸하기 시작했다.

그들은 서로에게 끊임없이 으르렁거리면서 며칠 밤낮을 보냈다. 한쪽은 계속 집 주위를 돌면서 마치 부수기라도 하려는 듯 있는 힘을 다해 발톱으로 벽을 후벼 팠고, 집 안에 있는 다른 한쪽은 몸을 구부리고 귀를 돌벽에 갖다 댄 채 상대방의 모든 움직임을 따라다녔다. 그리고 상대방의 모든 부름에 무시무시한 고함으로 응수했다.

다 어느 날 그들이 물속에서 장난치며 놀고 있을 때 프랑수아가 갑자기 동료에게 소리쳤다.

"저기 떠내려오는 것 좀 봐. 내가 갈비 맛을 보게 해주지."

껍질이 벗겨지고 퉁퉁 부어오른 채 썩어 가는 커다란 짐승의 시체였다. 네 발을 허공으로 향한 짐승은 물살을 따라 떠내려오고 있었다.

프랑수아가 개구리헤엄으로 다가가면서 계속 농담을 했다.

"이런! 싱싱하지 않은데. 그래도 이게 웬 떡이야! 마른 놈도 아니네."

그는 커다란 썩은 짐승한테서 거리를 두고 주위를 빙빙 돌았다.

그러더니 갑자기 입을 다물고 그 짐승을 주의 깊게 쳐다보았다. 그리고 이번에는 한 번 만져 보려는 듯 가까이 다가갔다. 프랑수아는 목걸이를 뚫어지게 관찰한 후, 팔을 뻗어 짐승의 목을 잡고 썩은 몸을 돌려 보더니 자기 쪽으로 바싹 끌어당겼다. 그리고 변색된 가죽에 여전히 붙어 있는 녹슨 구리판의 글씨를 읽었다.

"마드무아젤 코코트, 마부 프랑수아의 개."

죽은 암캐는 집에서 240킬로미터 떨어진 곳에서 주인을 다시 찾은 것이다!

그는 끔찍한 고함을 지르고 울부짖으며 있는 힘을 다해 강둑으로 헤엄치기 시작했다. 땅에 닿자마자 벌거벗은 채로 들판을 가로질러 미친 듯이 달아났다. 프랑수아는 미쳐버렸다!

라-1 환상 문학은 문화적 질서가 의존하고 있는 토대를 제시한다. 왜냐하면 그것은 무질서, 불법적인 것, 법과 지배적 가치 체계 바깥에 놓여 있는 것들을 짧은 순간 열어 보이기 때문이다. 환상적인 것은 문화의 말해지지 않은 부분, 보이지 않는 것, 즉 지금까지 침묵을 강요당하고 가려져 왔으며 은폐되고 부재하는 것으로 취급되어온 것들을 추적한다. 다시 말해 환상 문학은 꺾이지 않는 욕망, 즉 이미 존재하거나 실제로 보일 수 있도록 허용된 것들과는 대립되는, 아직 존재하지 않거나 또는 존재하도록 허용된 적이 없는 것, 들어 보지 못한 것, 보이지 않는 것, 상상적인 것에 관한 열망에 대해 말한다. 나아가 환상 문학은 거부나 전복을 통해 급진적인 문화적 변형의 가능성을 확립하려 한다.
— 로즈메리 잭슨, 《환상성—전복의 문학》

라-2 신화가 없다면 모든 문화는 건강하고 창조적인 자연적 능력을 잃게 된다. 신화로 둘러싸인 지평선 속에서 비로소 문화의 움직임 전체는 하나로 통일, 완결되는 것이다. 상상력과 아폴로적 꿈의 모든 힘들은 신화를 통해서야 비로소 정처 없는 방랑에서 구제된다. 신화의 형상들은 보이지 않게 어디에나 존재하는 마적(魔的)인 파수꾼이어야 한다. 이 파수꾼의 비호를 받으며 젊은 영혼은 자라나게 되고, 어른은 자기 삶과 투쟁을 그 표식에 비추어 해석한다. 국가에 있어서도 신화적 토대보다 더 강력한 힘을 지닌 불문율은 없다. 왜냐하면 신화적 토대는 국가를 신화적 표상으로부터 자라나게 하고, 국가와 종교와의 관계를 보장해 주기 때문이다.

이제 신화에 의한 이끌림이 없는 추상적 인간, 추상적 교육, 추상적 풍습, 추상적 법률, 추상적 국가를 상상해 보라. 그 어떤 고유한 신화에 의해서도 제어되지 않는 무절제한 예술적 상상력의 방황을 눈앞에 그려 보라. 확고하고 신성한 근원을 갖지 못하여 자신의 모든 가능성을 고갈시키고, 그리하여 다른 문화에 기생할 수밖에 없는 어떤 문화를 상상해 보라. 이것이 오늘날의 모습으로서, 신화를 말살하려 했던 저 소크라테스 주의가 초래한 결과이다. 이제 신화를 상실한 인간은 영원히 굶주리며 모든 지나간 것들 사이에 서서 자신의 뿌리를 찾아 땅을 파헤치고 있다. — 프리드리히 니체, 《비극의 탄생》

마 소설에는 세 가지 의혹된 바가 있다. 헛것을 내세우고 빈 것을 천착하며, 귀신을 논하고 꿈을 말하였으니 지은 사람이 첫 번째 의혹이요, 허황된 것을 감싸고 비루한 것을 고쳐시켰으니 논평한 사람이 두 번째 의혹이요, 귀중한 시간을 허비하고 경전(經典)을 등한시했으니 탐독하는 사람이 세 번째 의혹이다. 소설을 지은 것도 옳지 못한 일인데 무슨 심정으로 평론까지 붙여 놓았단 말인가? 평론한 것도 옳지 못한 것인데 《삼국지》 또는 《수호전》을 속집(續集)까지 만든 자가 있었으니, 그 비루함을 더욱 논할 나위가 없다. 슬프다! 더욱 심한 자는 음란한 더러운 일을 늘어놓고 괴벽한 설을 부연하여 보는 사람의 눈을 기쁘게 하기에 힘쓰면서 부끄러워할 줄을 모른다. 내가 일찍이 보건대, 소설들 서목(書目) 중에 연의(演義)를 개척한 것도 있는데 비록 펼쳐 보지는 않았지만 그 명목만 보아도 너무 괴상하다. — 이덕무, 《청장관 전서》

1 제시문 **가**의 밑줄을 토대로 **나**, **다**에 나타나는 '불가사의한 현상'을 말해 봅시다.

나 (순박했던 젊은이)	**다** (성실했던 마부)

2_ 제시문 **라**는 환상, 신화와 같은 비일상적인 것들의 의미를 설명합니다. 제시문 **마**의 입장을 반박하고, 문학에서 비일상성이나 비현실성이 지니는 기능을 논해 봅시다.

....

....

....

....

....

도움주기

동양의 환상 소설, '전기 소설(傳奇小說)'

'전기(傳奇)'라는 말은 '기이한 것을 전한다'는 뜻으로 전기 소설은 우리나라 및 중국에서 유행했던 산문 문학 장르 중 하나이다. 우리 고전 소설에서는 주로 괴이하거나 신기한 설정, 믿기 어려운 내용을 중점적으로 다루는데, 현실의 인간 세계에서 벗어난 천상, 선계, 저승, 용궁, 꿈 속 등에서 벌어지는 사건 또는 초인적, 영웅적 능력을 발휘하는 사람이나 자연물이 중심이 된다. 소재는 비현실적이지만 작가의 의도와 개성이 잘 드러나며, 사건 전개의 폭이 넓고 인습과 현실 문제에 맞서는 인간의 의지를 나타낸다는 특징이 있다.

특히 우리나라의 대표적인 전기 소설에는 최초의 한문 단편 소설집인 김시습의 《금오신화》가 있다. 여기에는 〈만복사저포기〉, 〈이생규장전〉, 〈취유부벽정기〉, 〈용궁부연록〉, 〈남염부주지〉 등 총 5편이 수록되어 있다. 《금오신화》는 경이로운 세계관과 민속적인 사실을 살펴볼 수 있다.

Theme 02_ 모파상의 고향, 프랑스 노르망디

모파상의 고향이며, 이야기의 배경으로 자주 등장하는 노르망디(Normandie)는 프랑스 북서부에 자리 잡은 행정 구역이다. 중심 도시는 루앙(Rouen)이고 다섯 개 주(州)로 이루어져 있다. 프랑스 국제 무역의 관문인 동시에 북유럽 해상 무역의 중심지인 르아브르(Le Havre) 항구가 있어 다양한 국적의 배가 드나드는 곳이기도 하다.

'노르망디'라는 지명은 노르드인의 땅, 즉 유럽 북부의 바이킹족이 들어와 정착해 살면서 만들어진 것이다. 여기에 자리 잡았던 이들은 시간이 지나면서 기존의 노르드인과 다른 민족 정체성을 확립하였고, 정복왕 윌리엄 1세 시대에 잉글랜드 왕국을 정복하였다.

11~12세기 영국을 다스렸던 노르만 왕조와 후계 왕조의 권세가 대단했기 때문에 오랜 기간 정치적으로는 잉글랜드 왕국에 종속되어 있었으나 법적으로는 프랑스 왕국령이어서 양국 왕가 간의 분쟁 요소였으며, 백년 전쟁(1337~1453) 때 프랑스가 승리하여 완전히 프랑스령이 되었다.

우리에게 노르망디가 잘 알려진 이유 중 하나는 영화 〈라이언 일병 구하기〉의 배경이자 1944년 6월, 제2차 세계대전 때 연합군의 아이젠하워(Dwight D. Eisenhower) 장군이 이끈 '노르망디 상륙작전' 때문이다. 날씨가 험하고 파도가 높아 군수 물자를 옮기기에 조건이 좋지 않았던 노르망디 해안 대신 연합군이 영국과 가까운 칼레(Calais)로 들어올 것이라 예상했던 독일은 결국 전쟁 초기의 적절한 대응에 실패하고 말았다. 이후 연합군이 전세의 주도권을 쥐게 되었고 독일군은 1944년 8월 25일에 프랑스가 해방 될 때까지 제대로 저항하지 못하고 패배를 거듭한다. 노르망디 상륙작전의 성공은 나치 독일에 점령당한 프랑스를 해방시키고 유럽을 탈환하는 발판을 마련했다.

현재 노르망디 지역에는 1,300년의 역사가 담긴 몽생미셸(Mont-Saint-Michel) 수노원, 하얀 설벽과 코끼리 모양 바위가 유명한 에트르타(Etretat) 해안, 19세기 중반 여러 예술가들이 모여들었던 아기자기한 항구 도시 옹플뢰르(Honfleur), 프랑스의 대표 휴양 도시인 도빌(Deauville)과 트루빌(Trouville) 등이 있어 프랑스의 북서부 바닷가를 찾는 많은 여행객들의 사랑을 받고 있다.

1 다음 세 이야기 속의 주인공에게서 공통적으로 나타나는 역할의 특징을 분석하고, 그 사회적 기능과 의미를 다양한 측면에서 800자 안팎으로 논술해 봅시다.

> **가** 자세히 들어 보니 목 어울러 외는 소리, "나이 십오 세요, 얼굴이 일색이요, 만신에 흠 없고, 효열 행실 가진 여자 중가(重價) 주고 사려 하니, 몸 팔 이 누가 있소."
>
> 크게 외치고 지나거늘 심청이 반겨 듣고 문전에 썩 나서며, "외고 가는 저 어른들, 이런 몸도 사시겠소."
>
> 저 사람들 이 말 듣고 가까이 들어와서 성명 연세 물은 후에 저 사람들 하는 말이, "꽃 같은 그 얼굴과 달 가득 그 나이가 우리가 사 가기는 십분 마땅하거니와, 낭자는 무슨 일로 몸을 팔려 하나이까?"
>
> 심청이 대답하되, "맹인 부친 해원(解寃)키로 이 몸을 팔거니와, 이 몸을 사 가시면 어디 쓰려 하십니까?"
>
> "우리는 선인이라 남경 장사 가는 길에 인당수 용왕님은 인제수(人祭需)를 받는 고로 낭자의 몸을 사서 제수(祭需)로 쓸 터이니 값을 결단하옵소서."
>
> "더 주면 쓸 데 없고 덜 주면 부족하니, 백미 삼백 석을 주옵소서."
>
> 선인들이 허락하니 심청이 하는 말이, "내 집으로 가져오면 번거롭기만 할 터이니 봉은사로 보내옵고, 대사의 표를 맡아 나를 갖다 주옵소서."
>
> 선인이 허락하고 "이 달 보름사리 행선을 할 때 그날 데려갈 것이니 그리 알고 기다리라." (중략)
>
> 두 손을 합장하고 하느님 전 비는 말이, "도화동 심청이가 맹인 아비 해원(解寃)키로 생목숨이 죽사오니, 명천(明天)은 굽어 보사 캄캄한 아비 눈을 불일내(不日內)에 밝게 떠서 세상 보게 하옵소서."
>
> 빌기를 다한 후에 선인들 돌아보며, "평안히 배질하여 억십만금 이문을 내어 고향으로 가올 적에 도화동 찾아 들어 우리 부친 눈 떴는가 부디 찾아보고 가오."
>
> 뱃머리에 썩 나서서 만경창파(萬頃蒼波)를 제 안방으로 알고 '풍' 빠지니, 잠깐 사이에 바람이 삭아지고 물결이 고요하니, 사공들 하는 말이 "풍속낭정(風肅浪靜)하기는 심 낭자의 덕이로다."
>
> 술, 고기 나눠 먹고, 삼승돛 곧 채어 양편 갈라 떡 붙이고 남경으로 향하니라.
>
> ─ 신재효, 〈심청가〉

나 아리스티데스가 처음에는 '정의로운 사람'이란 별칭까지 들으며 사람들에게 존경받았는데, 뒤에 와서 미움을 받게 된 까닭은 테미스토클레스가 민중에게 아리스티데스는 사사로이 모든 소송사건을 심리 판결해 재판의 공식성을 없앴으며, 호위병이 없다 뿐이지 독재를 남모르게 행하려 한다는 소문을 퍼뜨렸기 때문이었다. 게다가 민중도 그 즈음에 와서는 승전국의 국민으로 교만한 마음이 생겨 자기네들보다 높은 지위와 명예를 가진 사람의 명성에 반감을 갖고 있었다. 이리하여 그들은 각지에서 시내로 모여들어 그의 명성에 대한 질투심을 감추고, 아리스티데스가 왕이 되려 한다는 미명 아래 패각 투표를 실시해서 그를 추방했다. 이렇게 아리스티데스를 탄핵한 그들은 자신들의 명예에 대한 시기심을 독재 정치에 대한 두려움이라고 말했다.

패각 투표는 범죄를 벌하기 위한 것이라기보다는 개인의 권력이나 명망이 너무 커지는 것을 눌러서 꺾어 놓는 일을 듣기 좋게 명명한 것에 불과하다. 질투의 자위책 치고는 과격하지 않은 방법으로, 상대에 대한 적개심이 돌이킬 수 없는 일(사형)에 이르지 않게 하고 10년 동안만 다른 지방에 나가 살게 하는 것이다. (중략)

패각 추방의 방법은 대략 다음과 같다. 사람들은 각자 조개껍질에 추방하고 싶은 사람의 이름을 써서 공회장에 판자로 설치한 곳에 던져 넣는다. 그러면 장로들이 그것을 한데 모아 수를 헤아려 투표자가 6천 명 미만이면 투표는 무효로 처리한다. 거기에 적힌 이름은 각각 분류하여 표가 가장 많이 나온 사람을 10년 동안 추방한다고 발표하는데, 그의 재산은 자유로이 사용하게 한다.

아리스티데스 추방 투표 당시 사람들이 조개껍질에 추방할 사람의 이름을 적었는데, 한 문맹자는 아리스티데스에게 조개껍질을 내밀며 그가 아리스티데스인 줄도 모르고 아리스티데스의 이름을 써 달라고 부탁을 했다. 아리스티데스는 짐짓 놀라며, 그가 당신에게 무슨 피해라도 입혔느냐고 물었다. 그러자 그는 "아니오. 나는 그를 전혀 모릅니다. 하지만 곳곳에서 정의로운 사람이라고 떠드는 것이 듣기 싫어 그렇습니다."라고 대답했다.

이 말을 들은 아리스티데스는 아무 말 없이 조개껍질에 자신의 이름을 적어 주었다. 이윽고 추방되어 아테네를 떠날 때, 그는 두 손을 높이 들어 아킬레스와는 반대로 이렇게 기도했다.

"이 땅의 민중이 아리스티데스를 다시 생각할 정도의 불행이 아테네에 생기지 않게 해주소서."

– 플루타르크, 《플루타르크 영웅전》

다 프로이센 군대가 루앙에 들어왔다. 시간이 지나고 처음의 공포가 일단 사라지자 시는 평온을 되찾았다. 여러 집에서 프로이센 장교가 식탁에서 식사를 하기도 했다.

사람들은 그동안 사귀어 놓은 독일 장교의 힘을 빌려 총사령관에게서 출발 허가를 받았다. 그래서 말 네 필이 끄는 큰 마차가 여행을 위해 준비되었고 열 사람이 좌석을 예약했다. 몰래 빠져나가기 위해서 화요일 아침, 해뜨기 전에 출발하기로 결정했다.

"모두들 타셨나요?"

안에서 어떤 사람이 대답했다. "다 탔소."

마차가 움직이기 시작했다. 여섯 사람이 마차 안쪽을 차지했다. 연금으로 생활하는 평안하고 유력한, 종교와 원칙을 지닌 점잖은 집단이다. 이상한 우연으로 여자들은 모두가 같은 쪽 좌석에 앉았다. 그리고 백작 부인 곁에는 두 명의 수녀가 있었는데 긴 염주를 만지작거리면서 기도를 외우고 있었다. 두 수녀의 맞은편에 한 쌍의 남녀가 모든 사람의 시선을 끌었다. 남자는 유명한 공화주의자인 코르뉘데였는데 점잖은 사람들에게 공포의 대상이었고, 여자는 매춘부라고 불리는 부류들 중의 하나이며 '비곗덩어리'라는 별명을 얻었을 만큼 뚱뚱했다. (중략)

이튿날은 아침 여덟 시에 출발하기로 했기 때문에 모두 식당으로 모여들었다. 그러나 마차 안이 포장에 눈을 잔뜩 뒤집어쓰고, 말도 마부도 없이 쓸쓸하게 마당 한가운데에 서 있었다. 외양간, 꼴 곳간, 마구간을 다 찾아도 마부는 없었다. 남자들은 근처를 뒤져 보기로 하고 밖으로 나왔다. 마침내 마을 술집에서 그 장교의 연락병과 의좋게 테이블에 앉아 있는 마부를 발견했다. 백작이 물었다.

"여덟 시에 말을 매라는 명령을 받지 않았던가."

"그럼요. 그러나 그 후에 또 다른 명령을 받았습죠."

"무슨 명령이야?"

"말을 매지 말라고요."

"누가 그런 명령을 했나?"

"보나마나 프로이센군 장교겠죠."

"왜?"

"저는 아무 것도 모릅니다. 가서 그분한테 물어보십시오. 저는 말을 매지 말라기에 그랬을 뿐입죠. 그뿐입니다."

그래서 사람들은 장교를 만나려고 했다. 세 신사가 위층으로 올라가자 여인숙에서 제일 좋은 방으로 안내받았다. 거기서 장교는 그들을 맞아들였다.

"왜 그러시오?"

백작이 대표로 대답했다. "우리는 떠나야겠는데요."

"안 되오."

"안 되는 이유가 무엇인지 말씀해 주실 수 없겠습니까?"

"내가 싫으니까. 그뿐이오. 내려가시오."

세 사람은 모두 머리를 숙인 채 물러났다.

그날 오후는 비참했다. 그들은 독일인의 변덕을 이해하지 못했다. 사람들이 식탁에 앉으려 할 때 폴랑비 씨가 다시 나타나서 가래가 끓는 목소리로 말했다.

"프로이센 장교님이 엘리자베트 루세(비곗덩어리) 양에게 아직 생각을 바꾸지 않았느냐고 물어보랍니다."

비곗덩어리는 얼굴이 새파랗게 질려 서 있었다. 갑자기 얼굴이 진한 다홍빛이 되더니 화가 치밀어서 말을 잇지 못하다 마침내 소리쳤다.

"그 더러운 짐승놈한테, 그 멍청이한테, 그 징그러운 프로이센 놈한테 가서 말하세요. 절대로 말을 안 듣겠다고. 알겠어요? 절대로, 절대로, 절대로 말이에요."

뚱뚱한 여인숙 주인이 나갔다. 그러자 사람들은 비곗덩어리를 둘러싸고 그가 찾아온 내막을 밝혀 달라고 졸라댔다. 그녀는 처음에는 거절하더니 이윽고 분노에 사로잡혀 외쳤다. "그놈이 뭘 원하냐고요? 그놈이 뭘 원하는지 정말 알고 싶어요? 그놈이 나하고 자고 싶대요!"

모두들 그 소리를 듣고 기가 막혔다. 그리고 분노에 치를 떨었다.

오후에 백작 부인이 산책을 하자고 권했다. 그러니까 백작은 기분이 내켜서 그러는 듯, 비곗덩어리의 팔을 끼고 딴 사람들보다 뒤떨어져서 걸었다. 그는 그녀에게 어버이다우면서도 약간 경멸 섞인 어조로 정답게 말했다. 비곗덩어리가 자기들에게 베푼 도움을 찬양했고, 자기들이 얼마나 감사할지 모른다는 말도 했다. 그러다가 갑자기 허물없는 말투로 "그렇지 않아? 그 녀석이 아마 제 나라에서는 좀처럼 찾아 볼 수 없는 미인을 알았다고 자랑할지도 모르지."

비곗덩어리는 아무 대답도 하지 않고, 앞에서 거니는 사람들 쪽에 끼었다. 여인숙으로 돌아오자 자기 방으로 들어가서 다시 나타나지 않았다. 불안이 극도에 달했다. 어찌해야 할까? 만약 그녀가 계속해서 저항하면 무슨 난처한 일이냐!

저녁 식사를 알리는 종이 울렸다. 사람들은 비곗덩어리를 기다렸으나 허사였다. 그때 폴랑비 씨가 들어와서 루세 양은 몸이 불편해서 저녁 식사에 참석하지 못한다고 알렸다. 모두들 귀를 기울였다. 백작이 여인숙 주인에게로 다가서며 아주 낮은 소리로 물었다.

"잘 됐소?"

"네."

그는 일행에게 아무 말도 안하고 단지 고개만 끄덕거렸다. 그러자 모든 사람들의 가슴에서 안도의 큰 한숨이 새어 나오고 얼굴에는 희열이 넘쳤다. 루아조가 외쳤다.

"좋았어! 이 집에 샴페인만 있다면 한턱 쓰겠는데."

다음 날, 겨울의 밝은 햇살에 쌓인 눈이 빛나고 있었다. 마침내 말을 맨 마차가 문 앞에서 기다리고 있었다. 양가죽을 뒤집어 쓴 마부가 파이프를 빨고 있었고 희색이 만면한 모든 여행자들이 나머지 여정을 위하여 서둘러 음식을 싸고 있었다. 이제는 비곗덩어리를 기다릴 뿐이었다. 그 여자가 나타났는데 약간 거북하고, 부끄러운 듯이 보였다. 일행 쪽으로 멋쩍은 걸음걸이를 옮겼으나 모두들 일제히 그 여자를 보지 못한 양 돌아섰다. 백작은 위엄을 갖춰 자기 부인의 팔을 잡고, 그 더러운 여자와의 접촉을 피하도록 데려갔다. 사람들은 그녀가 마치 치마 밑에 무슨 전염병이라고 가지고 오기나 한 것처럼 멀리하는 것이었다. 모두들 비곗덩어리를 모르는 사람처럼 대했다.

– 모파상, 〈비곗덩어리〉에서 발췌 축약

아로파 세계문학을 펴내며

一日不讀書 口中生荊棘

흔히 책 한 권이 한 사람의 운명을 바꿀 수 있다고 한다. 훌륭한 책을 차분하게 읽는 것이 개개인의 인생 역정에 지대한 영향을 미친다는 의미이다. 특히 젊은 날의 독서는 읽는 그 순간으로 그치는 것이 아니라, 독자의 인생 전반에 걸쳐 그 울림의 자장이 더욱 크다. 안중근 의사가 형장의 이슬로 사라지기 전 후대를 위해 남긴 수많은 경구 중 특히 '일일부독서구중생형극(一日不讀書口中生荊棘)'이라는 유묵이 전하는 바는 지금 이 순간에도 절절하게 다가온다.

고전은 시대와 세대를 뛰어넘어 당대를 사는 독자에게 언제나 깊은 감동을 준다. 시간이 흘러도 인간이 추구하는 근본적이고 보편적인 가치는 변하지 않기 때문이다. 이러한 고전 읽기는 가벼움과 효율성을 중시하는 담론이 지배하고 있는 오늘을 사는 우리에게 삶을 다시 한 번 반추하게 한다.

아로파 세계문학 시리즈는 주요 독자를 청소년으로 실정하였다. 번역 과정에서도 원문의 맛을 잃지 않는 한도 내에서 최대한 청소년의 눈높이에 맞추고자 노력하였다. 도서 말미에는 작품을 읽은 뒤 토론하는 데 도움을 주는 '깊이 읽기' 해설편과 토론·논술 문제편을 가 수록하였다.

열악한 출판 현실에서 단순히 차려진 밥상에 숟가락을 얹는 것이 아닌, 청소년들이 알을 깨고 나오는 성장기의 고통을 느끼는 데에 일조하고 싶었다. 아무쪼록 아로파 세계문학 시리즈가 청소년들의 가슴을 두드리는 북이 되었으면 하는 바람이다.

옮긴이 **진인혜**

연세대 불어불문학과를 졸업하고 동 대학원에서 플로베르 연구로 석사 및 박사 학위를 받았으며 파리 4대학에서 D.E.A.를 취득했다. 연세대, 충남대, 배재대에서 강의했고, 목원대에서 재직한 후 퇴직하였다. 저서로 《프랑스 리얼리즘》이 있으며, 《프랑스 문학에서 만난 여성들》, 《프랑스 작가, 그리고 그들의 편지》, 《문자, 매체, 도시》 등을 공저했다. 옮긴 책으로는 《법의 정신》 세트, 《통상 관념 사전》, 《부바르와 페퀴셰》, 《티아니 이야기》, 《해바라기 소녀》, 《루소, 장자크를 심판하다—대화》 등이 있다.

아로파 세계문학 **14**
모파상 단편선

1판 1쇄 인쇄 2024년 7월 30일
1판 1쇄 발행 2024년 8월 10일

지은이 기 드 모파상
옮긴이 진인혜
펴낸이 이재종

펴낸곳 도서출판 **아로파**
등록번호 제2013-000093호
등록일자 2013년 3월 25일
주소 서울시 강남구 도곡로 63길 23, 302호
전화 02_501_1681
팩스 02_569_0660
이메일 rainbownonsul@hanmail.net
ISBN 979-11-87252-14-6
      979-11-950581-6-7(세트)